KB261493

옥중아, 너는 커서 뭐 할래

엮은이 · 김용희
1956년 서울에서 태어나 성장했으며, 경희대 국문학과 및 동대학원을 졸업했다. 1982년 『아동문학평론』에 「서민의지와 전통의식:신현득론」과 「현실 체험과 상상적 경험:권용철론」이 천료되면서 아동문학 평론 활동을 시작하였다. 제9회 방정환문학상을 수상하였으며, 주요 저서로 아동문학평론집 『동심의 숲에서 길 찾기』 등이 있다.

집필자 소개(원고 게재순)
김용희 : 아동문학평론가
황정현 : 문학평론가, 서울교대 교수
최명표 : 아동문학평론가
김현숙 : 동화작가, 아동문학평론가
이재철 : 아동문학평론가, 단국대 대우교수
선안나 : 동화작가, 아동문학평론가

청동거울 문학선 ❷

옥중아, 너는 커서 뭐 할래

2000년 2월 25일 1판 1쇄 발행 / 2000년 3월 20일 1판 2쇄 발행

엮은이 김용희 / 펴낸이 임은주 / 펴낸곳 도서출판 청동거울 / 출판등록 1998년 5월 14일 제13-532호
주소 (135-080)서울 강남구 역삼동 832-52 상봉빌딩 301호 / 전화 564-1091~2
팩스 569-9889 / 하이텔I.D. 청동 / 전자우편 cheong21@netsgo.com

편집장 조태림 / 편집 박정화 / 디자인 박윤정 / 영업관리 정덕호

값 10,000원

ISBN 89-88286-21-9

아동문학가 신현득 시력 40년 대표동시선

옥중아, 너는 커서 뭐 할래

— 아이들을 향한 끝없는 사랑의 노래

김용희 엮음

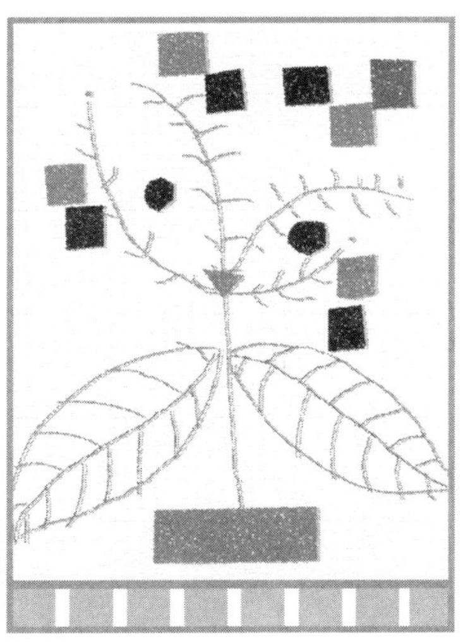

청동거울

▲안동사범학교
졸업반 시절(1954).

▲옥중이 가족. 부인·딸·아들 형제 내외
조카 내외·손자 손녀들(1998. 5. 2).

▲고생하는 아내와 함께(한국동시문학상 시상식에서. 1998. 1. 9).

▲소년 시절 모습. 외척 황오응 씨와
함께. 앉은 이가 본인.

▲선영의 추모비 옆에서, 옥중이·맏조카 재철·동생 현덕·형님 현찬
씨(1990 가을. 안동군 풍천면 뒷솔에서).

◀새싹회 주최 「동시의 마을 어린이 시화전」에서, 윤석중 · 이철하 · 김종상 씨와 함께(1959. 겨울 서울 중앙공보관).

▶대구 아동문학회 시절 이응창 회장. 김성도 · 김진태 · 여영택 · 정휘창 씨 등 선배들과 모임을 마치고 회장댁 현관에서(60년대 초).

▶▼ 문우 이윤희 · 김용희 · 정선혜 씨(98년 12월).

▼세종아동문학상 시상식에서. 뒷줄 왼쪽에서부터 김성도 · 오영민 · 김영일 · 이재철 · 이석현 · 박경용 · 박홍근 · 오병렬 · 김동극 · 이영호, 앞줄 왼쪽에서부터 이윤자 · 조풍연 · 본인 · 부인 · 이원수 선생(1971. 10. 9).

❶ '아동문학 100선' 심사. 어효선·이재철 선생과 함께 (1985. 5, 한국일보 녹실에서).

❷ 먼저 지면 서로 묻어 줄 사람들. 권태문·옥중이·최춘해·권기환 제씨(1991. 10. 5, 대구에서).

❸ 재미나던 소년한국일보 시절. 김수남 이사·조해붕 국장·배재균 부국장·박진길 부장과 직원(80년대 중기, 동학사에서).

❹ 박홍근 선생과 함께. 왼쪽은 박종현 시인(1996. 7, 한국동시문학상 시상식에서).

❺ 원로 박경종 선생을 모시고, 세계 아동문학대회에서(대회장:이재철 박사). 앞줄 왼쪽부터 정선혜·옥중이·이영준·박경종·유경환·이재철·최인학·정진채·선용·임나라·김현숙, 뒷줄 왼쪽부터 김용희·최지훈·이정석·선안나·송재찬·신동일·최용·김경중·김종상·조희숙·문정옥·나까무라 오사무 제씨(1997. 8, 서울 올림피아 호텔에서).

옥중아, 너는 커서 뭐 할래

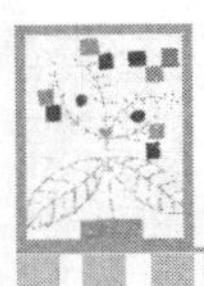

　돌이켜 보면, 동시문학사는 장르의 허약성을 안고 고뇌하던 시련사로 기억된다. 여느 문학 장르보다 더 독자의 인식 능력과 사회 상황에 민감하게 반응해야 했기 때문이다. 시(詩)이기 전에 이미 요(謠)로 존재하던 동시문학이 문예비평의 이론적 토대 없이 시로 지평을 넓히며 문학적 관습을 바꿔 버린 뒤 감당해야 했던 그 시련은 어쩌면 당연한 귀결인지 모른다. 현대 동시는 '시'이면서도 '동시'라는 그 한계성을 벗어나려는 시적 충동이 걸핏하면 난해동시라는 쟁점의 불씨가 되곤 했고, 거기에 사회성과 교육성이라는 현실적 문제에 봉착하면, 그 쟁점은 더욱 미묘한 감정으로 비화된다. 동시문학의 모든 쟁점은 일차적으로 아동의 문제가 개입하면서 첨예화되기 마련이지만, 정작 주 독자인 아동은 동시문학을 멀리하고 있다는 문학적 기현상이 장르의 허약성을 더욱 부추긴 결과가 되었다. 동시문학은 이제 그 명성을 동화문학에 넘겨 주고, 문학의 존재성 찾기에 골몰해야 하는 문학 양식이 된 셈이다.

　신현득 시인은 1959년 『조선일보』 신춘문예에 「문구멍」이 입선되고, 그 이듬해 또다시 『조선일보』 신춘문예에 「산」이 당선되어 등단했으니, 허약한 장르를 고독하게 지켜온 그 햇수가 올해로 40년이 된다. 신현득 시력(詩歷) 40년, 그 성상(星霜)의 연륜만으로 빛을 내는 것은 물론 아니다. 또 외곬으로 동시쓰기 한길만을 쉼없이 걸어왔다는 사실도 결코 과대평가나 폄하할 수 없는 일이다. 그 길은 결국 아이들 사랑의 보람으로 보상받는, 자신이 택한 개인사일 수밖에 없기 때문이다. 하

지만 동시문학의 시련사를 떠올린다면, 고단한 그의 길은 이미 개인사를 넘어 동시문학사의 커다란 족적임을 알게 된다. 그 길은 영예보다 멍에의 길이요, 그저 빛 없는 빛, 빛 잃은 빛을 찾아가는 허허로운 길이었을 뿐이다. 그는 오로지 40년 동안 숱한 상처를 안으며, 동시문학의 존재 의미를 찾는 그 외길만을 걸었다. 그래서 그의 시력 40년은 개인의 영예 이전에 분명 우리 동시문학의 축복이 될 터이다.

신현득 시인이 40년에 걸친 시적 여정에서 일관되게 추구한 핵심적인 시적 주제는 나날이 새로운 삶에 눈뜨는 아이들에 대한 사랑의 실현으로 집약된다. 그는 동화적 상상력에 의존한 독창적인 시적 기법을 통해 아이들 삶의 인식 방법론을 끊임없이 창출해내었다. 그 결과 「문구멍」과 「아기 눈」에서 비롯된 그의 시적 여정은, 「엄마라는 나무」에서 「아버지 젖꼭지」에 이르기까지 끈끈한 가족애로부터 공동체적 인간애로 확장되는 건강한 시관으로, 「고구려의 아이」에서 「일억오천만년 그때 아이에게」에 이르기까지 민족의식을 불러일으키는 광활한 역사적 상상력으로, 「셋방」에서 「떠나는 교실」에 이르기까지 고달픈 삶의 애환을 어우르는 따뜻한 시심으로, 「씨앗 하나」에서 「나므와 나」에 이르기까지 애정어린 시적 희원으로, 아이들에게 향한 시정신의 깊이와 넓이는 끝이 없다. 이렇듯 그의 동시문학은 시적 상상력의 폭이나 감각의 새로움에 있어서, 시인의 사유가 동시라는 제한된 양식 범주 안에서도 얼마나 폭넓게 수용할 수 있는가를 새삼 헤아리게 한다. 그만큼

그의 동시가 우리의 현대 동시문학에 소재와 사유의 영역을 확장시켜 주었다는 점에서 그 시적 가치는 지대하다.

내가 신현득 시인을 만난 지도 어느덧 20여 년이 된다. 1980년 초, 무지한 권력에 의해 세상의 질서가 한 순간에 무너지던, 마음 뒤숭숭하던 날, 뜻하지 않게 그의 동시 「옥중이」를 읽은 것이 인연이었다. "옥중아/너는 커서 뭐 할래?//보리밥 수북이 먹고/고추장 수북이 먹고//나무 한 짐/쾅당! 해 오지"라는 단순하기 짝이 없는 이 동시가 그때 불현듯 신선한 감동으로 다가와 이내 망각의 저편 아스라이 잠들어 있던 동심을 새롭게 떠올리는 힘이 되었다. 분명 그의 동시문학은 「옥중이」 같은 소중한 삶 체험에서 비롯된다. 그는 「옥중이」 같은 고지식할 정도로 순박한 사람이다. 유난히 흥분을 잘 하고, 감동도 울기도 잘 한다. 그만큼 그는 진솔하고 순수한 사람이며, 따뜻한 인간의 체온을 가진 천성의 시인이다. 그의 순수성과 진솔함은 그에게 신앙과도 같은 것으로, 순수하면 순수할수록 더욱 아이들에 대한 애정으로 심화된다. 어린 영혼을 위무하고 그들에게 희망을 일깨우는 순결한 삶, 그것은 그대로 그의 시심이 되었다. 동시쓰기 40년, 그 외길 정신은 '옥중이'의 삶 체험과 타고난 성정(性情) 속에서 이룩된 결과이며, 척박한 한국 동시문학사에 정신적 지표가 되기에 충분하다. 이 책의 제목을 '옥중아, 너는 커서 뭐 할래'로 삼은 것도 그런 맥락에 맞닿아 있다.

이 책은 신현득 동시문학의 총체적 이해를 위해 모두 세 부분으로 나

누었다. 제1부에는 그의 동시 세계를 보다 쉽게 이해할 수 있도록, 온전히 엮은이의 주관에 따라 네 개의 주제별로 분류하여 각각 해설을 붙였다. 제2부는 시인의 동시론과 함께 그의 문학 세계를 시대별로 일괄한 비평을 묶었고, 제3부는 그의 인간됨을 살펴본 삶과 문학, 연보 등으로 꾸몄다. 이 책을 꾸미는 데 무엇보다 힘들었던 일은 그의 작품 선정이었다. 몇 번의 작업을 거쳐 100편에 달하는 동시를 주제별로 묶긴 했지만, 15권이나 되는 동시집을 놓고 더 많은 작품을 수록하지 못한 아쉬움이 크다.

이 책을 내는 데 기꺼이 원고를 주신 황정현, 최명표, 김현숙님과 재수록을 허락해 주신 이재철, 선안나님께 깊은 감사를 드린다. 또한 책을 정성껏 만들어 준 〈청동거울〉의 가족들과 가까이서 힘이 되어 준 '마목회' 식구들, 그리고 송년식, 이경애님께 진심으로 감사드린다. 그들이 미더운 마음으로 자신의 일처럼 도와준 것은 신현득 시력 40년이 시인 개인의 영예이기보다 허약한 우리 동시문학의 앞날에 대한 축복 때문이었으리라 믿는다. 부디 이 책으로 '아이들을 향한 끝없는 사랑의 노래'가 힘을 얻고, 새 천년에 동시문학이 영롱한 빛으로 되살아났으면 하는 마음이다.

2000년 새해

김용희

제1부 신현득 대표 동시 자세히 읽기

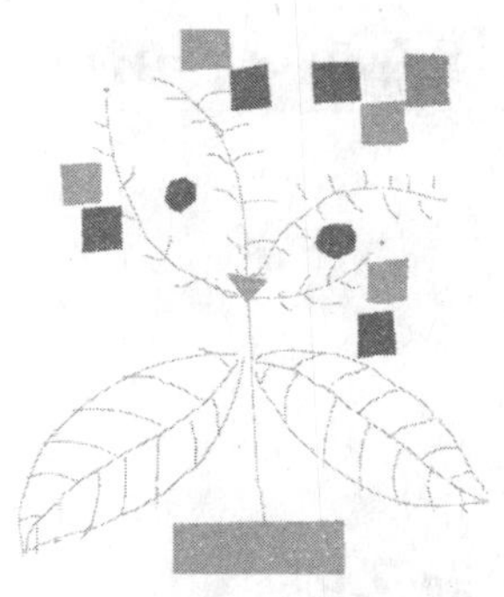

4

제 2부 ■■■■■■■■
신현득의 동시 세계

제 3부 ■■■■■■■■
신현득 시력 40년의 삶과 문학

신 현 득 동시집

이기소

제1부 신현득 대표 동시
자세히 읽기

● 괄호 안의 숫자는 그 작품이 처음 수록된 동시집의 발행 연도임.

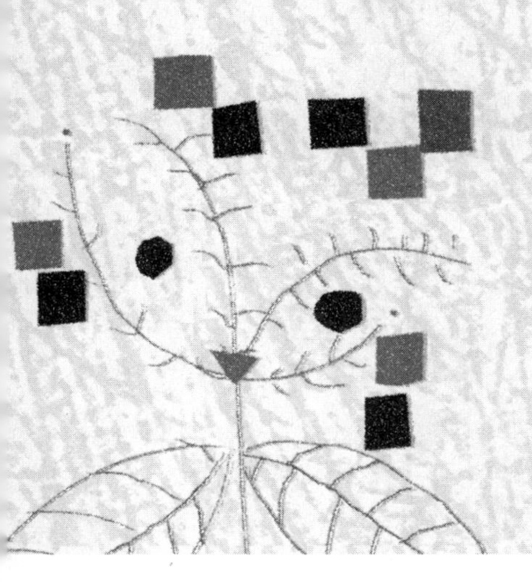

1

옥중이

신현득

옥중이 옥중이
니는 커서 뭐 할랜?

보리밥 수북이 먹고
고추장 수북이 먹고

나무 한 짐
광영! 해오지

옛날 얘기 시작은

옛날 얘기 시작은
―옛날 옛적에….

할머니, 그 얘기
언제 들으셨수?

내가 너만 했을 때
할머니한테서 들었지.

그 할머닌, 언제
들으셨대유?

그 할머니, 너만 했을 때
그, 그 할머니한테서 들었지.

그, 그 할머닌 언제
들으셨대유?

그, 그 할머니 너만 했을 때
그, 그, 그 할머니한테서 들었지.

옛날 얘기 시작은, 그 때도
―옛날 옛적에….

새끼들에서

달달달달
달달달달

새끼 꼬시다
늙으셨다
하얀 할아버지.

그 길이는
어느 우주선보다 먼저
달나라에 갔다.
달의 둘레가 감긴다.
'2700킬로×3.14'

달달달달
달달달달……

바다는 한 숟갈씩

바다의 이 물은
비 오는 날
무궁화의 봉오리에서나
해바라기 모가지 같은 데서
시작되는 것이다.

군에서 오빠가 돌아오는
그런 밤이면
그 밤에 다 쏟아져버릴
엄마 눈 속, 눈물주머니에도
한 숟갈이나
반 숟갈씩
바다는 시작되고 있는 것이다.

바다는
처음 텅 빈 바다는
손바닥만한
웅덩이었을 게 아니냐?

그래, 그 2700m 높이에서
백두산 천지도
흘러와 고여 주고

국기게양대에서 흘러내린 물도
와서 고이고

베틀에서 내려와
엄마가 꾸리를 삶고 비운 물이나
옛 얘기 말마따나
심청이네 집 향나무 샘도
그 작은 줄기는 모두
바다에 잇고 있는 것이지.

씨앗 하나

"이것뿐이다."
아기가 손바닥을 펴 보였지.
손바닥에 까만 씨앗 하나.
버리면 쬐그만 쓰레기 될 것.

"이것뿐이야." 하고
아기가 씨앗을 땅에 꽂았지.
싹이 텄지.

햇빛이 입맞춰 주고
바람이 흔들어 얼러 주고
비가 물 마셔 주고
여럿이서 키운 초록 빛깔 아기.
씨앗은 큰 나무로 자랐지

새가 깃들어 둥지를 틀고
매미는 가슴에 붙어 노래했지.

가지마다 조롱조롱 매달린 열매.
"엄마, 내가 예쁘지?"
"내가 예쁘지?"
조르는 열매를 보고

씨앗은 엄마가 된 걸 알았지.

그 때,
들에 가던 한 농부가 나무를 안으며 말했지.
"많이도 컸구나.
 내가 아기였을 때 땅에 꽂은 씨앗."

나무가 말했지.
"당신도 그 때는 씨앗이었죠.
 지금은 큰 나무여요."

별나라에서 새둥지까지

견우성에서 16광년
직녀성에서 26광년쯤에
지구라는 별.

거기 작은 반도에
삼 면 바닷물이 잔잔히 일고
휴전선은 있지만 아름다운 나라.

또 거기
낙동강이란 강이 흐르고
태백산이란 산 줄기 끝에
호롱불 켜 논 초가 한 채,
뜰에는 대추나무도 한 그루 서고.

그리고, 그 마당 작은 둥지에
볏이 빨간 새 한 쌍.
지구별 새벽마다 별나라에
메아릴 부르는 새 한 쌍

─꼭 끼 유우,
  여기는 지구별이오!

─꼭 끼 유우,
  지금은 지구별의 새벽이오!

달 끌어오기

달을 끌어오는 거다,
든든한 밧줄을 걸고.
우리 지구마을 모두가 힘을 모아서
"어영차!" 한 마디에
슬몃슬몃 끌리어올 걸.
지구에 끌어다 합쳐
하나의 대륙을 만드는 거지.
지구땅 좁다고 싸우지 말고
그렇게 해 보는 게 어때?

―그러면 달밤이 없어지는 걸.
  보름달 초승달도 없어지는 걸.

거기엔 좋은 수가 있지.
금성을 끌어와서
달 위치쯤에
더 밝은 달로 달아 두는 거야.

꿈같은 허공에다 달을 달아 두고, 오늘처럼
쳐다보고 즐기는 게 좋아.

별나라 아이

우리에게 젤 가까운 별은
—지구.

그 별나라에 마을이 있지.
—우리 마을

마을 한가운데에 있는 집.
—우리 집.

그 집에
우주인 한 식구가 살지.
—우리 식구.

정말로 그 별나라
정말로 그 마을
그 집 들머리에
작은 방이 있지.
—내 공부방

그 방 창문을 열고
움직여 돌아가는 은하계를 내다보는
아이가 있지, 생일날 밤에.

그 별나라 아이는

누굴까?

하나의 나라

산을 넘으면
산이 있고,
산을 넘으면
또 산이 있고.
산마다 꽃이 피고
산마다 산새가 우네.
산과 산이 이어져
하나의 나라.

들을 지나면
들이 있고,
들을 지나면
또 들이 있고.
들마다 벼가 익고.
들마다 과일이 익네.
들과 들이 이어져
하나의 나라.

뉴튼과 사과나무

땅에서
끌어당겨 주지 않으면
나뭇가지의 열매는 흙에 닿지 못한다.

툭!
사과가 소리 내며 제 자리를 찾을 때
열세 살 뉴튼이 보고 있었다.

끌어당겨 주지 않았다면
나무를 떠난 열매가
하늘로 날아올랐을 게다.

열매를 따라 나무도 날아가다
우주 공간에서
헤어졌을 게다.

왜 당겨 주는 걸까?
생각하면 안다.
모여서 같이 살자는 거다,
동그란 지구 위에.

그래서

산은 날아가려다 주저앉아 있고
강물이 그 언저리를 흐른다.

뉴튼이 본 것은
이것이었다.

물구나무서기

물구나무서서 보면
산봉우리는 땅에 매달려 있어요.
나무는 산에 달린 수염이어요.
해는 내 발밑을 지나가지요.

곡식은 뿌리라는 작은 손으로
든든히 땅을 검잡고
줄을 서서 나부끼지요.
나부끼는 그 아래로 바람이 지나가지요.

물은 땅을 만지면서
천장 쪽으로 흐르고 있어요.

기둥시계 추

갈릴레이 달아 논
흔들이에
시간이 매달려
흔들립니다.

시간은
12까지 번호를 달고
한 시간이 60으로 흔들리고

1번이 흔들리다
내려가면
2번이 타고
3번이 타고.

금요일이 타다가
내려가면
토요일이
종일
흔들립니다.

흔들리는 그 사이에
조금씩
나무는 키가 크고
달이 뜹니다.

사람은 거인이야
—개미가 말했지

사람이란
모조리 거인이야.
발끝만 봐도 그래.
얼마나 큰지 아니?

산인 줄 알고
한참을 기어오르다 보니
거기가 거인의 손가락이었어.

"아이쿠, 불개미다!"
거인은 손을 털었지.

그 바람에 나동그라진 거야.
펴 놓은
동화책 28쪽에 떨어졌지.
걸리버 여행기 소인국 편이었어.

'소인국 사람은 개미만하다.'
라고 씌어 있었지.

그 글자들이
개미, 내 키로
한 길이었어.

달나라에서 사과나무 가꾸기

달나라에서
사과 하나 먹고 싶을 때
사과나무를 심기로 하는 거다.

지구별에서 물을 끌어다
지하수, 옹달샘이 솟을 만치
물을 대어 주면
별나라 사이에서
이끼 홀씨가 날아와 싹틀 테지.

그 초록빛 습진 땅에, 다시
온갖 별에서, 온갖 풀씨가 날아와
자랄 테지.
나비도, 벌도, 까치도 날아올 거야.

그럼 됐지.
호박씨를 심어도 자랄 땅, 달나라 땅에
사과 모나무를 줄지어 꽂는 거다.

사과나무 자랄 동안, 지구별에서
계수나무도 옮겨다 심고
절구 공이, 토끼 몇 쌍도 옮겨 와서

떡방아도 찧게 하는 거다.

십 년쯤 돼서, 풍성한 달나라 가을에
풍년가 부르며 달나라 사과를 따는 거다.
지구별 별빛으로 환한 밤에
지구별 쳐다보며 둘러앉아 먹는 거다
냠 냠.

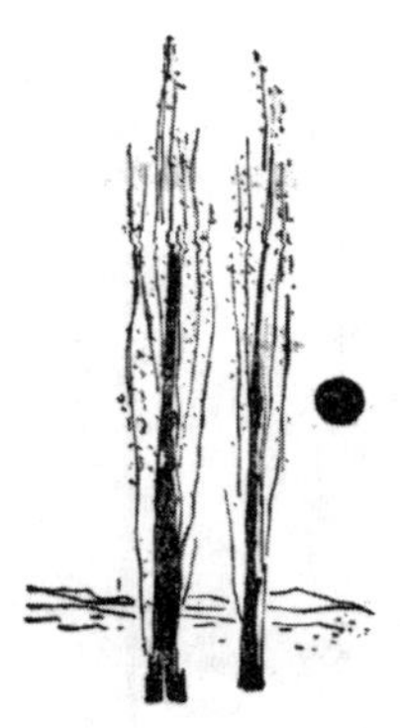

나무와 나

나무는 마당 끝에 뿌리 박고 컸고
나는 뛰면서 자랐지.

내가 젖을 떼었을 때까지도
나무는
내 종지뼈에도, 키가 닿지 않았대잖아.

내가 학교 다니고
1학년 교과서 10쪽을 배울 때부터
나무가 꽃을 피웠지.

내가 게으름 피고 앙탈부리고
늦잠 자고 숙제 잊고
매맞고 하는 동안,
나무는 고집부리지 않았던가 봐.
숙제 잊지 않고
바람과 햇볕이 시키는대로
잘 따라 했던가 봐.

겨울에 쉬는 듯했지만
나무는 내일 준비에 바빴던가 봐
내가 팥죽 먹고 나이를 손꼽을 때

나무는 가슴에다
영글게 나이테를 감았던가 봐.

졸업장을 쥐고
여름을 보낸 어느 날, 나는
문득, 나무를 쳐다보았지.
내 키로는 견줄 수도 없는 나무.

무엇을 했던가, 나는.
이제 나무에게 배울 차례다.
생각하는 힘으로도 견줄 수 없는 나무.

그러던 그 나무가
팔 하나를 굽히며
"친구야 내가 익힌 열매다."
"아니?"
"맛 좀 보라구."

내 손에
놓아 주는
과일 하나!

해님의 그림자놀이

수성 · 금성 · 지구 거느리고
해님의 그림자 놀이.

일식이다, 월식이다
장난도 하고
지구별 밤낮을 열두 시간씩에 맞춘다.

그림자로 가려서
반달을 띄웠다가
그림자 비켜놓고
보름달을 띄운다.

사람마다 닮은꼴
그림자 달기.
돌멩이에게도
그림자를 단다.

기어가는 일개미에
기는 그림자.
일렁이는 나무에는
일렁이는 그림자.

달리는 강아지엔
달리는 그림자.

우리의 반짝임

별만 있는 밤에
별이 하는 말.

여기 별나라에서 보면
너도 별이라구.

어린이는 어린이의 빛으로
반짝이고 있구나.

짐수레꾼은, 짐수레꾼의 빛으로
반짝인다구.

몰랐지?
가슴 따뜻한 사람끼리 모이면
별자리인 걸.

별나라에서 보면
5광 년쯤에서도
너의 반짝임이 잘 보이고 있어.

지구는

사람이 밭을 매면
지구는
등어리 긁어 준다 생각하지요.

큰길에 차가
왔다 갔다 하면
이놈 사람들 땜에
가려워 못 살겠다 하지요.

비행기는
파리라고 생각하지요.
파리가 무슨 파리가
요렇게 작을까 생각하지요.

우리 집 앞에
새로 이층집 짓는데
이층집 지으면
혹이 하나 났다고 생각할까요?

아니 아니 그런 건 하도 작아서
땀띠가 하나 났다 생각하지요.

돌멩이에게 다리를

돌멩이에게
다리가 없어서야 되나요
두 개씩 다리를 달아 주고 싶어요.

다리만 있으면
구르던 돌멩이가
줄을 지어 걷는 거죠
세상이 놀랄 거예요.

자갈밭에
묻혀 있지 않으려할 거예요
공깃돌이 되려고도 않을 거예요.

군복에 군모를
갖춰 보세요.

발굽 소리
척—
척—

돌멩이
군사.

일억오천만년 그 때 아이에게
―이 시는 두었다가 일억오천만 일천구백육십칠 년에 읽어라

오늘은 목요일
박혁거세에서
2024년밖에 안 되는 날이란다.

목요일
학교 시간표에는
국, 산, 사, 자, 음, 체.

내 가슴엔
빨간 글씨
'청소 강조 기간' 이란
깃을 달고

그리고 또 나는
교실의 청소 당번이기도 했지.

곤충을 연구하는
우리 선생님은
표본실에서
메뚜기 뒷다리를 재고 계셨지
오늘 벼메뚜기 뒷다리는

3.7센티.

그 옆에는
1억 5000만 년 전에 살았다는
곤충의 화석도 있었지.

나는
그 곤충이 날고 있었을
아득한 그 때를 생각하느라
한참이나
눈을 감고 있었지.

우리 나라 첫날

우리 나라에
파란 하늘이 처음 열리던 날

이제 갓 생긴 땅에

아직 열매를 열어 보지 못한
나무들은
어떤 모양으로 열매를 맺을까
생각하고 있을 때,

한울님 아들이 내려오셨대
백두산 박달나무 아래
우리들 할아버지가.

아직 땅에 있는 아무도
이름을 갖기 전이래.

할아버지는
아무도 디뎌 보지 않은
새 땅에
첨으로 발자국을 내어 보셨대.

손을 꼽고
먼 날의 식구를 생각하셨대.
그 많은 식구들은
어떤 얼굴들일까를
생각하셨대.

"모두 나를 닮아 착해야 될 텐데."
"우리 땅 작은 벌레까지도
 서로 돕고 잘 살아야 할 텐데."
할아버진 무척 걱정이셨대.

대추나무는
할아버지가 가르쳐 주는 모양으로
대추를 열기 시작하고
도라지는
남빛 꽃을 피우고

냇물은 흐르기 시작하고
새들은 노래하기 시작하고

우리 나라에 첫날이 저물어
첨으로, 첨으로
하얀 달이 뜰 적에

할아버진 그런 것 생각하셨을까?
사천이백 몇 년 후에 있을
휴전선 같은 걸.

고구려의 아이

고구려의 엄마는
아이가 말을 배울 때면
맨 먼저
'고구려'라는 말을 가르쳤다.
다음으로
'송화강'이란 말을 가르쳤다.

아이가 꾀가 들어
이야기를 조르면
고구려의 엄마는
세상의 온갖 이야기 중에서
살수 싸움 이야기를 들려 주었다.
세상의 많은 장수 중에서
을지문덕 이야기를 들려 주었다.
세상의 여러 임금 중에서
광개토왕 이야기를 들려 주었다.

아이가 커서
골목을 뜀박질하게 되면
고구려의 엄마는
요동성 이야기를 해 주었다.
고구려 사람은

겁내지 않고
물러서지 않는다는 걸 가르쳐 주었다.
그리고 엄마는
요동성을 지키다 목숨을 잃은
아버지의 이야기를 들려 주었다.

다시 엄마는
아버지가 물려 준
활을 보여주었다.
아버지가 물려 준 칼과,
창과, 갑옷과
아버지가 물려 준
투구를 보여주었다.

그리고
이 칼은,
이 투구는, 이 갑옷은, 이 창은
모두
네가 아버지께 물려받듯이
아버지는
할아버지께 물려받아
나라를 지키고,
할아버지는
그 아버지께 물려받아
나라를 지키고,
그 할아버지는

또 그 아버지께 물려받아
나라를 지키던 것이라 일러 주었다.

밖에는
아버지가 타던 말이
울고 있었다.

아이는
밥 한 끼 먹고 와서
활을 한 번씩 당겨 보았다.
칼을 한 번씩 들어 보았다.
투구를 한 번씩 써 보았다.

날마다 들어 보는 칼이
조금씩 가벼워지고 있었다.
날마다 써 보는 투구가
조금씩 작아지는 것이었다.

아이는
제가 크고 있기 때문이라 생각했다.

그리고
지금엔 이 칼이 힘에 겹지만
아버지만큼 크고 보면
바늘같이 휘두를 수 있으리라 생각했다.

지금은 이 투구가 내겐 크지만
아버지만큼 크고 보면
제 머리에 꼭 맞을 게라 생각했다.
아이는
어서어서 크고 싶었다.

얼었던 송화강이 풀릴 때마다
새해가 오곤 하였다.
강가의 버들잎이 질 때마다
한 해가 가곤 하였다.

아이가 몇 살인가
엄마는 날마다
손을 꼽고 있었다.

그러던 어느 날은
그 아이가
말을 타고 뜰 앞에 나와 있었다.

아이는
아버지의 투구를 쓰고 있었다.
아버지의 갑옷을 입고,
아버지의 칼을 차고,
아버지의 창을 들고,
아버지의 활을 메고 있었다.

"어머닛!
 어머니 요동으로 갈 테어요."
"애야, 그 칼이
 아직 네겐 무거울 텐데?"
"좀 무겁지만 싸울 순 있어요."

"애야 그 투구가
 아직은 클 텐데."
"좀 크지만 싸울 순 있어요."
"전동에 화살은 준비되었니?"
"다 준비되었어요."

"그 칼을 다시 갈았니?"
"날을 세워 갈았어요."
"그래, 가거라
 내 아들아!"

고구려의 아이는
끝없는 벌판으로
말을 달리고 있었다.

그리고
하늘이 움직여라 고함을 쳤다.

"우리는 커 가는 나라
 고구려다!
 고구렷!"

선덕여왕님께

—신라 때 국민학교 어린이가 쓴 편지

여왕님!

나는 상당히 미래의 나라에 와 있어요. 참 희한한 세상이군요.

사람들은 바퀴를 타고 큰길을 달리든지, 날개를 단 쇳덩이를 타고 하늘을 날고 있군요.

달나라까지도 날고 있어요.

달나라 계수나무가 아니라, 계수나무 뿌리에 박혔던 돌멩이 한 개를 주워다 놓고 바라보고 있네요.

기계가 신을 삼아 주고, 기계가 병아리를 까 주기도 하는군요. 기계에 이끌려, 돌아가는 하루는 정확히 스물 네 시간이어요.

이 사람들은 끝까지 땅덩이는 둥글다는 주장을 하면서 단군 할아버지가 하늘에서 내려온 것이, 지어낸 얘기가 아니라 하네요.

그러면서 모두 우리 여왕님을 그리워하네요. 여왕님 왼쪽 귓밥에 붙은 예쁘장한 사마귀도 알고 있어요.

여왕님의 귀걸이며, 금관이며 모두 알고 있군요.

여왕님이 아직 공주일 적에 모란꽃을 알아본 얘기며, 개구리 떼를 보고 적을 찾아낸 일도 알고 있어요.

끝내, 신라가 세 나라를 아우를 것이라며, 앞으로 세워질 황룡사의 아홉 층 탑이며, 김대성이라는 아기가 커서 만들 석굴암이며 모두 알고 있군요.

그러면서 이 미래의 사람들은 우리를 그리워하고 있어요.

우리 달 뜨는 신라의 밤을 노래하고 있어요.

첨성대

눈을 감으면
들리네.
이 돌을
다듬을 때
울리던 정 소리,
이 돌을 쌓을 때
메기던 노래들이.

신라의 옷을 입은
그 때 아이들이
둘러서서 구경을 하고 있었겠지
이 돌을 다듬고 쌓는 것을.

이 돌이 다 쌓이던 날
어여쁜 그 때의 여왕님이
금관을 쓰고
비단 수레를 타고 오셔
첨으로 불러 줬겠지
첨성대란 이름을.

그 날부터 점잖은 학자들이
여기서 밤마다 별을 바라보고

저 많은 별의 이름을 지었겠지.
저 별을 바라보고
별자리를 그렸겠지.

그리고
이 넓은 우주 안의
작은 자기를 생각했겠지.
거기 비하면
이 서울도
신라도 얼마나 작은 걸까, 생각했겠지.

오늘 밤도
첨성대 위에
신라의 밤과 꼭같은 낱수의
별이 뜨는데
이제 그날의 후손들은
그 때 이름지어 준 별나라로
여행을 떠나는데,

그 오랜 세월을 여기 서서
그 많은 걸 보고 엿들은
첨성대는
얼마나 이야기가
하고 싶을까?

부여에서

부소산을 오르다 보니
길가의 싸리꽃이
—백제 때의….
하고 말을 건다.
백제 때 싸리나무의
후손이라 한다.

솔숲의 소나무가
—백제의 솔방울이….
한다.
백제 때 솔방울의
후손이라 한다.
새들의 노래에서도
그런 말이 들린다.

군창터 가는 갈림길에
기왓장이 흩어져
말을 하잔다.

—할 말이 많다.
—할 얘기가 참 많다.
한다.

부여에서는
모두가 할 말이 많단다.
사비루도 그렇게 말한다.

부소산 너머
절벽이 돼 서 있는 낙화암은
아직도
옛날을 더듬으며 운다고 했다.

절벽 아래는
백제 시댄 줄만 알고 흐르는
강물이 있었다.
—여기가 백제 서울인가요?
—천삼백 년 옛애기요. .

—그럴 리가?
강물은 지껄이며 흐르고 있었다.
—백마강이란 이름이
  바뀌기까진
  아직도 백제다!

삼팔선 긋기
—45년 어느 날 이야기

힘센 놈은 그런 짓 해도 된다.
만세 소리 나는 땅에 삼팔선 긋기.

들판이거나, 학교 마당이거나
남의 안방 장농 밑으로 경계선을 그어도
곧게만 그으면 된다.

역사가 눈을 흘기며
"20세기 죄악이다!" 하고
외치거나 말거나
여기까진 네 차지
여기부턴 내 차지.
곧게만 그으면 돼.

남의 나라야 나누어지거나 말거나
한 고을이 두쪽 나거나 말거나
한 마을이 두쪽 나거나 말거나
한 가족 앉은 자리가 나누어지거나 말거나
하나의 학교가 남북으로 쪼개져도
곧게만 그으면 돼.

마당 끝으로 경계선이 지나고
장독대 복판으로도
외양간서 쉬던
송아지 등때기 위로도
경계선이 그어졌다.

전쟁이 되거나 말거나
몇 백만, 쓰러져 죽거나 말거나
피로 강물이 되거나 말거나
전쟁고아 수십만이 생기거나 말거나다.

휴전선에 선 감나무

파편을 맞은
아픈 가지로도

아기에게 주고 싶어
감을 익혀 들고

휴전선에 선
감나무.

언제
이 감나무 아래서
풋감을 줍다
포소리에 놀라
달아난 아기

지금
어디서
어른이 됐을 게다.

자

'밀리미터'는
아직 작아서
엄마 젖꼭지의
높이나 재고
대추 꼭지의 길이나 재다가
사과의 지름을 재는
'센티미터'가 된다.

100배를 자라서
'미터'는
석굴암 부처님의
키도 재 보고
서울 남대문의
높이도 재고

다시 1,000배 자라서
'킬로미터'는
울면서
휴전선을 재어 가다가
판문점 못 미쳐
지뢰를 밟았다.

저런!
(그 다음은 생각하지 말자.)

통일이 되는 날의 교실

그 소식을 듣고부터
필통 안 컴퍼스가
그냥 있는 게 아니었다.

연필도
제가 필통을 열고
나오는 것이었다.

교실은
책상들까지
덜컥거리는 것이었다.

아이들은 이제
우리 나라 지도를 다 그리고
신의주 가는 찻길을 그려 놓고,
백두산까지 달리는 바람이
구름 밀고 가는 걸
내다보았다.

뒷벽 그림 속의 꼬마들도
그 바람에
모두 튀어나와

떠들며 뛰어다니는 것이었다.
도무지
그림 속에 들어갈 생각은
하지 않는다.

―통일이 됐다.
   나누어져 있기 싫어
   통일이 됐다.
교실 귀퉁이서
지구본이 돌면서 떠들어댄다.

―이제부터 더 열심히
   조약돌은 조약돌 노릇을 하고,
   소나무는 열심히
   산에 서서 푸르고
   그럼, 컴퍼스도
   그만 필통 안 네 자리에
   들어가거라.

선생님은
조용히 타이르는 것이었다.

고향 솔잎

추석 무렵
북한에서 들여온 흙 한 줌을 나누어 받았다,
실향민이라는 이름 때문에.

북한에서 들여온 솔잎 한 줌도 받았다,
고향 잃은 이에게만 나누어 준 것.

"흙에서 고향 논밭 냄새가 나네."
할아버지 말씀.
"추석에 솔잎 따던 옛 생각나네."
할머니 말씀.

추석날
임진강 망제단까지 가서
제사를 올렸다.

고향 흙, 그 소중한 흙 위에
향을 피우고
"아버님, 그래도 올해는……." 하고
할아버지가 울먹일 때
"그래도 올해는
 고향 솔잎으로 찐 송편이예요."
할머니도 같이 우셨다.

백두산에 올라

백두산에 올라와 봐야 안다,
우리 마을 뒷동산이 백두산 한 자락임을.
우리 마을이 백두산 기슭에 있음을.

백두산에 올라 봐야 그것을 안다,
우리 앞들이 백두산 흙임을.
마을 앞 냇물이 백두산 물임을.

백두산에 올라와 봐야 그것을 안다.
우리 나라가 백두산임을.
우리 하나씩 백두산 봉우리임을.

백두산에 올라 보니 알겠구나
우리 밭둑 씀바귀 씨가
백두산서 왔음을.

백두산에 올라와 보니 알겠구나
우리가 어디서 왔는가를.
조상이 어째 여기서 터 잡았는가를.
우리 조상 그 나라가 얼마나 컸던가를.

천지라는 찻잔

백두산 천지가
한 개 그릇이라.

들여다보던 봉우리도
물그림자로 고여 있고
요동벌 흰구름도 지나다 잠기는
그릇.

호랑이도
곰도
사슴도 와서
마시고 가는 물그릇.
재미있는 찻잔이군 그래.

고여 있기만 하면 뭘 해
들판을 적셔 고루 물 마시게 해야지.
이 커다란 찻잔을 따르는 손은
우리 큰 할아버지 큰 손이야.

한 손으로 찻잔을 잡고
달문쪽으로 약간만 기울이면
쫄쫄쫄쫄

개울이 돼 흐르다가
장백폭포에서
소리치며 내리뛴다.

—강이 되는군
  고구려 땅 송화강이 되거라.

할아버지 말씀.

우리의 심장

압록강, 한강이
만나는 자리.
우리 하나씩 가진 심장,
가슴 주머니.

동해와 서해
한자리에 모인
우리 하나씩 가진
가슴 주머니.

바다에 경계를
그어 놓아도
소금은 어디서나
피에 스민다.

땅 위에 경계선을
그어 놓아도
물은 흘러서
만나고 있다.

흘러서 고인
가슴 주머니.

보이지 않는 손

흙이 뿌리를 잡아 주어
나무는 서서 버틸 수 있다.

가지가 나뭇잎을 잡아 주어서
잎은 맘놓고 흔들려도 된다.

도토리를 잡고 있는
도토리 깍지.

대추를 잡고 있는
대추 꼭지.

안 그런 것 같지만
우리도 그렇다.

나무에서 흙처럼
잡아 주는 이가 있다.

대추에서 꼭지처럼
붙잡아 주는 이가 있다.

그래서 맘놓고
뛰놀 수도 있다.

독도에 나무심기

독도에 나무를 심자.
"바위섬에 어떻게?"

바위를 긁어 흙을 보듬고
끈기의 꽃나무 무궁화를 심자.

"바위섬을 무엇하러."
그렇게 생각하다가 우린
대마도를 잃었다.

우리 땅 풀과 나무, 앵두나무까지
한 사람, 한 그루씩.
거기에 보태어 일억 그루쯤…….

"바위섬을 무엇하러."
우리, 그런 말 하다가
대마도를 잃었잖어.

바위섬의 바위가
숲에 묻히면
바위에 뜬 꽃동산.

얄랑얄랑
물결에 흔들리는
봉우리 두 개.
동도와 서도.

동해라는 호수를 건너던
새들이 와서
"바위섬이 아니구먼."
아주 살, 나뭇가지에
둥지를 틀고
독도를 노래할 테지.

지나가는 구름도
소리칠 거야.

초월적 시공간에서 의미 찾기

김용희

1

　시와 동시를 구별하는 가장 근본적인 요소는 무엇일까. 동시를 읽으면 한번쯤 이런 물음을 떠올리게 된다. 동시도 서정 양식의 한 갈래인 까닭이다. 그렇다고, 동시의 주 독자가 아이들이라 해서 소재나 어휘 따위로 구별해내는 일은 결코 바람직하지 않다. 훌륭한 동시는 그런 제요소들을 초월해 있기 마련에서이다. 시와 동시를 구별하는 방법의 하나로 우리는 이야기 기법을 상정해 볼 수 있다. 곧 동화적 상상력이다.

　이미 훌륭한 동시인들에 의해, 동화와의 양식적 차이를 무화시킬 만한 새로운 시관이 동시문학에 정착되어 있다. 이것은 동화의 기법을 시작법에 원용하여 동시를 노래하는 방식에서 이야기하는 방식으로 전환시켜 좀더 아동 독자와의 거리를 좁히려 한 결과이다. 노래하는 방식은 직접적인 울림을 주고 잔잔한 여운을 남기지만, 이야기하는 방식은 동화적 상상력을 통해 생각하는 능력을 갖게 한다. 그렇다고 이야기 방식이 서사적 구조를 갖추고 있다는 것은 물론 아니다. 이야기를 하되, 전적으로 시적인 방식으로 이야기할 뿐이다. 이 방식은 시에 이야기를 담는다는 점에서 보다 더 고도화된 시적인 여러 장치들을 적극적으로 수용하지 않으면 안 된다.

시간성과 공간성은 이야기하는 방식에서 동화적 상상력을 발현하는 기본 요소들이다. 이야기하는 독특한 방식의 동시는 시간성과 공간성이라는 구성 요소를 적극적으로 활용하여 시어를 형성한다. 이야기하는 방식은 시간의 계기적 질서가 공간의 병치적 질서와 병합하여 상상력의 체계를 구조화하며, 작품의 심미적 가치와 의미를 드러내게 된다. 이때 독특한 이야기 동시에서 독자가 읽는 것은 시간과 공간 안에 놓인, 자유로운 상상력의 체계 속에 기능하는 생각하는 능력이다.

그러나 모든 존재하는 것들은 그가 존재하기 위해서 시간과 공간이라는 두 차원의 제약으로부터 자유로울 수만은 없다. 특히 이야기하는 동시에 수용된 시적 상상력은 아이들의 사유 세계와 결부된 제약이 엄연히 전제되어 있게 마련이어서, 자연히 아이들이 인식하는 시간 질서나 그들의 경험 범주에 국한된 공간성과 결합될 수밖에 없는 일이다. 결국, 동시에서의 독특한 이야기 기법이란 동화적 상상력으로 아이들의 일상에도 직접 관여하여 아이들의 삶을 함께 경험하며 아이들과의 거리를 극소화하는, 고도화된 시적 장치의 하나일 터이다.

이런 이야기 기법을 누구보다 능란히 구사하는 시인이 바로 신현득 시인이다. 그의 이야기 기법은 발상과 표현면에서 언제나 자연스럽고 새롭다. 거기에다 이야기를 끌어오는 시인의 시적 상상력의 폭과 깊이도 광활하다. 우리 나라, 우리 민족의 존재의미를 찾기 위해 옛날 옛적 바다의 시작으로부터 달, 우주에 이르기까지 끝도 없이 펼쳐지는 시공간이 그의 동화적 상상력의 영역이다. 이와 같이 그의 동시는 시간성

과 공간성의 엄연한 인식으로부터 출발하고 있고, 독특한 이야기 기법
의 한 전형들을 나름대로 창출한다. 시적 상상력의 폭이나 감각의 새
로움에 있어서, 시인의 사유가 동시라는 제한된 양식 범주 안에서도
얼마나 폭넓게 수용할 수 있는가를 새삼 헤아리게 한다. 그만큼 신현
득 시인의 동시가 우리의 현대 동시문학에 소재와 사유의 영역을 확장
시켜 주었다는 점에서 그 시적 가치는 지대하다.

2

　대개의 경우, 동시에 담긴 이야기는 경험 속에서 유추된 시간과 공간
의식을 토대로 한다. 시인은 경험적으로 주어진 사실을 유일한 실제로
보고 그것을 자기화하여 아이들의 삶의 본질을 다양하게 쾌담하게 되
는 것이다. 그러나 신현득 시인의 경우는 생명으로서의 성장하는 시간
의식을 토대로 하여, 그 공간을 초현실적으로 무한히 확장한다. 시간
의 본질은 연속성이다. 그 시간의 연속성 위에 초현실적 공간이 놓여
질 때, 시인의 의지에 따라 역사적 공간이 운행되기도 한다. 한 편 한
편의 동시 속에는 잘 드러나지 않는 시인의 역사적 시공간의 운행이,
그의 동시집들을 통람하면 일관성 있게 읽을 수 있다. 그것은 그의 동
시집들이 그때 그때 떠오르는 시상에 따라 모아 놓은 것이 아니라 시
인의 의식에 의해 구성되었음을 의미한다.
　신현득 시인의 동시를 이해하기 위해서는 먼저 그의 첫 발표 작품을
살펴볼 필요가 있다. 처녀작은 그의 기본 정조나 동시 세계의 지향성
을 살피는 데 중요한 단서를 제공할 수 있기 때문이다.

　　빠끔빠끔

문구멍이
높아 간다.

아가 키가
큰다.

—「문구멍」 전문

　1959년 조선일보 신춘문예 입선작인 이 동시는 짧은 2연으로 구성되어 있다. 그나마도 1연과 2연이 병렬 관계에 놓여 한 개의 연으로 시상을 압축할 수도 있다. 1연의 "문구멍이/높아 간다"는 것은 2연의 "아기 키가/큰다"는 것과 동일한 의미를 지니기 때문이다. 창호지로 바른 문을 잘 모르는 요즘 도회지 아이들에게는 생소한 이야기로 들릴지 모르지만, 「문구멍」은 걸음마를 배우는 아기가 방문을 집고 설 때 뚫린 창호지 문구멍의 높이를 통해 하루하루가 다르게 커 나가는 아기의 성장을 이미지화한 동시이다. 여기서 우리는 시인의 시간 의식을 감지하게 된다. '높아 간다'와 '큰다'라는 시어는 모두 현재의 시간성을 나타내는 시어이다. 그 시어는 성장해 가는 시간의 연속성을 내포한다. 바로 시인의 시간 의식은 아기가 차츰차츰 자라나 성장해 가는 진행의 시간이며, 움직이는 생명의 시간이라는 것이다. 완료형은 인과적으로 결과의 시간이어서 시간 진행이 멈추게 마련이지만, 시인의 시간 의식은 언제나 "엄마가/아가 장갑/짜서 놓으면//그 크기에 맞추어/아가 손이 크고//아가 손이 아가 손이/크고 있으면//아가 손에 맞추어/장갑을 짜고"(「아가 손에, 아가 발에」)와 같은 현재 진행형이다. 그 진행형 속에는 항상 사랑과 관심이 내재해 있기 마련이다.

　"이것뿐이다."

아기가 손바닥을 펴 보였지.
손바닥에 까만 씨앗 하나.
버리면 쬐그만 쓰레기 될 것.

"이것뿐이야." 하고
아기가 씨앗을 땅에 꽂았지.
싹이 텄지.

햇빛이 입맞춰 주고
바람이 흔들어 얼러 주고
비가 물 마셔 주고
여럿이서 키운 초록 빛깔 아기.
씨앗은 큰 나무로 자랐지

[…중략…]

그 때,
들에 가던 한 농부가 나무를 안으며 말했지.
"많이도 컸구나.
내가 아기였을 때 땅에 꽂은 씨앗."

나무가 말했지.
"당신도 그 때는 씨앗이었죠.
지금은 큰 나무여요."

—「씨앗 하나」 일부

이 동시는 '까만 씨앗 하나'가 '큰 나무'로 성장하기까지 진행하는 시간 과정으로 이루어져 있다. 그 진행하는 시간 과정 속에는 또한 성장의 비밀이 잠재해 있다. 하나의 씨앗이 큰 나무가 되기까지 돌보아 준 자연의 사랑과 관심이다. 자연은 쬐그만 씨앗에게 "입맞춰" 주기도 하고, "흔들어 얼러" 주기도 하고, 빗물을 대주기도 한다. 그뿐 아니라, 한 아기가 자라 농부로 성장하기까지 사랑의 기다림도 생명의 비밀처럼 내재해 있는 것이다. 바로 이 동시는 나무와 더불어 한 아기의 대견스러운 성장에 대한 기쁜 정감이 공유되면서 심미적 가치와 의미를 드러낸다. 여기에 이야기 기법이 크게 작용되었다. 그 기법은 한 아기가 커서 훌륭한 농부가 되었다는 것과 "버리면 쬐끄간 쓰레기 될" 작은 씨앗이 훌륭한 열매를 맺게 되었다는 것을 인식시켜 주고 교감하는 중요한 역할을 한다.

이렇듯 신현득 시인의 동시가 지니는 의미는 시간 진행의 연속성에 관한 시적 탐구 과정 속에서 드러난다. 시인은 만물의 시작은 어떻게 해서 생겼을까라는 그 근원에 대한 물음으로부터 일억오천만 년 미래에 이르기까지 성장해 가는 생명의 연속성을 끈질기게 이야기한다. 그가 이야기하는 이런 역사적 탐구 과정에 필연적으로 차용해야 했던 시적 방식도 동화적 상상력이다. 이 동화적 상상력은 일상적 공간에서 초현실 공간으로 이동할 때나 현재에서 과거로 역행하거나 혹은 미래에로 시간이 진행될 때, 이미지를 환기하고 긴축미를 조성해 가며 의식의 눈을 확장시켜 준다. 신현득 시인만큼 이야기 기법을 미학적으로 적절히 원용했던 시인은 아마도 드물 것이다.

옛날 애기의 시작은
—옛날 옛적에….

할머니, 그 얘기
언제들으셨수?

내가 너만 했을 때
할머니한테서 들었지.

그 할머닌, 언제
들으셨대유?

그 할머니, 너만 했을 때
그, 그 할머니한테서 들었지.

그, 그 할머닌 언제
들으셨대유?

그, 그 할머니 너만 했을 때
그, 그, 그 할머니한테서 들었지

옛날 얘기 시작은, 그 때도
─옛날 옛적에….

─「옛날 얘기 시작은」 전문

　우리가 경험해 보지 못한 근원의 뿌리는 그야말로 밑도 끝도 없다.
'옛날 얘기의 시작은' 어디에서 비롯되었는지는 모르지만, 근원에의
탐색은 신현득 시인에게 동심의 밑뿌리를 찾는 중요한 행위 그 자체인
것이다. 아이들은 꿈꾸는 존재이다. 끝도 모를 의문의 심연으로 빨려

들어가 이렇듯 물음을 되풀이해 떠올리곤 한다. 시인은 태초의 시간 속으로 유영해 들어가 그때에도 살고 있었을 생명의 비밀을 거슬러 탐구해 내고자 한다. 이때의 시간은 현재의 시간을 초월해 진행함으로써 공간도 초월적으로 관장한다.

> 바다의 이 물은
> 비 오는 날
> 무궁화의 봉오리에서나
> 해바라기 모가지 같은 데서
> 시작되는 것이다.
>
> 군에서 오빠가 돌아오는
> 그런 밤이면
> 그 밤에 다 쏟아져버릴
> 엄마 눈 속, 눈물주머니에도
> 한 숟갈이나
> 반 숟갈씩
> 바다는 시작되고 있는 것이다.
>
> 바다는
> 처음 텅 빈 바다는
> 손바닥만한
> 웅덩이였을 게 아니냐?

—「바다는 한 숟갈씩」 1~3 연

「바다는 한 숟갈씩」은 근원의 생성 과정에 처음으로 의미를 부여하고 있는 동시이다. 곧 오랜 옛날 처음엔 "텅 빈 손바닥만한 웅덩이"였을 바다의 생성 비밀은 "비 오는 날/무궁화의 봉우리에서나/해바라기 모가지 같은 데" 내린 빗물이 조금씩 흘러들어가 이루어졌거나, "한 숟갈이나/반 숟갈씩" 자식에 대한 모성의 끝없는 사랑의 눈물이 보태져 이루어졌다는 것이다. 이와 같은 근원에 대한 의미 부여는 모성애로부터 역사적 공간 위에서 민족에 대한 사랑으로 확대되면서 그의 시적 의미를 부각시키게 되는 것이다.

따라서 그의 동시 속에는 시공을 초월하는 '고구려의 아이'가 등장하고, "신라의 옷을 입은/그 때 아이들이 둘러서서"(「첨성대」) 첨성대 돌들을 다듬고 쌓는 일을 자랑스럽게 바라보기도 한다. 또한 "부소산 너머/절벽이 돼 서 있는 낙화암은/아직도/옛날을 더듬으며 운다"(「부여에서」)는 것을 느끼기도 한다. 시인의 초월적 시간은 이렇듯 역사적 공간 위를 자유자재로 유영해 가며, 우리의 자랑스런 역사와 비운의 역사를 동시에 보듬어 안는다. 이야기 할아버지처럼 시공간을 자유자재로 넘나들면서 오늘이 존재하게 된 근원을 구수한 이야기로 들려주는 것이다. 그 이야기 속에는 '바가지 조각', '소금 종지', '부지깽이' 등 과거 속에 묻혀 사라져 가는 옛 물건들에 대해서도 소중히 의미를 되새긴다. 과거에 없어서는 안 되었던 착한 일을 한 물건들의 보람된 의미를 찾아 오늘에 되살리자는 뜻이다.

시적 화자인 신라의 어린이가 현재의 살아 있는 역사적 사실을 보고 놀라워하며 보고서 형식으로 형상화한 "신라 시대에 초등학교 어린이가 쓴 편지"라는 부제가 달린 동시 「선덕여왕님께」에서는 현재의 소중함을 반어적으로 제시하기도 한다. 이것은 과거의 소중함을 인식시키듯 현재의 소중함도 동시에 일깨워 주고자 한 시인의 안목인 것이다. 바로 시인의 초월적 시공간에서의 의미 찾기란 현재에 대한 소중함의 인식에서 비롯되었다는 사실이다. 그에게 현재는 시작의 근원으로부터 연속되어 온 하나의 과정이라는 인식이어서 현재의 반성적 자아를 통해 우리의 미래를 자랑스럽게 열어 갈 수 있다는 신념이 그것이다. 이렇듯 그의 동시는 동화적 상상력으로 과거를 되짚어 보며 현실의 의미를 생각하게 하고자 하는 의도를 담고 있다.

우리 나라에
파란 하늘이 처음 열리던 날

이제 갓 생긴 땅에

〔…중략…〕

한울님 아들이 내려오셨대
백두산 박달나무 아래
우리들 할아버지가.

〔…중략…〕

대추나무는
할아버지가 가르쳐 주는 모양으로
대추가 열기 시작하고
도라지는
할아버지 가르치는 대로
남빛 꽃을 피우고
냇물은 흐르기 시작하고
새들은 노래하기 시작하고

우리 나라에 첫날이 저물어
첨으로, 첨으로
하얀 달이 뜰 적에.

할아버진 그런 것 생각하셨을까?
사천 몇 년 후에 있을 휴전선 같은 걸.

—「우리 나라 첫날」 일부

　이제 우리는 「문구멍」에서부터 지향되었던 시인의 시간 의식의 의미
가 무엇인지를 「우리 나라 첫날」에서 확인할 수 있게 된다. 「우리 나라
첫날」은 "한울님 아들"인 "우리 할아버지가" "백두산 박달나무 아래"
에 내려와서 창조한 만물이 할아버지의 가르침대로 잘 따르고 있음을
말하고 있다. 여기에 우리 할아버지가 첫날 저녁 "하얀 달이 뜰 적에"
"사천 몇 년 후에 있을 휴전선"을 생각이라도 하셨겠는가라는 반문을
제기하게 된다. 시인의 초월하는 시간 의식이 바로 현실의 긴장된 공
간 위에서 멈추고 만다. 그곳은 아직도 비극의 현장으로 남아 있는 휴
전선이다. 이렇듯 그의 동시는 반성적 자아를 통해 비극적인 역사 인
식을 아이들에게 조심스럽게 이야기하고 있다는 것이다. 그 반성적 자
아가 때로는 분노를 띠기도 한다. 그것은 분단으로 인한 우리 나라와
민족의 운명이 우리의 의도와는 전혀 무관하게 외세에 의해 결정되어
버린, 미국과 소련의 냉전에 의한 결과물이라는 비극적 사실 때문이
다. 결국 그의 분노도 반성적 성찰의 한 가지이다.

힘센 놈은 그런 짓 해도 된다.
만세 소리 나는 땅에 삼팔선 긋기.

〔…중략…〕

남의 나라야 나누어지거나 말거나
한 고을이 두쪽 나거나 말거나
한 마을이 두쪽 나거나 말거나
한 가족 앉은 자리가 나누어지거나 말거나
하나의 학교가 남북으로 쪼개져도
곧게만 그으면 돼.

마당 끝으로 경계선이 지나고
장독대 복판으로도
외양간서 쉬던
송아지 등때기 위로도
경계선이 그어졌다.

전쟁이 되거나 말거나
몇 백만, 쓰러져 죽거나 말거나
피로 강물이 되거나 말거나
전쟁고아 수십만이 생기거나 말거나다.

—「삼팔선 긋기」일부

이 「삼팔선 긋기」에는 "45년 어느 날 이야기"라는 부제가 달려 있다. 강대국에 의해 해방의 기쁨과 함께 분단의 비극을 강요당한 이야기라는 뜻일 것이다. 곧 분단이 우리의 의사와는 전혀 무관하게 외세에 의해 이루어진 것이라는 근원론적 접근을 통한 냉철한 역사의식으로 다시 한 번 '삼팔선 긋기'를 생각해 보자는 것이다. 바로 시인은 분단이 외세에 의해 강압적으로 이루어지고 그것이 민족의 족쇄가 되어 엄청난 고통을 당하게 되었고, 우리 아이들에게 민족적 열등감을 심어 주게 되었다는 원인론적 비극을 비장한 목소리로 토로하고 있는 것이다.

1945년 어느 날 한반도는 강대국의 이권 쟁탈로 북위 38도선을 기준하여 두 동강이 나고 말았다. 강대국의 한반도 '삼팔선 긋기'의 강행은 "남의 나라야 나누어지거나 말거나/한 고을이 두쪽으로 나누어지거나 말거나" 그야말로 횡포 그 자체였다. 그런 남의 나라의 형편에는 염두에 없는 강대국의 횡포에 대해 시인은 "한 가족이 앉은 자리가 나누어지거나 말거나/하나의 학교가 남북으로 쪼개져도/곧게만 그으면 돼"라고 항변한다. 그의 항변은 반복법에 의해 곧 울분으로 변하고, 또다시 "몇 백만, 쓰러져 죽거나 말거나" "전쟁고아 수십만이 생기거나 말거나" 점층적으로 이어져 분노로 바뀐다. 강대국의 이권 쟁탈이 만들어낸 '삼팔선 긋기'는 급기야 민족 동란으로 이어지게 했고, 그로 인해 '수십 만 전쟁 고아'가 발생한 엄청난 민족적 재난을 초래하게 되었다는 분노이다. 이 동시에서 그의 항변은 울분이 되고 다시 분노로 변이되는 과정을 자연스럽게 이행시켜 주는 중요한 시어는 '되거나 말거나'라는 서술어이다. 이 서술어 속에는 '함부로 막'이라는 의미가 내포되어 있다. 거기에는 평화롭게 쉬고 있는 외양간의 송아지에게까지 함부로 막 강대국의 저의에 의해 고통을 주었다는 시적 화자의 폭발하는 분노를 읽게 하고 있는 것이다. 바로 우리 삶의 안일을 조금도 고려하지 않았던 강대국의 저의를 '되거나 말거나'라는 서술어가 담당한 시적 역할이다. 이 당당한 목소리는 그의 분단 극복 의지의 표명이자 시인의 냉철한 역사의식에서 생성된 시정신인 것이다. 한마디로 장래의 통일 조국의 주역은 전적으로 우리 아이들이라는 시인의 믿음에 따른 신념인 것이다.

결국 시인은 현재 우리 아이들에게 "동짓날에/새알 수제비를 넣고/팥죽 끓여 먹는 나라"(「우리 나라」)와 "거기 작은 반도에/삼 면 바닷물이 잔잔히 일고/휴전선은 있지만 아름다운 나라"(「별나라에서 새둥지까지」)가 "산과 산이 이어진/하나의 나라"(「하나의 나라」)로 될 수 있으리라는 미래의 희망적 의지를 심어주고자 한 것이다. 곧 그의 동시는 시간의 연속성이란 본질을 근거로 하여 민족의 역사에 대한 근원에의 탐구 과정을 거쳐, 이처럼 우리 나라가 통일된 '하나의 나라'가 되리라는 확신과 꿈을 우리 아이들에게 전하고자 한 것이다. 「통일이 되는 날의 교실」, 「통일이 되거든, 우리」, 「고향 솔잎」, 「백두산에 올라」, 「핏줄」 등 그 많은 동시가 통일에 대한 염원을 담고 있는 것도 그런 맥락에 맞닿아 있다.

이렇듯 신현득 시인은 시간 속에 내재된 관념을 담으면서도, 그가 이야기하는 것은 현장을 가진 구체적인 대상이자 현재의 문제를 떠안고 있는 현실이다. 시인은 대상을 관념화해 두었다가 동화적 상상력을 담은 이야기 기법을 통해 다시 관념을 현실화한다. 그런 그의 이야기 기법은 환상적 가능성을 보여주면서도 현실적 개연성을 떠올리게 하는 엄연한 속성을 지닌다. 따라서 신현득 시인의 이야기 동시 속에 부여된 오늘의 이야기가 작위적 찬미로 그치지 않고, 생각하게 하는 능력으로 살아 있게 하는 힘을 지닌 것은 그런 기법을 능란히 유용한 까닭이다.

● 괄호 안의 숫자는 그 작품이 처음 수록된 동시집의 발행 연도임.

2

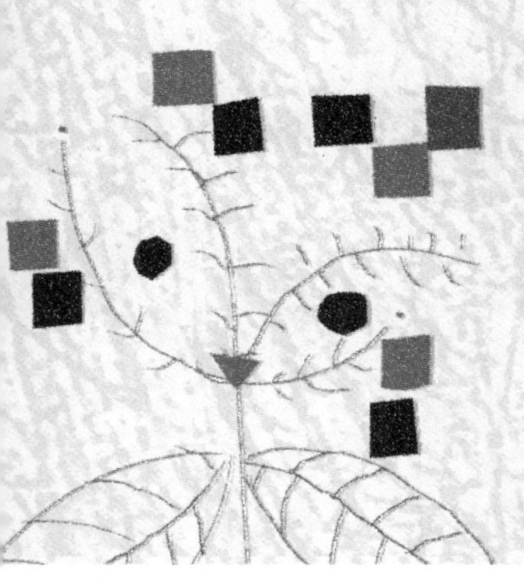

옥중이　　신현득

옥중이 옥중이
나는 거서 뭐 할꼬?

거리밥 수북이 먹고
고추장 수북이 먹고

나무 한 짐
광양! 해오지

옥중이

옥중아 옥중아
너는 커서 뭐 할래?

보리밥 수북이 먹고
고추장 수북이 먹고

나무 한 짐
쾅당! 해오지.

비둘기

죽은 엄마는
텃밭에 뫼를 쓰고

엄마 묏벌 둘레에
상추씨 갈고.

보리갈이 마치고 아버지는
재 너머 마을에
새 엄마 얻으러 갔다.

아기를 업고
엄마 묏벌에서
종일 혼자 소꿉을 사는데

엄마는 죽어서
무슨 새가 되었노?

애타는 목소리로
비둘기가 운다.

아들일까 딸일까

들길에서 엄마가
찔레꽃을 따먹고,
찔레꽃처럼 예쁜 아길 배었대.

좁다란 엄마 배 안에서
아기가 싹이 터 자라고 있대.

엄마가 사탕을 먹으면
사탕을 받아 먹고,
사과를 먹으면
사과를 받아 먹고,
사탕 맛도 알고,
사과 맛도 안대.

엄마가 생각하는 대로
아기의 생각이 된대.
그래서 아기는 입도 눈도 모두
엄마를 닮는 것이래.

찔레꽃이 자라서
파란 구슬알이 됐다가
다시 빨갛게

삼동을 나고 있는데,
이제 찔레 열매처럼
배안의 아기도 많이 자랐대.

캄캄한 배안에서 아기는
오늘이 며칠일까 생각한대.
배안을 톡톡 두드려 보곤
여기가 어딜까 생각한대.

그래도 엄마에겐
그것이 수수께끼래.
'아들일까?'
'딸일까?'
그래도 엄마 배안은 수수께끼래.

사람이라는 씨앗

사람도 씨앗으로 심는 것이다.
물은 누가 주나?
그래서 엄마가 있다.

사람도 씨앗처럼 발가벗은 것이다.
누가 옷 입혀 주나?
그래서 엄마가 있다.

뿌리도 튼튼히
가지도 튼튼히
그러자면 거름을 줘야지.
그 일은 아버지가 맡아 있다.

이런, 씨앗 한 개씩을
걸상마다 놓고
그 앞에서 노래 가르치는 건
선생님이다.

—여러분!
—예!
—여러분은 새싹이어요.

왜,
새싹이라 하나.

산골 운동회

윗골짝 아랫골짝
오늘 하루 들일을 쉬고
학교 운동장으로
나들이옷들이 모였습니다.
손뼉 소리가 모였습니다.

쟁기를 잡던 손.
풍석질을 하던 손.
바디집을 잡던 손.

그래서
손뼉 소리도 힘찹니다.
그래서 아이들도
힘차게 달립니다.
만국기도 힘차게 나부낍니다.

아래윗골 엿장수의
가위 소리도 모였습니다.

앞산과 뒷산도
단풍이 들던 것을
하루 쉬고
종일
응원의 메아리만 주고받습니다.

셋방에 걸린 달력

달력이
나달을 세어 넘깁니다.

방세가
하루하루 불어갑니다.

아버지 월급은
오르지 않습니다.

동생이
학교에 들어갔습니다.
방 안에 책가방이
늘었습니다.

아기가
태어났습니다.
예쁜 아기는
자꾸 큽니다.
방 안은
하루하루 비좁아집니다.

달력은

나달을 세어 넘깁니다.

추석이 지나갑니다.
내 생일이 지나갑니다.

아버지는
김장담이 빚을 냈습니다.
이자가 하루하루 늘어갑니다.

돈 갚을 기한 날이
가까워 옵니다.
아버지는
빚에 졸릴 걱정을 합니다.

세계에서 제일 큰 학교
─어느 두메 분교장 어린이에게 주는 시

오대산 올라가는 길
꼭대기 못미쳐
거기에도 학교가 있다.

나무 기둥 두 개가
교문이 돼 서 있고
교문에는
학교라는 이름표가 붙어 있고.

학교는
너무 작은 단간집
전교생 열아홉 아이.

학교 들어오는 길에
다래 덩굴이
잘 익은 열매를 손 위에 놓아 주며
"과자보다 맛난다. 먹어 봐."
이쪽에는 개암나무가
개암을 한 움큼
주머니에 넣어 주며
"이것도 먹어 봐 맛나지."

저쪽에는 딸기 덩굴에
딸기가 한 움큼…….

그렇단다.
그 열아홉 아이의 운동장을 위해
나무들이 멀찍이 비켜 주고
바위도 멀찍이 비켜 주고.

그리고
운동장 가 푸나무는
일년 꽃피울 당번을 정했지.
도라지는 유월에
들국화는 구월에……
새들도 차례를 정했지.
풀매미와 여치도 노래 당번이란다.

생각해 봐.
꽃과 노래에 파묻힌 학교
숲에 파묻힌 작은 학교
열아홉 아이의 운동장 귀퉁이에는
단간집 교실.

그 옆에
늙은 전나무 한 그루가
맨 아랫가지로
학교 종을 들고 서 있단다.

그리고 생각해 봐.
이 조그만 종에서 소리가 울렸을 때
둘러싼 숲이 그대로 있을까?
꽃들이 새들이 매미들이
그대로 있을까?

어떻게 되겠니?
종소리가 오대산을 넘어 저쪽 봉우리에 가서 닿을 때.
"땡강! 땡강! 땡강! ……"
정말로 종소리가 났을 때!

나무들은 우우
운동장을 향해 가지를 돌렸단다.
칡과 머루는 재빠르게
나무를 감아 올랐단다.
운동장 아이들을 보기 위해서였지.
산토끼도 모였지.

그러면서
아이들과 같이
나무는 몸을 흔들었지.
그것은 무용이었어.

그러면서
새들은 지저귀었지.

이건 노래야.

생도는 열아홉이 아니다.
열아홉의 열아홉도 아니다.
그 열아홉도 넘는다.
운동장을 둘러싼 이 많은 생도.
온 숲이 같이 배우는 학교.
온 산이 같이 배우는 학교.

구름도 산마루를 지나다가
내려왔단다,
공부가 하고 싶어서였지.

산삼을 캐러 가다 아버지들이
도토리 따러 가다 어머니들이
화전밭에 들렀던 길에 할아버지도 오셔
같이 배우는

여기에 더 큰
학교는 없다.

손톱

아이들 손톱에는
까만 때가 낀다.
어째서?

그걸 알기 위해
선생님은
손톱을 검사한다.

한 아이는 딱지를 쳤다고 한다.
딱지를 치는 데서도
까만 때가 끼나?

한 아이는 구슬치기를 했다고 한다.
구슬을 치는 데서도 까만 때가 끼나?

"나는 종일 감자를 캤어요."
"나는 가재를 잡았어요."
그런데 까만 때는 끼어 있다.

선생님은 안다.
아이들 손이 가는 곳마다 그 빛깔이
손이 닿는 곳마다 그 빛깔이

손가락을 타고 와
손톱 끝에 모인다는 걸.

그래서 까만
손톱의 때.

"그렇지만 손톱을 깎아야 한다."
이렇게 말하고 선생님은 웃는다.

양호 선생님

양호실 문을 열면
하얀 가운의 양호 선생님

"어디가 아프냐?"
인사도 받기 전에
"어디가 아프냐?"

예쁜 약병과
크레졸 냄새와
같이 앉아서

문을 여는 아이마다
"어디가 아프냐?"

"배가 아파요."
"여기 다쳤어요."

알약을 세어 먹이고
약을 발라 주면서도
"어디가 아프냐?"

묻는 게 버릇인

양호 선생님의 그 손은
우리 엄마 손이다.
약손이다.

동화책

동화책을
손바닥에 얹어 보아라.

그 묵직한 것은
책 속에 사려 앉은 이야기의 무게.

그리고 얼마쯤은
알락달락한 그림들의 무게.

알사탕 한 개는
달콤한 맛으로
무게가 된 것처럼.

손

할머니가
아기 궁둥이를 닦아 주고 있다.

엄마가
쌀 단지를 긁어 퍼낸다.

오빠는
구두닦기에서 돌아왔다.

할머니 손에
아기 똥이 묻지 않았나 보셔요.

오빠 손에는
거멓게 구두약이 묻었다.

죽 한 그릇씩을 먹고
저녁상을 치우고 나서

자, 이리로
손을 모아 보셔요.

아기 손부터

차례로 놓아 보셔요.

작은 손들이 어떻게 커서
어른이 되는가를 알게.

내 손이 커서
오빠 손만해지고
오빠 손이
엄마 손보다 커졌을 때
우리 집은 아무도
쌀 단지를 긁어 내지 않아도 된다.

아기가 커서
오빠만해졌을 때는
아기 손에
구두약이 묻지 않아도 된다.

왼손과 오른손

서투른 왼손
그것이 나무 줄기를 잡아 주어야
오른손이 뿌리를 심을 수 있어요.

그 나무가 푸르게 그늘지는
5월에,
우린 두 손을 마주하고
손뼉을 치지요.

오른손 왼손이 서로 씻어 주고
오른손이 못다 센 숫자를
왼손이 받아 세어요.

서투른 왼손이
정의 허리를 잡아 주어야
오른손이
야문 돌을 두드려 새길 수 있죠.

그것이, 5월까진
예쁘고 튼튼한
어린이상이 되지요.

그 위에 만국기 달고
우리, 만세를 부르자구요.

"참으로, 한 손으로 하는 일이
 잘못될 수 있다."

오늘 기쁜 날에
할아버진 왜
이런 말씀을 하실까요?

벌레와 나

사람이 사람으로 되자면
몇 번이나 탈바꿈을 한댄다.
"알아 두어라."
아버지가 타이르셨어.

"사람이 벌레 닮은 점이 참 많지."
사람되려고 자라다 보면
번데기 때도 거치는 거래.
"그럼 나는 초록빛깔 배추벌렌가요?"

어제의 껍질을 벗고
날마다 아침마다
새 모습이 되는 아이.

그 애가 잘 큰댄다.
"그런 애가 나비돼 나는 건가요?"

꽃과 사람

벌레 먹기도 하고
벌레 먹은 자국도 있고
시들기도 하는 꽃이
살아 있는 꽃이야.

날마다 피어 있고
날마다 살아 있는 꽃은
죽은 꽃이야,
종이꽃.

화도 내고
실수도 하면서
눈물도 있는 사람이
살아 있는 사람이야,
이 아빠 같은.

날마다 예쁜 얼굴
날마다 웃는 얼굴
그건 죽은 사람,
마네킹이야.

우리는 똥개

곱상한 네들 서양개와는 달라,
우리는 똥개.
이발하고 리본 달고 짤짤거리는
네들과는 달라.

우유나 핥아먹고
외제 먹이나 핥아먹고
아랫목에서 아양떠는 건
개 아닌 노리개일 뿐.
네들과 우리는 아주 다르지.

보리밥 누룽갱이
밥찌꺼기를 먹어도 우린
험한 음식, 불평을 않지.
주인의 똥까지 먹다가
구수한 이름을 얻었지,
우리는 똥개.

사랑받으니까 꼬리 흔드는
네들과는 사뭇 달라.

좀 무디지만

우악스런 고집.

한 번 힘을 내면
호랑이 멱살을 잡아끊는
용기도 있지.

짖는 소리 들어 보라구
컹!

운동장에 봄비

운동장에 비가 오네.
신나던 낙서판, 운동장이 젖네.
금 그어 놓고 놀이하던 곳
순이 별명을 썼던 곳.

가끔씩 지워야 할 낙서판을
봄비가 지우고 있네.
전교생 발자국을 지우고 있네.

흩어놓은 공깃돌
구슬치기 하던 자리.
모래장난 씨름판.
철봉대, 정글짐까지
비를 뿌려 대청소다.

이 비가 그치면
운동장가 화단에
초록싹이 돋아날 거다.
재조갈 재조갈,
1학년도 들어올 거다.

그래, 새 봄에

운동장 낙서판을
한 번 지우는 게 좋다.

봄비!

참새네 말 참새네 글

참새네는 말이란 게
'쨱 쨱' 뿐이야.
'쨱' 한 자뿐일 거야.

참새네 아기는
말 배우기 쉽겠다.
'쨱' 소리만 할 줄 알면 되겠다.
사투리도 하나 없고
참 쉽겠다.

참새네 학교는
글 배우기도 쉽겠다.
국어책도 "쨱쨱쨱……"
산수책도 "쨱쨱쨱……"
참 재미나겠다.

눈물 연구

엄마의 눈물 주머니는
심장에 이어져 있다.
그래, 엄마 울음에는 피눈물이 난다.

엄마의 울음 소리도
심장과 이어져 있다.
그래서, 울음보다 먼저
가슴이 아프다.

그런 눈물을 받아 모으는 이가 있다.
같이 울면서 눈물을 받아보면
핏물 섞인 눈물에 고루,
아픔이 고루 떠 있다.

그렇게 울어야 우는 거다.
떡볶이 먹고 싶어, 흘린 눈물은
정말 맹물이야.

도시락 반찬통
—할아버지 어렸을 적 이야기

내 어렸을 적이었지.
도시락에 꽁보리밥 담고
어머니가 종재기 하나를 밥 속에
박아 주셨지.
종재기에 장아찌.

재 넘어 15리 학교.
종 치고, 점심시간에
책상 마주 놓고
꽁보리밥 뚜껑을 열었지.
종재기 반찬통에 빨간 장아찌.

내 짝도, 건너 짝도 보리밥.
종재기엔 빨간 장아찌.

도시락 먹고
종재기 핥아 먹고
손가락 핥아 먹고
운동장 몇 바퀴 뛰었지.

돌아올 땐

빈 도시락에
반찬통 종재기가 달각거렸지.
책보를 허리에 감고
소나기에 쫓기며 달릴 때

달각 달각 달각 달각…….
반찬통이 떠들었지.
그 소리가 무슨 뜻이었게?

가난이 즐거웠던 게지.
요즘, 보온 도시락에선
그 소리나지 않거든.

석수장이와 시인

석수장이가 바위 새기는 일이
시인이 시 한 편 쓰는 일이라.

—쨍! 쨍!
　쨍! 쨍!
정 끝으로 바위 쪼기.
볼펜 끝으로 낱말 다듬기.

—쨍! 쨍!
　쨍! 쨍!
버티는 바위.
버티는 낱말.

야물지 않은 돌이 없듯이
야물지 않은 낱말이 없다.

—바위를 새기는 거지만
　영혼이 깃들어야.
—시 한 편 쓰는 거지만
　목소리를 새겨야.

—쨍! 쨍!

—쨍! 쨍!
석수장이가 눈 한 쪽을
새기는 동안
시인은 겨우 겨우
시 한 귀를 적는다.

꿈

오늘 하룻밤만
세상 사람이 꿈을 꾼다 해도
얼마나 많은 꿈이 될까?

이 꿈들을
모두 책으로 엮으면
얼마나 재미있는 이야기가 될까?
얼마나 많은 이야기가 될까?

몽당연필로 시 쓰기

시는 빛깔 아닌
글자다.

그래서
말짱한 종이
아니어도 된다.

시는 오선지 위에
음표로 쓰는 것이 아니다.

길에
날려 다니는
광고지 뒷면이나

쓰레기통을 뒤진
휴지나

나뭇잎,
납작한 돌에도
쓸 수가 있다.

마음 벽에

낙서해 두었다가
오는 아침에
꺼내 보는 것.

그러나
그걸 기록할 깜둥 숯이나
볼펜은 있어야 한다,

마음 벽에
까만 자국을
낼 수도 있는―.

그런, 깜둥 볼펜을 잊고
나설 때가 있다.

이 때에는, 어느 때나
오른쪽 주머니에 넣어 두는
몽당연필을 찾는다.

자연과 동시(童詩)의 변증법

황정현

1. 성장, 자연, 그리고 동시

아이들은 성인(成人)이 되기까지 끊임없이 성장한다. 그리고 성장이 멈추는 단계에 성인이 있다. 이런 점에서 '성장'은 아동과 성인을 구분하는 중요한 경계가 되며, 아동을 아동답게 하며, 국가, 종족, 혈통, 피부, 종교, 지역을 초월하여 그 단계에 따른 보편성을 지닌다. 성장은 존재 양식과 세계 인식의 방법을 규정하는 중요한 요인이다. 아동들은 이러한 성장의 원리에 따라 세계를 인식하고 환경과 교감하며 특정한 단계를 밟아간다. 각 단계에서의 아동은 그 단계에서 만나는 세계가 세계의 전부이며, 전 존재적 양식이다.

성장은 환경을 배경으로 한다. 말하자면 인간은 환경 속에서 성장한다. 그 환경이 성장에 미치는 영향은 절대적이다. 전통적으로 인간의 성장에 가장 큰 영향을 미친 것은 자연이었다. 인간은 자연을 통해 배우고 자연의 섭리에 따라 의식을 구축해 왔으며, 삶의 원리를 발견하였다. 자연은 인간에 있어 대상이 아니라 인간 그 자체가 자연이었다. 그래서 '자연은 스스로 닮는다'란 말과 같이 인간이 만든 예술 역시 형식과 내용에 있어 자연을 닮는다. 그러나 현대로 올수록 과학의 발달에 의해 우리 의식은 자연과 점점 멀어지고 급기야 분리되고 있는 실정이다. 그나마 동시에서 아직도 그 흔적을 겨우 발견하고 있는 셈이다.

동시는 동심(童心)을 반영하며 동심은 또한 자연의 본질을 반영한다. 자연은 있는 그대로의 상태에서 완성되고 있듯이 동심은 인간의 원형적 심상이다. 아리스토텔레스는 형상으로서의 사물의 고유한 본질이 물질 그 자체 속에 내재하고 있으며 이념의 영역 속에 속하지 않는다는 진리관을 갖고 있었다. 그의 형상론에 따르면, 모든 물질은 그 속에 놓여 있는 형상 즉 자신의 고유한 현실성을 달성하려고 노력한다는 것이다. 따라서 형상적 현실성은 자연물의 고유한 본질 형식을 위한 인식적 가치를 지닌다. 이러한 아리스토텔레스의 견해는 동시의 존재적 가치를 잘 설명해 주고 있다.

2. 자연과 동시의 변증법적 논리

신현득의 작품을 분석해 보면, 그는 경험적으로 자연과 동시의 변증법적 논리를 잘 아는 시인인 것 같다. 자연과 동시의 변증법적 논리는 '있는 것'과 '있을 것', 인간과 자연물, 선과 악 등 모든 모순관계의 대립 구조를 정반합(正反合)의 논리적 체계를 통해 존재의 본질을 인식하게 한다. 신현득은 이런 논리를 통해 시로 형상화하는 데 뛰어난 작가이다. 따라서 그의 시는 만들어지는 것이 아니라 그냥 태어나는 것이다. 다음의 시를 보자.

들길에서 엄마가
찔레꽃을 따먹고,
찔레꽃처럼 예쁜 아길 배었대.

좁다란 엄마 배 안에서
아기가 싹이 터 자라고 있대.

엄마가 사탕을 먹으면
사탕을 받아먹고,
사과를 먹으면
사과를 받아먹고,
사탕 맛도 알고,
사과 맛도 안대.

엄마가 생각하는 대로
아기의 생각이 된대.
그래서 아기는 입도 눈도 모두
엄마를 닮는 것이래.

찔레꽃이 자라서
파란 구슬 알이 됐다가
다시 빨갛게
삼동을 나고 있는데,
이제 찔레 열매처럼
배 안의 아기도 많이 자랐대.

캄캄한 배 안에서 아기는
오늘이 며칠일까 생각한대.
배 안을 톡톡 두드려 보곤
여기가 어딜까 생각한대.

그래도 엄마에겐
그것이 수수께끼래.
'아들일까?'
'딸일까?'
그래도 엄마의 배 안은 수수께끼래.

—「아들일까 딸일까」 전문

인간의 잉태는 아동들에게 두 가지의 의문점을 제공한다. 하나는 자기 존재에 대한 궁금증이며, 또 하나는 '닮음'에 대한 신비함이다.

존재의 근원에 대한 물음은 인간의 영원한 관심사이다. 좁게는 자기 존재에 대한 궁금증에서 세계의 존재, 신(神)의 존재 등으로 확장되어 간다. 과학의 발달, 신학의 발달은 모두 이런 궁금증에 대한 답을 찾기 위한 인류의 노력들이다. 그리고 이것은 심리학적인 면에서 아동들이 발달함에 따라 반드시 제기되는 필연적인 물음이다. 이 시는 이러한 존재의 근원을 다루되, 아동들의 동심을 적합하게 설명하는데 시적으로 잘 형상화하고 있다. 예를 들면, "아기가 싹이 터 자라고 있대"의 비유는 자연의 섭리를 동시로 형상화하는 데 있어 변증법적으로 성공하고 있다는 것이다. 인식론적 차원에서 '아기(正) = 싹(反)'의 관계는 인간과 자연물의 대립을 지양(止揚)함으로써 생명 존재의 본질(合)로 자연스럽게 나아가고 있다. 이것은 아동들의 세계에 대한 인식이며, 갈등, 대립을 화해와 조화로 이끄는 동심의 논리와도 일치된다. 그리고 성장의 과정을 "찔레꽃이 자라서/파란 구슬 알이 됐다가/다시 빨갛게/삼동을 나고 있는데,/이제 찔레 열매처럼/배 안의 아기도 많이 자랐대"의 표현은 자연물의 '꽃 → 열매'의 과정을 아기의 성장 과정에 비유함으로써 근원적 물음의 논리와 일치시키고 있는 것이다.

닮음에 대한 물음 역시 아동들에게는 호기심의 대상이다. 이 시는 '닮음'의 문제에 대해서도 인간과 자연의 변증법적 관계를 잘 설명하고 있다. "찔레꽃을 따먹고/찔레꽃처럼 예쁜 아길 배었대" "엄마가 사탕을 먹으면/사탕을 받아먹고,/사과를 먹으면/사과를 받아먹고,/사탕 맛도 알고,/사과 맛도 안대"의 표현은 자연과 인간, 인간과 인간의 관계가 하나의 논리 속에서 자연스럽게 묘사되고 있는 것이다. 이것은 시인의 자연과 인간 사이의 관계 인식이 존재 근원의 본질에서 확장되어 나타나고 있음을 보여 준다. 그리고 나아가 "엄마가 생각하는 대로/아기의 생각이 된대./그래서 아기는 입도 눈도 모두/엄마를 닮는 것이래"의 표현에서 볼 수 있듯이 세대 관계로 또한 확산되어 간다. 닮음의 문제는 이제 과학의 발달로 인해 유전학적인 측면에서 증명되기도 한다. 그러나 자연은 스스로 닮아간다는 이 시의 문학적 발상은 과학적인 발상을 초월하는 상상력의 산물이다. 그리고 그 상상력은 다음의 "그래도 엄마에겐/그것이 수수께끼래./'아들일까?'/'딸일까?'/그래도 엄마 배 안은 수수께끼래"의 표현에서 나타나듯이 자연의 섭리를 수용함으로써 모순 관계를 변증법적으로 합일시키고 있는 것이다.

잉태와 마찬가지로 성장의 문제에 있어서도 신현득은 일관된 시각을 가지고 있다.

옥중아 옥중아
너는 커서 뭐 할래?

보리밥 수북이 먹고
고추장 수북이 먹고

나무 한 짐
쾅당! 해 오지

—「옥중이」 전문

성장하여 나중에 무엇을 할 것인가 하는 문제는 누구에게나 관심사이다. 이 동시와 관련한 시인의 기억은 오늘날 무엇이 되고자 하는 우리 아이들에게 무엇이 된다는 것이 무엇인가를 생각하게 한다.

어릴 때의 나는 무척 재롱둥이였다고 합니다.
"옥중아, 너는 커서 뭐 하노?"
누구든지 이렇게 물으면 나는 이렇게 대답했다고 합니다.
"보리밥 수북이 먹고, 고추장 수북이 먹고, 나무 한 짐 쾅당 해오지."
나의 어머니는 내가 어서 커서 나무도 하고 농사도 짓는 훌륭한 농군이 되기를 바라고 사셨습니다.

이러한 기억들은 시인의 의식에 잠재되어 시로 나타난다. 무엇이 되는 것은 인위적인 방법으로가 아니라 자연스러운 과정이다. 어린 옥중이는 무엇이 된다는 것이 그렇게 중요하지 않다. 그냥 살아온 대로 자연과 하나가 되어 살아가는 것이라고 생각한다. 이것은 무엇이 될 것인가 하는 문제가 아니라 어떻게 살 것인가 하는 문제이다. 그는 성장하여 시인이 되었지만 아직도 의식은 농군이다. '시인 = 농군'이란 등식이 성립될 수 있는 것은 그의 의식이 모순 관계를 통합할 줄 아는 능력이 있기 때문이다.

이러한 발상은 신현득의 동시 곳곳에서 찾아 볼 수 있다. 「사람이라는 씨앗」이나 「벌레와 나」, 「꽃과 사람」, 「나무와 나」 등에서 자연과 인간의 관계가 의지(意志)와 무의지(無意志)의 대립 관계로 인식되는 것이 아니라 생명의 본질을 뇌간(腦幹)으로 하는 우주의 통합체를 이루고 있다.

3. 동시를 통한 자연 교육

아이들은 환경과의 접촉을 통해 자란다. 특히 자연 환경과의 접촉에서의 민감성은 아동들에게 세계의 본질에 대한 통찰력을 제공한다. 그러나 역설적으로 인간의 문화가 발달하면 할수록 인간에게 가장 풍부한 암시와 상징을 제공하는 자연 환경과는 멀어지고 있다. 문화의 한 영역인 교육 또한 그 환경이 자연과는 멀어지고 인위적으로 제도화되어 기존의 지식을 전달하고 전달받는 수준을 넘어서지 못하고 있는 실정이다.

인간의 인지적 능력과 관련하여 최근에 뇌 연구(腦硏究)가 활발히 전개되고 있는데 그 문제점은 인간의 정보 처리 과정이 좌뇌반구(左腦半球) 중심이라는 것이다. 좌뇌반구(左腦半球)는 직선적, 계열적 방식으로 정보를 처리하기 때문에 전체적, 시·공간적, 연관적 방식의 사고에는 미숙하다는 것이다. 이것은 오늘날의 학교 교육이 왼쪽 뇌 기능에 편중하고, 오른쪽 뇌 기능을 무시한 결과이다. 따라서 환경과 개체 간의 상관 계수는 낮아지고 대상에 대한 인식의 총체성을 상실하고 있다.

인간은 이성과 감성, 의식과 무의식 등 모순된 양면을 동시에 가지고 있는 존재이다. 그렇다면 이 양자를 조화시키는 것이 문화론적 관점에서 올바른 방향이 될 것이다. 신현득은 문화의 한 영역인 동시를 통해 조화로운 세계를 꿈꾼다. 그리고 동시를 통해 자연과 하나가 되는 아동을 통해 인간성 회복을 추구한다. 그의 동시 가운데 자연과 인간의 교감을 통해 아이들이 어떻게 건강하게 자라는가를 보여주는 동시들이 자주 눈에 띄는 것은 바로 그런 의식의 산물이기도 하다.

  그렇단다.
  그 열아홉 아이의 운동장을 위해
  나무들이 멀찍이 비켜 주고
  바위도 멀찍이 비켜 주고.

  그리고
  운동장 가 푸나무는
  일년 꽃피울 당번을 정했지.
  도라지는 유월에
  들국화는 구월……
  새들도 차례를 정했지.
  풀매미와 여치도 노래 당번이란다.

  생각해 봐.
  꽃과 노래에 파묻힌 학교
  숲에 파묻힌 작은 학교
  열아홉 아이의 운동장 귀퉁이에는
  단간집 교실

—「세계에서 제일 큰 학교」 일부

열아홉의 아이들이 다니는 산골 조그만 분교를 시인은 '세계에서 제일 큰 학교'라고 역설적으로 말한다. 이 역설의 의미는 교육적으로는 진실이다. 그 이유는 자연과 하나 되어 공부하는 아이들이 가장 훌륭한 교육을 받을 수 있다는 것을 의미한다. 아이들의 운동장을 위해 "나무들이 멀찍이 비켜 주고/바위도 멀찍이 비켜"주는 그런 학교는 푸나무, 도라지, 들국화, 새, 풀매미, 여치도 모두 학생이다. 그래서 이 학교의 전교생은 열아홉이 아니라 "열아홉의 열아홉도 아니다/그 열아홉도 넘는" 세계에서 제일 큰 학교인 것이다. 뿐만 아니라 공부도 함께 한다.

그러면서
아이들과 같이
나무는 몸을 흔들었지.
그것은 무용이었어.

그러면서
새들은 지저귀었지.
이건 노래야.

―「세계에서 제일 큰 학교」 일부

이런 환경에서 자란 아이들은 칠판이나 교과서를 통해 지식을 배우는 것이 아니라 자연을 통해 지혜를 얻고 세계를 총체적으로 이해한다.

교실에서 배우지 않아도
보리가 패는 날을 안다.

교실에서 배우지 않아도
소가 즐기는 풀을 골라 뜯는다.
배우지 않아도
내가 어떻게 커서
들판을 갈고 가꿀까를 안다.

―「교실」 일부

　이런 학교에서의 교사는 지식의 전달자가 아니다. 아이들과 자연이 동화(同化)되어 하나가 되듯이 교사와 학생도 하나가 된다. 이런 일체감을 시인은 「손톱」이란 작품을 통해 아이들의 등심을 색깔에 비유하여 노래한다.

아이들 손톱에는
까만 때가 낀다.
어째서?

그걸 알기 위해
선생님은
손톱을 검사한다.

〔…중략…〕

선생님은 안다.
아이들 손이 가는 곳마다 그 빛깔이
손이 닿은 곳마다 그 빛깔이
손가락을 타고 와

손톱 끝에 모인다는 걸.

그래서 까만
손톱의 때.

—「손톱」 일부

아이들 손톱 때의 색깔은 까맣다. 까만 색깔은 색채학적으로 모든 색깔을 하나로 섞을 때 나오는 색이다, 시인은 이러한 과학적 사실을 문학적으로 수용하면서 까만 때를 아름답게 묘사하고 있다. 까만 때가 아름답게 보일 수 있는 것은 미(美)와 추(醜)의 변증법적 통일이 동화(同化)되어 나타나기 때문이다. 아이들에게는 손톱의 때가 더럽지 않다. 그것은 아이들 생활의 결정체이기 때문이다. "한 아이는 딱지를 쳤다고 한다/딱지를 치는 데서도/까만 때가 끼나?/한 아이는 구슬치기를 했다고 한다./구슬을 치는 데서도 까만 때가 끼나?/"나는 종일 감자를 캤어요"/"나는 가재를 잡았어요"/그런데 까만 때가 끼어 있다"에서 엿볼 수 있듯이 그것은 아이들 생활 그 자체이다. 손톱의 때를 아름답게 보고 아이들의 생활을 발견할 줄 아는 시인의 통찰력은 동심에 바탕을 두고 있음을 알 수 있다.

신현득의 동시에 나타나는 이런 발상들은 자연과 합일된 교육이 참된 교육으로 보고 상대적으로 오늘날의 지식 중심의 교육의 문제점을 지적하고 있는 것이다.

참새네는 말이란 게
'짹짹' 뿐이야
참새네 글자는
'짹' 한 자뿐일 거야

참새네 아기는
말 배우기 쉽겠다.
'짹' 소리만 할 줄 알면 되겠다.
사투리도 하나 없고
참 쉽겠다.

참새네 학교는
글 배우기 쉽겠다.
국어책도 "짹 짹 짹……"
산수책도 "짹 짹 짹……"
참 재미나겠다.

—「참새네 말 참새네 글」 전문

여기서 '참새의 말과 글'은 하나의 비유지만 오늘날 교육의 문제와 관련하여 많은 함의를 내포하고 있다. 이것은 인간이 살아가는 데 있어 필요한 교육적 내용과 방법의 문제를 제기한다. 아이들이 스스로 배우고 싶어할 때 가장 잘 배우고, 그 내용은 아이들의 경험과 관련될 때 가장 효과적이란 것은 교육의 원칙이다. 그럼에도 불구하고 교육의 현 실태는 그 정반대의 현상을 보이고 있다. 그리고 교육이 경쟁 논리로 인해 인성(人性)의 황폐화를 초래하고 있다. 타고난 소질에 따라 자기 역할을 다하고 그 역할에 따라 서로를 보완하며 조화롭게 살아가게 하는 것이 교육의 본령이라면 그것은 오로지 자연 속에서만 가능하다는 것을 시인은 제시하고 있는 것이다.

4. 마치며

한 시인의 작품을 분석하는 방법은 다양하다. 본고에서는 신현득 작품의 일부에서 보이는 일정한 패턴을 중심으로 작품론을 전개하였다.

그 패턴은 '잉태―성장―교육'이다. 이것은 바로 우리 삶의 패턴이다. 우리는 태어나서 자라고, 일정한 환경 속에서 접촉하면서 살아간다. 신현득은 이런 삶의 패턴을 선조적(線條的)으로 파악하는 것이 아니라 유기적으로 보고 있다. 그리고 그는 삶의 유기적 패턴에서 나타나는 대립, 모순 관계를 자연이라는 뇌간을 중심으로 변증법적으로 통일하고 있다. 이것은 삶에 대한 인식론이 총체적이며 보이지 않는 것을 보게 하는 통찰력을 전제로 한다. 시인의 이러한 인식론은 잠재된 의식에서 비롯되며, 그것이 그의 시작 활동의 원동력이 되는 것이다.

잉태의 문제에 있어서는 존재의 근원에 대한 물음과 닮음의 신비를 해석하는 데 있어 그는 해답을 자연에서 찾으며 그런 해법을 시를 통해 잘 형상화하고 있다. 아이들은 자기 존재의 근원에 대한 궁금증과 닮음에 대한 의문을 누구보다 강하게 갖고 있다. 이런 아동들의 문제에 대해 시인이 제공하는 시는 아이들에게 삶의 총체성을 인식하게 하는데 있어 예술적 형상화에 성공하고 있다.

성장의 문제에 있어서도 그의 시는 잉태와 관련하여 일관되게 전개된다. 그는 무엇이 되는 것이 중요한 것이 아니라 어떻게 사는 것을 성장의 핵심으로 보고 있다. '자연은 스스로 닮는다'란 말과 같이 그는 성장 과정에서의 자연은 인성 형성에 있어 중요한 사실을 인식하고 자신의 경험을 시화(詩化)함으로써 성공하고 있다. 무엇이 되든 중요한 것은 자연을 잃지 않는 것이다. 그래서 지금은 시인인 그가 의식은 아직도 농부인 것이다.

교육의 문제 역시 앞의 잉태와 성장의 논리를 그대로 이어 간다. 교육의 핵심은 환경과의 관계에서 설정된다. 그는 인간을 인간답게 하는 최적의 환경은 자연이라고 보고 있다. 이때의 자연은 대상화된 자연이 아니라 인간과 통합된 총체성으로서의 자연이다. 따라서 그의 시에는 자연 속에서 건강하게 자라는 아이들의 모습을 시적으로 형상화하는 데 성공하고 있다.

동시는 분열과 갈등의 세계를 화해와 조화를 통해서 의식과 무의식, 세계와 자아의 통합을 시도함으로써 전 인격적인 실체를 이루는 동심을 바탕으로 하는 문학 양식이다. 이러한 관점에서 신현득은 대립, 모순이라는 양자의 뇌간으로 자연을 삼음으로써 시화하는 데 일관성을 보이고 있다.

● 괄호 안의 숫자는 그 작품이 처음 수록된 동시집의 발행 연도임.

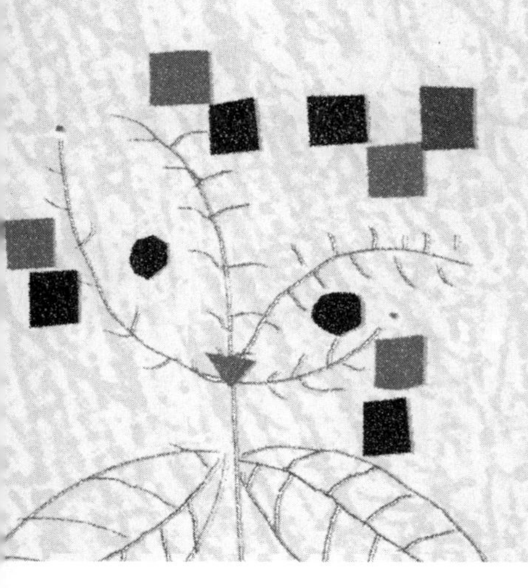

목중이

신현득

옥중이 옥중이
미는 키서 뭐 할꼬

고추장 수북이 먹고
등잡 수북이 먹고

나무 한 쪽
광0! 해오지

엄마라는 나무

엄마는
가지 많은 나무

오빠의 일선 고지서
소총의 무게 절반을 오게하여
가지에 단다.
오빠 대신
무거워 주고 싶다.

시집 간 언니 집에서
물동이 무게 절반을 오게하여
가지에 단다.

그 무게는 무게대로
바람이 된다.
동생이 골목에서 울고 와도
그것이 엄마에겐
바람이 된다.

뼈마디를 에는 섣달 어느 밤
엄마는 오빠 대신 추워 주고 싶다.

그런 맘은 모두
폭풍이 된다.

엄마라는 나무
바람 잘 날이 없다.

문구멍

빠끔빠끔
문구멍이
높아간다.

아가 키가
큰다.

괜찮다, 괜찮아요

조밭을 솎다가
허리를 쉬실 때
"어머니 허리 아파요?" 물으면
"괜찮다.' 하신다.

"주름살 위로
 고단한 빛이 보이네요."
"괜찮다."
"밤에는 헛소리도 하시던데요?"
"괜찮다."

내가 이 말씀을
알아 들은 것은
참으로 며칠 되지 않는다.

그래서 나도
"괜찮아요." 한다.

"애야, 괴로우냐?"
"괜찮아요."
"시장하지 않니?"
"괜찮아요. 어머니."

콱, 목이 메인다.

아가 손

아가 손
작은 손.
대추 하나
놓아 주면
손에 가득.

밤 한 개
놓아 줘도
손에 가득.

사과는 너무 커서
못 쥐는 손.

온 식구
예쁘다고
만져 주는 손.

아가 손에 아가 발에

엄마가
아가 장갑
짜서 놓으면

그 크기에 맞추어
아가 손이 크고

아가 손이 아가 손이
크고 있으면

아가 손에 맞추어
장갑을 짜고.

엄마가
아가 양말
짜서 놓으면

그 크기에 맞추어
아가 발이 크고

아가 발이 아가 발이
크고 있으면

아가 발에 맞추어
양말을 짜고.

아기 눈

까만 아기 눈 속
샘 그림자.
조그만 샘 속에
엄마 그림자.

그림자 덮고
잠이 들면,
그림자가 살아서
꿈이 되지요.

꿈속에서
엄마와 뛰어다니면,
찰방찰방 잔물결이
일어나지요.

엄마 손에는

엄마가
집을 나설 때는
언제나 빈손이다.

엄마가 돌아올 때는
빈손이 아니다.
아기 장난감
꼬까신
그리고……

손에 다 못 들면
바구니에 담는다.
바구니가 넘치면
보자기에 싼다.

허기에 지친 채
막, 담 모퉁일 도는
엄마가 있다.
그 엄마도
다음 골목, 가게 앞에 선다.
사탕 몇 개를 사서 쥔다.

시를 쓰는 엄마도 그렇다.
시 한 편으로 얻은 몇 푼을
구멍가게 앞에서 쪼갠다.
과일 몇 개를 산다.

세상 엄마는 다 그렇다.
조밭을 숨던 엄마도
돌아올 땐
참외밭에 잠시 들른다.

있기야 있지.
정말 빈손으로 돌아올 수밖에 없는
엄마가 있지. 그러나,
이런 엄마일수록
더 무거운 걸 들고 온다.
"애들아 나는 빈손으로 왔다."
그러나 그 손에서 쏟아지는 훈기.

엄마가 돌아오면
방이 환하다.

엄마가 아시는 것

엄마가
"우산 가지고 학교 가거라."
하시는 날은
비가 오게 된다.

엄마가
"오늘쯤 병아리가 깨겠구나."
하던 날
병아리 열 마리가 깼다.

용하지, 어떻게 아실까?
"오늘쯤 조 이삭이 패겠구나."
하던 날
뒷밭 조 이삭이 나왔다.

엄마가 알아맞히는 건
그뿐 아니다.
읍내 장에 가서
신을 고를 때도 그렇다.

"이만한 크기면 될 테지."
하고 사 왔다는 신이

내 발에 맞다.

아기 표정만 보고도
"또 군감자가 먹고 싶지?"
알아맞힌다.

"어떻게 그걸 알아요?"
물으면
"엄마이기 때문이지."
엄마는 웃으신다.

엄마와 시계

엄마는 시계를 보고
"그까짓 것" 한다.
엄마의 짐작만 못하다는 말이다.

부엌 창으로 들어온
아침 햇빛 한 줄기가
솥뚜껑 손잡이 꼭지를 비출 때
꼭 그 시간에
엄마는 설거지가 끝난다.

그 시간에 소도
쇠죽을 다 먹고
대문을 나선다.

시계를 보고
"그까짓 것" 할밖에
엄마 짐작이 더 용하다.

울타리 호박꽃에 벌이 모일 때
점심밥을 이고 들로 나간다.
일하던 아빠 시장기가 들려는 그 참에
엄마는 밭둑에 점심을 내린다.

그것뿐인가?
대추나무 그늘이
외양간 지붕에 걸리면
방아일을 시작고

박꽃이 필 때쯤
보리쌀을 안친다.
저녁상을 다 차리자
마당 끝에 풍경 소리가 들온다.

엄마에겐 그런 것이 모두 시계다.
새벽의 샛별이나
닭소리 말고도
해그늘과 피는 꽃이 모두 시계다.

그래서 정작 시계를 보면
"그까직 것 안 봐도 된다." 한다.
엄마가 더 용타.

엄마의 거짓말

엄마가
호콩 한 줌을 내어 주면서
이젠 호콩 없댄다.

호콩 다 먹고
"엄마 한 개만." 했지.
"없다니까, 자."
이번엔 호박씨 네 개다.

호박씨 다 까먹고
또 조르면
"이젠 호박씨도 없다. 봐."
엄마가 두 손을 펴 보였지.

없다던
호박씨.
봄 되어
울 밑에 북을 돋우고
엄마 손으로
호박씨를 꽂는다.

텃밭에, 엄마 밭에

호콩 몇 고랑도 심고
둘레에는 해바라기 씨를
심었다.

해바라기 씨도
있었군.

엄마가
없다 하던 것.

박꽃 피는 시간에

박꽃 피는 걸 보고
엄마는 저녁 쌀을 안치고.

저녁 연기 나는 걸 보고
하늘은 빨간 노을을 펴고.

하늘의 노을을 보고
아빠는 들에서 연장을 챙기고.

아빠가 돌아오신 걸 보고
제비는 식구끼리
제집에 들고.

해질 무렵

아버지들이
허기를 만난다.

내 집은 없어도
남의 집은 지어야 하는

내 밭은 없어도
남의 밭은 매어야 하는
그런 아버지들.

허기가 난다.
담 모퉁이를 돌던 엄마도.

그 머리에 인
팔다 남은
사과 서너 개.

아버지 젖꼭지

아버지 가슴에 까만 젖꼭지
엄마가 될 수 있는 흔적이다.
그런데 아버지는
왜 젖을 주지 않는가?
더 많은 사람 젖 주기 위해
한 아기에게는 젖을 주지 않는다.

아침에 나가서 아버지는
종일 흙과 같이 산다.
기계를 쓰다듬어 엔진을 건다.
땀에 젖은 까만 젖꼭지.

더러는 석탄 갱구에서
석탄을 보듬고
더러는 바다에서
바다를 달랜다.

지친, 해질 무렵에
아버지 두 손 위에 놓이는 건
물고기 몇 마리일 수도 있다.
몇 푼 동전일 수도 있다.
흙이 놓아 주는

몇 개 과일일 수도 있다.

우리 식구들에게
고루 나누어질 것.

이것을 들고 아버지가
저녁에 돌아와
작업복을 벗으면
아버지 가슴에
두 개 젖꼭지.

그 때서야 안다.
어째서 아버지는
엄마가 될 수 없는가를.

땔나무를 대어 주는 아버지의 손

겨울 동안,
아버지 손이 아니면
따습지 않다.

눈길로, 아버지가 땔나무를 져 오면
우리는 모닥불 둘레에서 겨울을 난다.

모닥불은 모두에게 고루 따습지 않다.
그래서, 아버지는 이마에 등불을 단다.
레일과 수레를 거느리고
어두운 땅속으로 길을 뚫는다.

지하 1만 미터엔
탄맥이 숯으로 누워 있다.
7천만 년 전에 예비해 둔
우리들의 땔나무.

갱도의 막장에서, 아버지는
무너지려는 바위를
달래야 한다.

땅속에서 길이 막히면

열흘이라도 버티면서
마음까지 숯이 된다.

목숨으로 캐 올린
연탄이란 땔나무엔
아버지 검은 땀이 배어 있다.

이것이 우리, 겨울의
체온이 된다.

용기라는 알약
—아이 엠 에프를 견디는 아빠께

아빠!
가슴 아플 때는
알약 하나 드시고
가슴 만지세요.

머리 아플 때는
하얀 알약 하나 입에 넣고
꿀꺽 물 마시고
머리 만지세요, 아빠!

웃음 잃은 아빠께
더 좋은 약이 있죠
초등학교 아니, 국민학교 때
예쁜 담임 선생님이
몰래, 주머니에
넣어 주신 게 있을 거예요.
"이보다 더 좋은 약은 없다."
말씀으로 반짝이는
하얀 알약 하나.

찾아보세요

'용기'라 불리는
그 알약 하나 드시고
물 한 모금 꿀꺽.

가슴 한 번
쓸어 보세요, 아빠!

무좀 요놈

딴 곳도 아닌
우리 아빠
발가락 사이.

딴 곳도 아닌
우리 아빠 발톱에
붙어 살다니.

무좀
요놈!

양말
벗을 시간도 없이
무좀약 바를 시간도 없이

눈 붙일 사이도 없이
바쁜 아빠
일하게 둘 일이지.

네놈처럼
남 괴롭히는,
네놈 같은 사람에게나
달려들 일이지.

외갓집

울타리로
오른
호박잎 새로

흔들리며 열리는
외갓집 대문.

"애야 방학 이틀에 온다더니."
할머닌 국수를 미시다
홍두깨를 든 채 일어서시고

노를 꼬시다
할아버지는 마루에서 내리신다.

국수 꼬리를
구워 물고
뒤란에 가 보니
엄마와 같이 컸다는 감나무
꼭대기쯤에

—쓰르람
—쓰르람
쓰르라미가 인사를 한다.

아빠 공부

좋은 아빠 되려는 아빠 공부를
아빠 되기 전부터 했었지.

네들과 많이 놀아 줘야 되는 것은
아빠 되기 전부터 알았지.

회사일 바쁜 시간에 쫓기다가 아빠는
오늘도 늦은 밤에 대문을 연다.

"미안해, 애들아"
아빠 목소리는 지쳐 있다.

"일찍 들어오는 아빠가 좋은 아빠예요."
아빠 되기 전부터
그건 알았지.

아빠 공부
헛공부였어.

곶감 찾기

시골에서
할머니 갖고 오신 것.
엄마가 숨겼다.
곶감 찾기.

내 키 닿는 데는 없다.
받침 놓고 뒤져도 없다.
먹고 싶은 곶감.

시렁에도 벽장에도 없다.
둘만한 곳 다 봐도,
없다 없다 없다.

소풍 때 보물찾기로
상을 탄 내가
"못 찾겠다, 꾀꼬리!"

그래도
안 나오겠니?

아버지 새끼발가락

지금이라도
버선을
좀 벗어달래서
아버지의
새끼발가락을
들여다보아라.

그 발가락에
발톱이 닳고
굳은 살이 박히기까지는……?

눈을 감고
생각해보아라
아버지가 얼마나
쏘다니시나?

건강하고 힘센 아비 찾기

최명표

1

'뉴 밀레니엄'이라는 세기적 화두를 앞에 두고 사회의 각 부문에서 논의가 활발하다. 문화의 첨병을 자처하는 문학 부문이라고 예외일 수는 없다. 하지만 새로운 천년이라는 소위 '대희년'은 엄밀히 따져서 특정 종교와 대륙의 이벤트에 지나지 않으며, 국조가 다른 우리에게는 별반 새로운 의미를 가져다 줄 수 없다. 그럼에도 불구하고 온 나라가 소란한 현상들을 바라보면서, 과연 우리에게 주체성이라는 것이 존재하는지 회의가 인다. 죄다 아비 없이 살아가는 탓이다. 마치 먼지내 폴폴 나는 신작로를 걷는 기분이다. 집안에 아비가 없으니 남이 떠들면 덩달아 떠들어야 하고, 남들이 일어나면 따라서 일어나야 하는 신세가 처량하다.

아비 없이 살아가기는 동시단이라고 해서 예외가 아니다. 이 글에서 논의하고자 하는 신현득은 여느 시인들이 과도할 정도로 여성 편향의 작품 생산에 관심을 기울이는 시단의 현실 속에서, 고군분투하며 아비의 진정한 모습을 되살리려고 힘쓰는 시인이다. 그의 시에 나타나는 아비상은 크게 두 가지로 구분할 수 있다. 하나는 생활인으로서의 아비이고, 다른 하나는 아이의 교사이자 조국으로서의 아비이다.

2

한 시인에게 가장 소중하면서도 가까운 존재로 다가서는 것은 부모이다. 세상의 모든 자식들은 아비와 어미의 인연으로부터 자유로울 수는 없다. 신현득 역시 이러한 사실로부터 벗어나지 않는다. 세상에 쓰여진 사모곡들이 다 그렇듯이, 그에게 어미는 모든 것을 자식에게 다 주는 헌신적인 모습으로 나타난다. 어미란 소재의 특성상 특별한 형상화를 요구하게 되는데, 그의 작품에 나타난 어미는 여느 작품에서나 산견되는 범상한 모습에 그친다. 어미란 세인들 각자에게는 항상 특별하지만, 모든 어미의 모습이 보편적인 이미지에 머물게 되는 이유는 그 모습이 편재적이라는 데 있다. 그가 「엄마라는 나무」에서 아무리 엄마가 군대간 "오빠 대신 추워주고 싶"어서 근심하여도, 세상의 모든 어미는 다 그런 감정을 느끼기 때문에 특별한 감흥을 불러일으키지는 못한다. 또 「괜찮다, 괜찮아요」에서 어미의 말뜻을 늦게야 알아차리고 "콱, 목이 메"이거나, 「아가 손에, 아가 발에」처럼 아이를 위해 장갑이나 양말을 짜는 수고를 하여도 유별하다는 느낌이 들지 않는다. 익숙한 소재일수록 독자의 관심을 쉬 끌 수는 있지만, 그의 눈동자를 오래 붙잡아 둘 수는 없는 것이다.

이런 이유로 그의 출세작이라고 할 수 있는 「문구멍」이나 「옥중이」가 값나가는 것은 자전적 요소의 시화에 성공했기 때문이다. 그가 첫

시집 『아기 눈』을 펴냈던 시기는 한국전쟁의 결과로 인한 아비의 죽음
이 도처에서 목도되던 무렵으로, 전후의 비극적 참상이 눈부시도록 슬
프게 드러났던 때이다. 이 작품은 시인에게 매우 소중한 작품이다. 그
의 첫 시집의 서두를 장식한 것도 그렇거니와, 이에 대한 설명을 후기
에서 거듭하고 있다는 점에서 그렇다. 자손이 흔하지 않은 집에서 태
어난 시인을 두고, 집안 어른들은 '옥같이 중한 아들'이라고 하여 '옥
중이'라고 이름하였다고 한다.

> 어릴 때의 나는 무척 재롱둥이였다고 합니다.
> "옥중아, 너는 커서 뭐 하노?"
> 누구든지 이렇게 물으면 나는 이렇게 대답했다고 합니다.
> "보리밥 수북이 먹고, 고추장 수북이 먹고, 나무 한 짐 쾅당 해오지."
> 나의 어머니는 내가 어서 커서 나무도 하고 농사도 짓는 훌륭한 농군이
> 되기를 바라고 사셨습니다.

시 속의 옥중이가 시인의 아명인 사실을 떠올리면, 이 작품은 남김없
이 시인의 생각이 투영된 것이다. 이것은 그의 시쓰기가 현실적 체험
에 근원하고 있다는 움직일 수 없는 증거인데, 가난을 전혀 부끄러워
하지 않는 의연한 삶의 자세가 도드라져 보인다. 이 작품에서 화자, 곧
시인의 자의식은 건강한 삶에의 의지로 충만해 있다. 그가 어릴 적부
터 나무를 한 짐 '쾅당' 해오겠다고 결심한 것은 매우 시사적이다. 예
로부터 집안의 땔감을 책임지는 것은 남정네의 몫이었으므로, 그의 다
짐은 소박한 남성성의 드러냄에 지나지 않는다. 그렇지만 나무하기는
용도에 알맞은 나무를 찾아야 하는 과정을 수반하면서, 한 집안의 아
비 없음을 상징적으로 노정시키게 된다는 점에서 독자들에게 다가서
는 의미 하중은 무겁다.

그가 구체적으로 생각의 키를 키우기 시작한 것은 「문구멍」에서 비롯된다. 그는 아비처럼 "하늘에 닿도록 키가 크고 싶어"지고, "어서 커서 뒷재를 넘어"보고 싶어한다. 아비가 간 상경길을 따라가고자 했던 호기심 많은 소년은 근대화의 초입 단계에서 비로소 제 갈 길을 찾게 된다. 그것은 자의식이 강한 소년의 입사식담이 시작된 것을 뜻하므로, 그에게 어른이 된다는 것은 가솔을 먹여 살려야 하는 아비가 되는 것이다. 그가 아무리 사모곡을 부른다고 해도 아비에 대한 그리움이 상쇄되는 것은 아니다. 그가 자라면서 자신의 어머니와 같은 수없이 많은 한국 어머니들의 모습을 보았다는 사실에 기대면, 그가 찾는 아비상이란 결국 자신의 아버지를 대체하는 인간형에 지나지 않는다는 것을 유추할 수 있다.

그의 아비 찾기는 일상적 군상들에 파묻힌 무기력한 아비상을 시화하는 데서 더욱 빛을 발하는데, 『바다는 한 숟갈씩』의 시편들이 그에 속한다. 이 무렵에 시인은 대구의 변두리에서 시골 생활을 하고 있었다. 농어촌의 전화 사업조차 마무리하지 못한 때였으므로, 그의 삶은 궁벽한 시골 인심을 체험하는 데 제격이었다. 하지만 그의 한 발은 이미 도회지에 딛고 있었기에, 도시에서 밀려난 자의 일상을 체험하기에도 안성맞춤이었던 것이다. 당연히 아비의 표정은 한가로움을 찾아볼 수 없을 만큼 시드러워야 했다.

아버지들이
허기를 만난다.

내 집은 없어도
남의 집은 지어야 하는

내 밭은 없어도
남의 밭은 매어야 하는
그런 아버지들.

—「해질 무렵」 일부

달력이
나날을 세어 넘깁니다.
방세가
하루하루 불어갑니다.

아버지의 월급은
오르지 않습니다.

—「셋방에 걸린 달력」 일부

　정작 자신은 무주택자이면서 남이 살 집을 짓는 아비와 방세는 올라가는데 오르지 않는 월급을 받는 아비로 인하여 아비상은 몹시 훼손되게 된다. 처자식 앞에서 가부장으로서의 권위를 내세우기 위해서라도 아비는 자본주의의 질서 속에서 재편되어야 하는데, 이미 계급적 한계에 직면한 아비는 빈곤의 재생산 대열에 합류해 버린 것이다. 구체적으로는 『아버지 젖꼭지』에서 부성적 상상력의 파노라마를 구경할 수 있는데, 표제시 「아버지 젖꼭지」를 비롯하여 아비를 소재로 한 10편의 시가 한데 묶여 있다. 이 작품들은 아비를 향한 시인의 애정이 상상력으로 발현된 것인데, 대상의 초점화 이후에 발산되는 양상을 보여주고 있다.

아버지 가슴에 까만 젖꼭지

엄마가 될 수 있는 흔적이다.
그런데, 아버지는
왜 젖을 주지 않는가?
더 많은 사람 젖 주기 위하여
한 아기에게는 젖 주지 않는다.

―「아버지의 젖꼭지」 일부

　이 시는 아버지 연작의 총론부에 해당하는 작품이다. 시 속의 2, 3연
에 나오는 들판으로 나가서 '종일 흙과 같이 사는 아버지'는 「들을 가
득 채우는 아버지의 손」으로, '기계를 쓰다듬어 엔진을 거는 아버지'
는 「기계를 달래는 아버지의 손」으로, 더러는 '석탄 갱구에서 석탄을
보듬는 아버지'는 「땔나무를 대어주는 아버지의 손」으로, '바다를 달
래는 아버지'는 「그물을 당기는 아버지의 손」으로 분절되어 시화된다.
　또한 『해바라기 씨 하나』에 속한 「7월의 아버지」도 이와 같은 역할을
수행하고 있다. 시 속에 나오는 석수장이는 「돌을 새기는 아버지의 손」
으로, 막노동꾼은 「빌딩을 세우는 아버지의 손」으로 시어의 확장을 꾀
하게 된다. 아버지의 젖꼭지가 젖을 주는 데 소용되지 않는다는 사실
이야말로, 이 연작시의 시작 동기로 작용하고 있는데, 그에 의하면 '우
리 식구들에게 고루 나누어주고자' 한 사람에게만 젖을 물리지 않는
아버지의 젖꼭지가 내포한 의미는 깊은 것이다.

뒷거름의 냄새를
고이 싸서 지고 가서,
아버지가
포기마다 나누어주셨다.

―「냄새」 일부

이와 같이 한없이 베풀기만 하는 아버지에 대한 그의 가없는 애정 고백은 역사의 진보에 따라 본의 아니게 훼손되어 버린 바람직한 아비상의 재건을 향한 시적 노력에 다름 아니다. 그리하여 그의 시적 관심은 아비상이 온전하기 위해서는 손뿐만 아니라 다른 신체 부위까지 미치게 되는데, 그것은 손의 대척점에 놓인 발이다. 발은 아버지가 세상을 향해 삶에의 의지를 표현하는 신체 행위를 담당하고 있으며, 그가 딛고 선 현실적 상황을 정확하게 반영하고 있기 때문이다.

그 발가락에
발톱이 닳고
굳은살이 박히기까지는……?

눈을 감고
생각해 보아라
아버지가 얼마나
쏘다니시나?

—「다버지 새끼발가락」 일부

이 작품에 나오는 아버지의 발가락이 닳은 이유는, 그가 쏘다니는 길에서 얻은 것이다. 하지만 이 경우의 길은 나라의 아비 없음, 곧 국권 침탈기로부터 기원되었다는 점에서 시 속의 아버지는 유민적 성격을 갖는다. 시대적 조건에 눈을 맞추더라도 유민으로서의 아버지는 선명해진다. 그에게는 돌아갈 고향이 없는 것이며, 시대는 그를 가장으로 대우하지 않을 만큼 바뀐 것이다. 그는 앞에 닥친 현실적 무게로 인하여 더 이상 머뭇거리거나 막연한 기대 심리로 아버지를 그리워할 수 없었다. 세월의 흐름 속에서 어엿한 생활인으로 자란 것이다. 그가 남

달리 아버지의 '새끼발가락'에 주목한 것은, 나중에 아버지의 '젖꼭
지'를 찾아내기 위한 단초로 보인다. 그는 앞에 닥친 현실적 무게로 인
하여 더 이상 머뭇거리거나 막연한 기대 심리로 아버지를 그리워할 수
없었다. 세월의 흐름 속에서 어엿한 생활인으로 자란 것이다.

　그는 두루 존재하는 아비를 통해 자신의 삶과 꿈을 투사하여 시화하
고 있는 셈이다. 그가 찾아낸 아비들은 편재하는 범부들이기에, 아무
데서나 서로 어울려 신명나는 판을 벌일 수 있다.

　　윗골짝 아랫골짝
　　오늘 하루 들일을 쉬고
　　학교 운동장으로
　　나들이웃들이 모였습니다.
　　손뼉소리가 모였습니다.

　　쟁기를 잡던 손.
　　풍석질을 하던 손.
　　바디집을 잡던 손.

—「산골 운동회」 일부

　요즈음에는 이조차 만족스러울 정도가 아니지만, 산골 학교 운동회
가 갖는 이벤트로서의 의미는 실로 막중한 것이다. 더욱이 이날을 통
해 여러 가지 손들이 손뼉으로 만나서 공동체적 연대감을 누릴 수 있
었다. 시인의 의식은 더욱 확장되어 지역주의를 초월하고자 한다.

　　경상도와
　　전라도 사투리 사이에

충청도 사투리 한 식구가
주민등록증 하나씩을 들고 와서 앉는다.
먼 시골서 와서
판자 울을 치고 앉는다.

―「판자 마을」 일부

이 작품은 도시화의 물결 속에 편입되지 못하고 변두리로 밀려난 가난한 아비들의 모습을 담아낸 것이다. 그들이 각기 제 고장의 사투리를 버리지 않는 한, 그들은 끝내 '교양있는 중류'가 될 수 없다. 사고와 계급의식의 표준화를 저해하는 것은 다름 아니라 그의 삶이 나이테와 더불어 확장된 사투리인 것이다. 그러므로 변방성을 담보하는 사투리는 힘을 잃은 아비의 처지를 나타내는 언어적 표지이다.

그가 집요하게 추구하고 있는 아비 없음에 대한 반향은 『박꽃 피는 시간에』에 이르러 더욱 확대된다. 어머니의 등장으로 인해 다소 선명도가 저하되고 있는 것도 사실이지만, 지리적으로는 '산골 학교'에서 각 지방의 사투리들이 모여 사는 '판자 마을'까지 넘나들고 있다. 그 과정에서 새삼 확인한 것이 있다면, 자신의 어머니와 같은 삶을 사는 수많은 한국 어머니들을 발견했듯이, 지치고 힘겨운 표정의 아비 군상을 찾아낸 것이다.

하지만 아비가 아무리 일상적 삶으로 인해 힘들어 해도, 그가 "땔나무를 대어주"고, "새벽길을 매만지"고, "기계를 달래"는 '손'을 갖고 있는 한, 우리 집은 "용기라는 알약"을 먹으며 아이 엠 에프라는 경제적 위기를 견딜 수 있으리라 믿는다. 그는 박꽃 피는 시간에 "아버지 돌아오신 걸 보고/제비는 식구끼리" 제 집에 드는 것을 보았던 것이다. 온 가족이 제비와 함께 아버지의 귀가를 기다리는 한, 아버지는 마침내 돌아올 것으로 굳게 믿고 있기 때문이다.

그 좌표가 구체적 모습을 갖추고 드러나기 시작한 것이 바로 『통일이 되는 날의 교실』이다. 가령 어느 폐광촌 학교를 위해 쓴 「떠나는 교실」, 어느 섬마을 분교장을 위해 쓴 「철수가 결석하던 날」, 어느 두메 분교장 어린이에게 주려고 쓴 「세계에서 제일 큰 학교」 등을 읽노라면, 그가 사회를 향해 발언하는 강도와 폭을 구경할 수 있을 터이다.

> 태백산 꼭대기가 내려다뵈는 곳에
> 국기 게양대를 세운
> 우리 분교장.
> 우리는 광부의 아들.
> 알뜰히 긁어 파내고,
> 그래서 이제부터
> 석탄이 나지 않는다.

— 「떠나는 교실」 일부

열심히 일했더니 더 이상 파낼 석탄이 없어서 문을 닫아야 하는 이중적 현실 앞에서, 시인은 "이제 마지막으로 광산주까지/기계를 챙겨 신고" 산을 내려가는 풍경을 시화해내지 않으면 안 되었을 것이다. 폐광은 분명하게 아비들의 실직을 데려올 것이고, 그로 인해 아이들은 정든 학교를 떠나도록 만든다.

이에 비하여 섬마을 학교는 더욱 절실한 아픔을 간직하고 있다.

> 철수는
> 바다에서 잃은 아버지를
> 대신해 바다에 나가고
> 오늘도 교실의 자리를 비웠다.

— 「철수가 결석하던 날」 일부

앞의 광산촌에서 '광부를 상대로 막걸리를 팔던 덕쇠네' 가정과 비견되는 철수의 불우한 가족사는, 고도 성장기에 소리 없이 흐르던 아비 없는 사람들의 처연한 몸부림이었다. 시인은 아비 없음이 전국에 산재한다는 사실을 학교라는 배움터에서 재확인한 것이다. 이 시기에는 그의 상상력이 사회적 현상에까지 미치고 있다는 점에서, 차후의 아비 찾기가 더욱 구체적인 양상으로 드러날 것임을 예견하고 있는 셈이다.

아비가 들일을 하는 동안, 식구들의 한 해는 온전하게 넘어갈 수 있다. 더군다나 거름을 내는 행위는 이듬해의 농사를 예비하는 것이므로, 아비의 노동력은 겨우내 비축되어야 한다. 그가 현실적 조건으로부터 제약을 받더라도 노동력은 유지되어야 하는 것이다.

—내 얼굴이 어떤가?
—옆의 보리를 보면 알지.

—「보리가 팬다」 일부

이처럼 이웃에서 자신의 모습을 찾아내야 할 만큼, 아비들은 자신조차 추스릴 여유가 없었다. 그러나 아비가 아무리 황량하다고 할지라도 시인은 그를 자신의 나아갈 바로 설정한다.

그가 필생 동안 찾아 나선 이 시대의 진정한 아비상은 결국 그 자신이 추구하고자 하는 아비상에 다름 아니다. 그것은 어릴 적부터 한결같이 되고 싶었던 '아버지보다 힘센 농군'으로 구체화된다.

나무는
나보다 빨리 자라 산을 덮고
나는 그들보다 더 빨리 커서

농군이 되고 싶다.

아버지보다 힘센 농군.

—「교실」 일부

　그가 초기 작품 「옥중이」에서 하고 싶었던 '나무 해오기'는 나무가 자라서 농군으로 아버지보다 힘센 농군으로 건강하게 승화된다. 그가 꿈꾸어 왔던 일상인으로서의 아비는 결국, 평범하게 노동하는 아비였던 것이다.

　　　3

　신현득은 한때 초등학교의 교사직에 종사하였다. 그러한 개인사적 이력은 제2시집의 말미에 붙인 시인의 「후기」를 통해 표백되었듯이, 시작 활동의 원동력으로 작용하다.

　나는 나의 학급 아이들에게 들려주기 위해 시를 쓴다. (……) 나의 교육 이념은 어떻게 하면 아이들의 뼈에까지 스민 민족적 열등감을 씻어 주고, 제 나라와 조상을 업신여기지 않는 놈으로 키우느냐이다. 나는 여기서 열심히 조국과 조상을 설명해 본다.

　그가 자기 반 어린이들에게 들려주고자 하는 내용의 요지를 짐작하게 하는 고백이다. 어린이들의 가슴속에 내재된 '민족적 열등감'을 씻어주는 것, 이것이야말로 그의 교육관이며 문학관인 셈이다. 이때 시인과 교사는 분리할 수 없는 일심동인이다. 그의 시가 교직이라는 또 하나의 생활에 대한 성찰에 기원하고 있다는 증거이다.

제 아비가 힘이 모자라 남에게 두들겨 맞는 것을 보았을 때, 아이들은 얼마나 낙심을 할까 상상해 본다. 아이들에게는 아비란 반드시 세상에서 제일힘이 세어야 하기 때문이다.

대저 아비란 무엇인가. 아이들에게 ‘세상에서 힘이 제일 센’ 사람이고, 남에게 ‘두들겨 맞지 않아야’ 할 사람인 것이다. 그리하여 아비는조국과 동열에 놓이게 된다. 따라서 그가 남에게 두들겨 맞는 것은 외세의 침탈과 주권 상실로 이어지는 것이 당연하다. 그가 어린이들에게열심히 ‘조국’과 ‘조상’을 동시로서 설명하고 있는 한, 교사는 조국이며 조상이 된다. 그러므로 그의 시에서는 시인과 화자가 뚜렷이 구별되지 않는 특징을 갖는다.

그의 아비 찾기는 자신의 부끄러운 과거를 고백하면서 역사적 상상력의 세계로 확대된다. 유소년기에 자신을 지탱해 주었던 시국관은 다름 아닌 일제에 의한 황국신민 양성 책략에 불과한 것이었으며, 전혀항거하지 않고 놀아났던 불우한 시절의 자화상을 직접적으로 토로한것이다.

제 나라 국기가
어떻게 생긴 것도 모르는
불쌍한 아이들은

오늘도
교장 선생 따라
왜놈의 임금 만세를 부르고 있었다.

—「나는 보았다」 일부

교사란 무엇인가. 교실의 모든 어린이들의 표상이자 사표이지 않은 가. 따라서 그는 어른들 중에서 가장 강력한 인물이어야 하고, 온갖 경의의 대상이어야 한다. 그런 점에서 교사는 아비를 대체하는 또 하나의 개념어이면서, 그의 부성적 상상력이 변주된 다른 모습이다. 이 작품이 소년의 눈을 통해 자신의 기억을 반추하고 있다면, 다음 작품은 그 시절에 살아남은 자의 슬픔을 어른의 눈으로 형상화하고 있다는 점에서 더불어 읽어야 한다.

너희들이 나를 선생님이라 부를 때마다
나는 죄 지은 사람이라 생각한다.
너희들이 나를 선생님이라 믿는 것을 볼 때
꼭 이 이야기를 해야겠다.
그러지 않고는 견딜 수가 없구나.

—「이 이야기를 하지 않고는 견딜 수가 없구나」 일부

두 편의 작품에 배어 있는 주권 상실의 고통은 시인으로 하여금 참회의 눈물을 흘리게 하였다. 이로써 그는 "문틈을 지나/빼닫이 틈을 지나/조그만 필통 안까지 들려오는 닭소리"를 들을 수 있었고, 집 나간 아비의 고생담을 시화할 수 있었던 것이다. 말할 나위도 없이, 역사는 아기의 울음으로부터 비롯된다. 그가 「경주」에서 들은 '새벽닭 소리'는 온전한 역사의 소리가 아니었다. 그는 국토의 한 귀퉁이에서 첨병이라는 외세의 개입을 요청했던 치욕의 강토의 일부에 지나지 않는 신라로서는 그의 상상력이 비상할 수 없었던 것이다. 그래서 쓰게 된 작품이 「우리 나라 첫날」, 「알 속의 임금님」, 「부여에서」 그리고 「고구려의 아이」였다. 이들 작품은 교사로서의 시인이 어린이들에게 들려주고자 재생한 우리의 역사이다.

「알 속의 임금」은 '동명성왕 이야기'라는 부제가 말해 주듯, 영웅서 사시를 동시로 재구한 작품이다. 그는 자신이 담당한 어린이들이 "남에게 두들겨 맞아" 가슴마다 갖고 있는 '민족적 열등감'을 불식시키려고 교사의 입장에서 우리 민족의 영웅 탄생 신화를 시화한 것이다.

> 동명성왕이
> 앙! 울음을 터뜨렸네.

―「알 속의 임금」 일부

한 영웅이 태어나는 과정을 역사적 상상력을 동원하여 시화하고 있다. 동명성왕이 태어나자 "마굿간의 말들"과 "마당 가의 나무들"이 듣고, 세상에서 으뜸가는 나라를 세울 성군이 될 것이라는 운명이 예견되는 시적 흐름은, 영웅설화의 시화 과정을 담아내기에 충분하다. 또 「고구려의 아이」에서는 고구려의 어머니들이 아이를 낳은 뒤 들려주는 이야기가 모두 영웅담이고, 그 영향으로 지금은 강실해 버린 우리 겨레만의 고유한 용맹성을 키우려는 시인의 의지가 고스란히 담겨 있다. 이 작품은 시인에게는 남다른 의미를 갖는다. 왜냐하면 그가 이상적 인간상으로 상정한 고구려의 아이들을 좀더 가까이서 상상할 수 있기 때문이다.

> 고구려의 엄마는
> 아이가 말을 배울 때면
> 맨 먼저 〈고구려〉라는 말을 가르쳤다.
> 다음으로
> 〈송화강〉이란 말을 가르쳤다.

―「고구려의 아이」 일부

이 작품은 서사적 구조를 띠고 있는데, 한 아이가 태어나서 교육을 받고, 그것도 형식 교육이 아닌 엄마의 무릎학교에서 가르침을 받고, "끝없는 벌판"으로 가기 위하여 출가하기까지의 과정을 담고 있다. 고구려의 승전담과 할아버지와 아버지의 용맹스러움을 엄마로부터 실화로 듣고 난 아이가 장성하여 용감한 고구려의 전사가 되고, 마침내 요동을 향하여 출전하는 시적 전개 양상은 시인의 시작 의도가 어디서 비롯되는지를 여실히 보여주고 있는데, 다음의 고백은 그의 생각을 살피는 데 퍽 쓸모있다.

　나는 바보였지만 자라는 어린이들은 바보가 되지 않게 해야지 하는 생각으로 '한국인이 되라! 가장 한국인다운 한국인이 바로 세계인이다' 라고 잔소리처럼 되뇌었습니다. 특히 역사를 가르치면서 고구려를 더욱 힘주어 가르쳤습니다. 고구려야말로 우리의 정신이 되어야 한다. 요동벌을 호령하던 고구려 정신이 어린이들 가슴마다 심어져야 한다고.

그가 심정적 근원을 고구려에 두고 있다는 사실은, 그의 역사관을 드러내 주면서 동시에 아비의 이미지와 활동 공간을 추측케 한다. 그는 고구려의 아비가 살아 있었더라면 조국의 언어가 손상되는 아픈 기억은 없었을 것이라고 단언하는 것이다. 그의 이런 생각은 왜색 종교의 국내 침투를 반대하는 운동의 대열에 참여하도록 하였으며, 이 또한 고구려적부터 이어져 오는 한국적인 아비상을 지키려는 민족적 자존에 기반을 두고 있다. 그에게 고구려는 아비의 대체물로 기능하며, 그러한 인식력은 그의 시작 활동에서 큰 비중을 차지하고 변주되는데, 부성적 상상력과 긴밀히 연결되어 「아버지의 젖꼭지」를 위시한 작품에서 발견할 수 있다.

그의 역사적 상상력은 3·1 독립만세운동을 노래한 「그 목소리를 듣

자」,「불국사 층계다리」,「첨성대」,「선덕여왕님께」,「세종 할아버지」,
「김유신의 발자국 위에」등으로 동심원을 그리며 확대되다가,『통일이
되는 날의 교실』에 이르러 무척 성숙된 모습으로 나타난다. 그것은 민
족의 비원인 조국 통일에 관한 생각들을 가다듬은 데서 찾아진다. 광
활한 중원을 달리던 고구려인의 모습에서 진정한 아비상을 찾고자 한
시인이므로, 통일이 되던 날을 기다리는 것은 더욱 의미로운 것이다.
여기 속하는 작품으로는「통일이 되는 날의 교실」,「어머니의 노래」,
「교실의 노래」등을 꼽을 수 있다. 가정법을 빌어 시상을 전개한 까닭
에 더러 상기된 얼굴로 낭독하게 된다.

> 그 소식을 듣고부터
> 필통 안 콤파스가
> 그냥 있는 게 아니었다.
>
> 연필도
> 제가 필통을 열고
> 나오는 것이었다.
>
> 교실은
> 책상들까지
> 덜컥거리는 것이었다.
>
> —「통일이 되는 날의 교실」 일부

　비록 시대와의 불화에 기인한 가난의 굴레를 벗을 수 없는 아비지만,
그를 따르는 자식 앞에서는 한 그루 나무처럼 우람하게 서고 싶은 아
비야말로, 시인이 애써 지키고 싶어하는 아비상인 것이다. 온 가족이

집 나간 아비의 귀가를 기다리는 한, 아비는 마침내 돌아올 것으로 굳게 믿고 있는 그의 시적 기도는 본래적인 아비상의 복원으로 귀결될 것이다. 그 모습은 교사와 국가의 개념을 겸비한 건강한 자의식을 소유한 아비이다.

파편을 맞은
아픈 가지로도

아기에게 주고 싶어
감을 익혀 들고

휴전선에 선
감나무.

—「휴전선에 선 감나무」 일부

그럼에도 불구하고 아버지는 한 그루 감나무가 되어 식솔들을 먹여 살리는 데 한 가닥 도움을 주고자 한다. 가지가 찢어진 휴전선의 감나무가 홍시를 들고 서 있듯이, 아비는 망가진 권위를 동그마니 부둥켜안고 있었다. 그에게 아비는 결코 무너짐이 없는 존재, 그 자체였던 것이다.

이 글은 신현득이 끊임없이 추구하고 있는 아비 찾기의 여정을 따라가며 구경함으로써, 그의 부성적 상상력을 살피고자 하였다. 그는 동시대의 아비 상실에 대하여 건강한 인식을 통해서, 시대적이고 사회적인 아비의 의미를 찾아 나서고 있다. 따라서 동시대의 동시인들은 현대 사회의 아비 없음에 대한 보다 근원적인 의미를 탐색하는 데 공을 들여야 할 것이다. 그것은 곧 현실에 대한 엄정한 파악 아래서만 가능

한 일이며, 시의 사회적 기능을 제대로 자리매김하는 데서 튼튼한 시각을 확보하게 될 것이다. 그것은 근대성과 함께 서구로부터 일방적으로 주어진 새 천년이라는 화두의 허상을 깨는 데서 출발해야 한다. 더이상 우리들의 아비가 자식들의 곁으로 돌아오지 못하고, 거리를 방황하게 만들어서는 안 될 때이다. 우리에게는 어미와 함께 아비도 필요한 것이다.

● 괄호 안의 숫자는 그 작품이 처음 수록된 동시집의 발행 연도임.

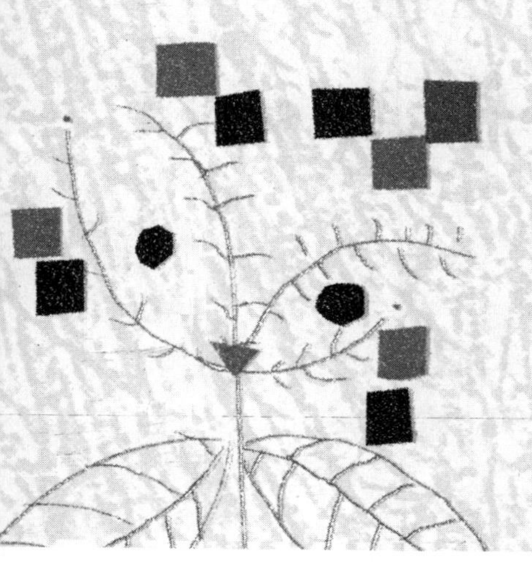

옥중이

신현득

옥중에 옥중이
너는 커서 뭐 할래?

보리밥 수북이 먹고
고추장 수북이 먹고

나무 한 짐
광! 해오지

산

골짝 물이
조잘대며 흐르는데
바위들에게도
귀가 있을 거야.

산나리꽃이
예쁘게 웃어 주는데
나무들에게도
정말은 눈이 있을 거야.

심심해 노루들이
메아리를 부르다 가면
메아리를 듣고
나무들이 크고
꽃이 피고……

이렇게 어울려 놀면서
산에서는 모두들 즐거울 거야.

수수밭

바람이 모이는 곳은
흔들 것이 많은 수수밭이다.

가으내 키가 자란 수수는
깃발같은 팔을 여럿 달았다.

바람이 겨드랑일 간지려 가면
이랑마다 흔들흔들 춤이 된다.

작은 키로 익은 강아지풀보다
종아리가 길어서 참 좋다.

목줄기가 무겁게 매달린 낟알
그것이 자랑스러워서 춤이 된다.

바람과 수수가
산밭에서 어울렸다.

봄 개울

햇빛이 입김을 불어
겨우 얼음을 뚫었다.
개울물이 겨울잠에서 깬다.
그제야 산 그림자가
물속에 와 선다.
버들개지도 제 얼굴을 비춘다.

가재가 잠에서 깨어
굴 속에서 기어나온다.
실지렁이도 잠에서 깼다.

햇볕은 물 밑에 쌓인다.
따뜻하다.
햇볕은 피라미 새끼의 체온이 된다.
햇볕은 붕어 새끼 체온이 된다.
따뜻하다.
까치 울음이 물속까지 들린다.
비둘기 구슬픈 울음도 들린다.

움츠렸던 물줄기가 벋는다.
물 소리가 난다.
미나리 하얀 발이 씻긴다.

먼 산에 바람 소리가
물에 실려 내려온다.
산새의 노래도 실려 온다.

바람 소리 새 소리가
물 밑에 쌓인다.
물 소리가 커진다.

탱자나무

같은 나무이지만
착한 탱자나무는
과일나무 울이 돼 준다.

여럿이 어깨동무하고
울이 되어 서서
봄 사월
날이 선 가시 위에
잎과 꽃을 단다.

잎은 자라
가시를 덮는다.
가시는 움츠리고
이파리 밑에 숨는다.

과일밭 과일이 익을 무렵에
탱자꽃은 커서
향기를 가득 담고
구슬이 돼 다시 열린다.

그러나
어둡고 무서운 밤에

가슴이 떨리도록 무서운 밤에
발짝 소리 여럿이 몰려온다.
검은 그림자가 손을 내민다.

―과일을 탐내는 놈이냐?
―내 열매를 탐내는 놈이냐?
숨었던 가시가 나와
마구 찌른다.

―아야 아얏!
―아야 아얏!
자국 소리도 그림자도
달아나고
여러 개 구슬을 가지고 놀면서
탱자나무는
한가을까지 즐겁다.
과일밭을 지키면서
즐겁다.

고향의 무게

기차가 서울역에 닿자
아빠는,
종이상자 하나를 어깨에 메며
"이게 고향 무게로군." 하셔요.

시골 마을
버스길까지 나와
조금씩 놓아 주던
정성 한 상자.

역을 나와
지하철역 계단을 밟으며
아빠는
종이상자에 귀를 기울여요.
"고향 목소리가 들리네."
하셔요.

—이건 곶감
  두었다가 아이들 주게.
—이건 고춧가루예요.
  양념하세요.
—마늘 몇 통 싸서 넣었네.

내가 들고 뒤따르는
보따리에서도
목소리가 따라와요.

—이건 텃밭에서 딴
  사과다.
—이건 앞밭에서 캔
  호콩이야.

그 중 하나는
할머니 목소리예요.

골목을 돌아
우리 집 마루에
척,
메고 온 정성을 놓고
아빠도 나도

먼 하늘,
고향 하늘을
바라보았어요.

목화밭

아가씨가 베를 짜고 있었습니다. 뒷밭에 목화씨가 베짜는 장단에 싹이 틉니다.

　　—딸깍, 한 눈.
　　—딸깍, 한 눈.
　　—딸깍, 또 한 눈…….
뒷밭에는 하룻밤 사이에 목화꽃이 소복이 나왔습니다.

목화 싹은 베 짜는 장단에 쑤욱쑤욱 키가 컸습니다. 베 짜는 장단에 잎이 돋고 가지가 나고, 베 짜는 장단에 꽃봉오리를 맺고 꽃이 피기 시작했습니다.

　　—딸깍, 한 송이.
　　—딸깍, 한 송이.
　　—딸깍, 또 한 송이…….
목화밭은 하룻밤 사이에 아름다운 꽃밭이 되었습니다.

베 짜는 장단에 뚝뚝 꽃이 지고, 베 짜는 장단에 다래가 열고, 다래가 벌어 목화가 피기 시작했습니다.

　　—딸깍, 한 송이.
　　—딸깍, 한 송이.
　　—딸깍, 또 한 송이…….
목화밭은 하룻밤 사이에 하아얀 솜밭이 되었습니다.

대추나무 대추씨

이빨보다 야문
대추씨.

살은 먹고 씨는 뱉으라고
대추씨가 야물다.

"씨는 뱉아 흙에 던져라." 하고
대추씨가 야물다.

흙에 닿으면
야물수록
쉽게 쉽게 여린 싹을 틔우지.

그 싹이 자라서 나무가 되면
그 대추도 씨가 야물다.

"다듬이 방망이를 만들어라." 하고
야문 대추나무.

"또르랑 또르랑……."
야물어서, 야문 소리나는
대추나무 방망이.

생각하는 돌멩이

"세상엔
　두 발로 걷는 게 있다.
　구할 것이 있을 땐
　제 몸을 옮기는군."
돌멩이가 생각했죠.

"네 개 발로 걷는 게 있다.
　볼 것이 있을 때도
　몸을 옮겨 간다.
　그런데, 나는?"

"날개로 나는 게 있다.
　나도 그랬으면."
돌멩이가 생각을 했죠.

"지렁이는 배밀이로 가고
　벌레는 기어다니는데
　가랑잎까지
　바람을 타고 나는데
　나는 어쩔까?"

돌멩이가

생각하는 돌멩이가 움쩍!
움직이기 시작했죠.
"굴러서라도 가자."

별빛 파란 밤을
굴러, 굴러가는
돌멩이!

신이란 그릇

신이란 한 쌍의,
신이란 고마운 그릇이어요.
제 크기에 딱 맞는 발을 담고
견딜만한 몸무게를 그 위에 얹고
아침이면 섬돌을 나서는군요.

사람이 걷는다지만
그렇지 않아요.
그 몸이 닳은 것은 신이어요.
사람은 발을 옮길 뿐
걷는 것은 신이어요.
천리길을 한 걸음에 시작하는 건
신이라는 그릇이어요.

몸 안에 담긴 발을
사랑으로 감싸 안고
진창길을 대신 밟아 주지요.
따습게 발 등을 감싸 안고
눈길, 얼음판을 밟아 주지요.
걸어 주고 밟아 주는 그 사이에
찔리고 해지는 건 신이어요.

종일 다니다가
섬돌 위에 돌아와
묻혀 온 흙을 터는
고마운 그릇.

달밤

시골의
달밤.

달나라를
나라째 걸어놓았다.

달나라서 우리 마당으로
쏟아지는 달빛.

달나라서 마당으로
시원한 밤바람.

달나라서 울리는
소쩍새 울음.

부지깽이

부지깽이는
어디가 착한가?

섶나무
공구어 피우며
자신의 한 끝을 태우는 목숨.

―뜨거운가?
―뜨거울 수밖에.

장작불 뒤적여 주고,
자신도 불이 붙는다.

―아픈가?
―아플 수밖에.

내 몸 태우지 않음,
어째서 부지깽이랴.

아궁이 곁에 놓여
불 지피며 짧아지다가

오뉴월 점심낮에
보릿짚을 때다가
보리밥 지으며
몽당이가 되다가

마지막
남은 내 몸까지를
불 속에 던지는

부지깽이!

장독간

작은 독은
작은 모자
큰 독은
큰 모자.

장독은 하나씩
모자를 쓰고.
자배기를 엎어서
모자로 쓰고.

오뉴월 뙤약볕에
몸을 데우며.
지나는 소나기를
함빡 맞으며.

한 끼에 한 번씩
모자를 벗고.
한 끼에 한 번씩
뱃속이 줄고.

돌각담

작은 돌, 좀더 작은 돌.
큰 돌, 조금 더 큰 돌이
몸을 포개었다.

어떤 것은 모로 눕고
어떤 놈은 바로 눕고
어떤 돌은 엎드리고.

산에서 온 돌
냇가에서 온 돌
논밭둑의 돌.
돌과 돌이 힘을 뭉친
돌각담.

빼꼼 빼꼼, 담구멍으로
이웃이 보이고
바람이 나드는 돌각담.

담쟁이덩굴이 끌어안고
호박덩굴이 끌어안은
돌각담.

발닦개

예수님이
제자의 발을 씻었다.

씻은 발을
닦어 주던
발닦개.

엄마 손이
아가 발을 씻었다.
뽀득뽀득 문질러서
씻었다.

씻은 발을
닦아 주는
발닦개.

아기가 오줌 싸고
오줌에 적신 발을,
예수님 같은 손으로
닦아 주는
발닦개.

바깥이 진 날
마루 끝에 놓여,
적신 발을 닦아 주는
발닦개.

예수님 손 같은
엄마 손 같은
발닦개.

메줏장

방 안에서
냄새 폭폭 피우는 놈이
누군가 했지.

장작불로 뜨끈한
온돌방에서
뜨는 메줏장이로군.
된장 될 놈이라면
그럴 만도 해.

시렁에 나란히
매달리기도 하고
아랫목에 이불 쓰고
눕기도 하지.

벽에도 벽지에도
배어 있지만
한국인 몸냄새 같은
냄새라
싫다고들 않지.

하루에도 세 끼

밥상에 된장국.

모내기날
논둑에서
고추장을 같이 놓아
보리밥 비벼 먹는 된장.

그 맛이 될 거라면
냄새 폭폭
피울 만도 해.

귀이개

들을 것
안 들을 것,
우선 들어서
담아 두는 귀.

듣고 난 다음,
버릴 것은 버리는 귀.

―이것은
  충고라구.

그러나
고마운 소리에도
찌꺼기는 남는다.

강물 소리
새소리 그것에도
찌꺼기는 남는다.

―이것은
  칭찬이야.

달콤한 소리에도
가려운 귀를

시원하게
긁어 주는
귀이개.

시루

—남을 데우려면
　내 몸부터 데워야 하느니라.
그 이치를 알아, 우리
시루를 건다.

—좋은 음식은
　이웃이 나누어야 하느니라.
그 생각으로, 우리
시루를 안친다.

치닫는 김,
열을 견디며 시루가 외우는 말
—남을 데우려면
　내 몸부터 데워야 하느니라.

김이 나고
한 켜씩
맛이 익으면

한 켜씩
이웃에 나눌 것

담 너머로
나누어 먹는
시루떡.

우리 나라

우리 나라

고추장
먹는 나라.

우리 나라

동짓날에
새알 수제비 넣고
팥죽 끓여 먹는 나라.

지게

아기를 사랑으로
업어 재우는 나라에서는
아기 업 듯
지게가 곡식단을 업어 나른다.

아기 업고
자장가로 재우는 나라엔
아기 업 듯이 지게가
하나 가득 익은 들을
업어 나른다.

알맞은 무게를
지겟가지에 걸치고
지게작대기로 몸을 기대고
중심 고누고

지겟뿔에 지겟고리 다져서 매고
눈둑길 걸어
우리 마당, 서리 온 아침에
낟가리를 쌓는 지게.

든든히 지겟짐을 바치는

두 개 지겟뿔.

산에 가면
오솔길로 숲을 나누어 업고
그것으로 우리 조상의 온돌
아랫목을 데워 주고

바다에 가면
바다를 나누어 등짐으로 업고
대관령 큰재 너머
우리네 장독간까지
소금맛을 대어 주던 지게.

흥얼흥얼, 두둘기는 목발에서
우리 가락 장단을 소리내며
우리네 역사를 업어온 지게.

강아지나무

강아지, 열리는 나무가 있다면
그런 나무 한 그루
가꾸었음 해요.

삽살이가 열리는
삽살강아지나무.
바둑강아지가 열리는
바둑이나무.

진돗개
셰퍼드
스피츠
털이 긴 테리어종
앙증맞은 치와와…….

이런 강아지나무에
강아지꽃이 피었다가
꽃술, 꽃잎 진 뒤에
강아지가 열려
"망 망!"
"망 망!"
짖으면

예쁜 놈 한 마리
똑 따서
기를 거예요.

엄마께
강아지 사 달라
조르지 않아도 돼죠.

가지치기

사과나무가
전지가위를 본다.
아이가 수술대 위에 누워
수술가위를 보는 마음이다.

—아프지 않을까?
  아프지 않을 리 없지.
그러면서 전지사에게 가지를 맡긴다.

전지사도 이것을 안다.
엄마가 곁에서 말하듯, 나무를 쓰다듬으며

—얼마나 아프겠니?
  그러나 이 가지는 자르는 게 좋겠어.

아프지 않기 위해 아픈 주사를 맞듯
건강한 나무가 되기 위해, 과일나무는

한 순간
이를 악문다.

노동한다, 고로 존재한다

김현숙

1

신현득이 자연을 보는 눈은 복잡하지 않다. 허나 그가 자연을 자연 그대로 읊조리는 법은 드물다. 신현득의 동시에서는 그만의 독특한 힘줄이 불거져 있다. 그가 자연, 고향, 우리 것을 볼 때는 그에게 내면화된 시선 즉 일꾼의 눈초리가 일어선다.

자연은 옥중이(시인의 아명)가 방문을 열면 당장 펼쳐지는 풍경이었다. 비록 대자연은 옥중이라는 생명체를 받아주었지만, 그가 어느 정도 성장하자 뼈빠지는 노동을 요구했던 가혹한 대지로 다가섰다. 옥중이가 태어나 자라던 때는 살기가 몹시 어려운 시절이므로 이러한 자연의 역할 변화는 당연하다. 하지만 그는 자연의 요구를 잘 받아주었고, 자신의 삶터이고 일터인 자연으로부터, 근면과 성실로 버티면 살아갈 수 있었으며 또 그렇게 살아야 한다는 것을 배웠다.

자연 속에서 이루어진 출생, 성장, 노동, 이 모든 것은 고향이라는 말에 포섭된다. 다시 말해 신현득에게 고향은, 피를 나눈 가족과 함께 먹고 잔 곳이며, 주어진 대지를 가꾸어 소출을 냄으로써 제 피를 뜨겁게 간직할 수 있는 기반이다. 이러한 농경적 고향은 자연이라는 공간적 배경을 전제로 해서 성립된다. 자연을 배경으로 한 고향은 가족이든 자연물이든 땅 냄새를 풍기고 있어서 정겹고 소중한 산천으로 기억된다.

그가 도시로 나오고 동시에 조국의 근대화에 박차가 가해지면서, 자연과 고향은 사라지는 우리 것들이라는 이름을 서서히 달게 된다. 고향과 자연은, 혈족이 거처하고 여기에 혈연처럼 정겨운 들녘이 포개져 한없이 다사로운 공간이며 시간이므로, 이것이 사라진다는 것에 그는 유달리 가슴 아팠을 것이다. 이런 맥락에서 그는 조상들이 써왔고 그 자신이 써오던 사물들에 눈길을 돌렸을 것이다. 그렇다면 우리 것에 대한 시편들에서는 센티멘털한 정조를 발견하리라는 짐작이 따라붙는다. 그러나 막상 그의 동시는 감상적인 정조와는 대조적인 교훈성마저 풍기고 있어서, 상식적 예상은 파격을 맞는다. 우리 것이라 할 수 있는 사물들을 주목하는 그의 시선에는 제 할 일을 충실히 다하라는 그의 삶의 태도가 깔려 있다. 결국은 여기에도 일을 한다는 노동의 그림자가 어려 있다.

정리하면, 자연에 관한 동시는 고향에 대한 동시로 쉽게 이어지며, 이 두 종류의 동시는 우리 것을 노래한 동시들을 껴안는다. 이 세 부류의 신현득 동시들을 관류하는 것은 대지에서 일하는 일꾼으로 표상되는 신현득의 삶이다. 즉 자연, 고향, 우리 것에 대한 신현득의 동시를 모아 보면, 노동하는 육체가 드러내는 힘줄이 이들을 잇는 매개항임을 목격할 수 있다. 그 힘줄은 그가 역사와 민족, 가족과 교실에 대한 목소리를 낼 때에도 은밀하게 드러난다. 이미 그를 대표하는 「옥중이」에서 "나무 한 짐 '쾅당' 해오"겠다지 않았는가?

　　그래서 자연, 고향, 우리 것에 대한 그의 동시에서는 이 힘줄을 짚어
야 한다. 우리 동시에서 자연, 고향, 우리 것을 다룬 동시들은, 한여름
고향 마을 풍경을 채우는 갖가지 색감의 푸르름만큼이나 흔하다. 온통
푸르른 동시의 더미 속에서 신현득의 동시는 잘 찾아진다. 더듬어 보
면 일하느라 긴장되어 있는 힘줄을 가진 것이기 때문이다.

　　2

　　대지와 대기 사이에 위치해서 생명을 가지고 있는 모든 것들은 움직
인다. 신현득은 「봄 개울」 한 장면을 통해서 자연이라는 이름 속에 들
어있는 수많은 생명의 움직임을 보여준다.

　　햇빛이 입김을 불어
　　겨우 얼음을 뚫었다.
　　개울물이 겨울잠에서 깬다.
　　그제야 산 그림자가
　　물속에 와 선다.
　　버들개지도 제 얼굴을 비춘다.

　　가재가 잠에서 깨어
　　굴 속에서 기어나온다.
　　실지렁이도 잠에서 깼다.

　　햇볕은 물 밑에 쌓인다.
　　따뜻하다.

햇볕은 피라미 새끼의 체온이 된다.
햇볕은 붕어 새끼의 체온이 된다.
따뜻하다.
까치 울음이 물속까지 들린다.
비둘기 구슬픈 울음도 들린다.

움추렸던 물줄기가 벋는다.
물 소리가 난다.
미나리 하얀 발이 씻긴다.

먼 산에 바람 소리가
물에 실려 내려온다.
산새의 노래도 실려 온다.

바람 소리 새 소리가
물 밑에 쌓인다.
물 소리가 커진다.

—「봄 개울」 전문

봄 개울의 부산하고 활기찬 움직임이 눈에 잡힌다. 무릇 생명 있는 것들은 움직인다. 봄 개울이 보여준 생명 있는 것들은 동물(가재, 실지렁이, 피라미, 붕어, 까치, 비둘기, 산새)과 식물(버들개지, 미나리)에 국한되지 않는다. 햇빛, 개울물, 산 그림자, 물줄기, 바람도 생명을 가지고 있다. 신현득의 동시에서 그들을 보라. 식물과 동물이라는 '너'에게 자신의 입김과 온기와 움직임을 주는 '나'이지 않는가. 봄 개울에 속한 모두는 새 계절을 맞을 때, 한결같이 움직임이 요란하다. 들판도 마찬

가지이다. 「땅속에서 땅밖에서」를 보면 3월의 땅 속은 "벌레알이 꼬물 꼬물 잠에서" 깨고, "씨앗도 꿈에서" 깨는 것은 물론 "공룡의 화석도 꿈틀거"린다. 땅 밖은 "살구나무 가지끝이 환하"고 "진달래가 꽃초롱을 들고"있다. "커다란 공룡의 등딱지" 같은 땅을 경운기가 갈아엎고 나비가 그 뒤를 따른다. 분주하기 이를 데 없는 모습이다. 신현득에게 자연이란 시간을 따라 쉴새 없이 움직이는 오만가지 것의 삶터이며, 또 바로 이들을 부르는 이름이다.

자연은 결코 고정되어 있는 법이 없이 부단히 움직인다. 신현득에게 자연의 움직임은, 대부분 생명을 살리는 노동 행위로 이해된다. 햇빛의 움직임은 얼음을 뚫는다. 얼음이 뚫어져야 개울물, 가재, 실지렁이가 잠을 깬다. 잠을 깨야 또 살아갈 수 있지 않겠는가. 햇볕은 움직여 물 밑에 쌓인다. 그리하여 피라미, 붕어가 따뜻한 체온을 얻는다. 햇볕의 움직임은 물 속 생물이 새로운 한 해를 살아가게 한 것이다. 과연 깨어나더니 까치와 비둘기의 울음을 듣지 않는가. 그가 자연의 움직임을 노동 행위로 보고 있음을 주목해야 한다. 그는 자연물의 움직임을 그것 본연의 행동방식으로만 보지 않는다. 살아가게 하는 행위, 즉 노동하다로 이해한다. 노동을 해야만 살아갈 수 있지 않는가. 그런데 그 노동은 행위자 자신이 아니라 다른 것의 생명을 유지시킨다. 「햇빛은 엄마예요」에는 ""냠냠"/꽃이 한 숟갈씩 받아 먹어요.//햇빛은 엄마예요./"깔깔깔깔"/웃는 꽃은 아기죠."라고 되어 있다. 햇빛이 아파트 베란다로 들어가, 화분 속 꽃을 먹여 살린다. 꽃을 위한 햇빛의 노동은 아기에 대한 엄마의 수고처럼 자신을 위한 것이 아니다. 이러한 이타적 노동이 연쇄적으로 파급되고 있다. 자연의 움직임은 거대한 상생적 노동이다.

서로에게 이익이 되기 때문인지 이들의 노동은 즐겁다. 「봄 개울」의 분위기가 밝고 즐거운 것은 이 때문이다. 때로는 노동과 놀이가 구분

되지 않는다. 「산」은 그 현장이다. "심심해 노루들이/메아리를 부르다가면/메아리를 듣고/나무들이 크고/꽃이 피고……//이렇게 어울려 어울려 놀면서/산에서는 모두들 즐거울 거야."

　신현득은 일을 하는 한, 쓸모 없는 자연은 없다고 말한다. 가시나 달고 사는 「탱자나무」를 보자. 탱자나무 울타리에 가시가 났다. 그 흉한 가시는 "이파리 밑에 숨"어 지내지만, 과일밭의 과일이 익기를 기다린 "검은 그림자가 손을 내"밀면 "마구 찌른다". 도둑을 막는 가시는, 얼마나 중요한 노동을 하는 존재인가.

　　　3

　이번에는 자연과 농촌이 중첩된 동시를 읽어 보자.

　　잎 사이에
　　움츠려 넣어 두었던
　　머리가 올라왔다.
　　파란 수염부터
　　올라왔다.

　　목고개가
　　쑥쑥 길어진다.
　　수염에
　　씨앗이 매달린다.

　　머리가 하루하루

무거워진다.
보리는 목고개에
힘을 준다.

―내 얼굴이 어떤가?
―옆의 보리를 보면 알지.

한 포기씩 모여
한 이랑이

한 이랑씩 모여
한 들이

고갯짓만 약간 해 줘도
아득한 한 들이 파도가 돼
일렁인다.

―「보리가 팬다」 전문

　보리 싹트기, 수염 나기, 줄기의 성장, 열매 맺기, 열매 익기가 순서
대로 묘사되었다. 보리의 생장을 그린 것이다. 이랑, 들로 보아 인간의
손길이 닿은 보리이다. 즉 보리의 성장은 아버지의 땀 덕이다. 그러나
고향의 보리밭을 보는 신현득의 눈길은, 아버지의 노동에 초점을 맞추
지 않았다. 보리라는 자연물의 움직임에 주목하고 있다.
　보리가 부단한 움직임을 통해 제 생명을 보존 발전시켰다. 보리는 동
료들을 통해 제 행위의 뿌듯한 결과를 확인한다. 근면한 노동 주체들
이기에 이들은 고갯짓만 약간 했을 뿐인데도, 들에는 파도가 일렁대는

장관이 연출된다. 이 동시는 이렇게 잘 성장해 온 보리의 대견함, 보리가 일군 풍요를 노래한 것이다. 보리가 싹트기에서 열매 익히기까지 어느 한 순간 움직임을 멈췄더라면, 장엄한 풍경은 성립되지 않았을 것이다.

그런데 "아득한 들이 파도가 돼 일렁인다"로 동시를 마감함으로써, 신현득은 들판 밖에서 보리를 보고 있는 사람들이 상상할 몫을 남긴다. 신현득은 보리라는 식물이 해왔던 노동의 장대한 결실을 보여줌으로써, 말할 것을 다 말한 듯 입을 다물었다. 하지만 그가 입을 다문 지점이 절묘하여, 독자는 뒤에 남는 여운을 무시할 수 없다. 마지막 연은 독자에게 누릇한 보리 파도가 불러일으키는 시각적 즐거움을 준다. 추수와 탈곡 후 밥그릇을 채우는 보리밥이 그려지기 때문이다. 이 상상은 사람의 배를 채운다. 이 포만감 때문에 누런 보리 파도는 즐겁고, 그 즐거움을 유발하는 보리 열매는 장엄한 것이다.

앞서 말한 대로 이 보리밭에는 아버지의 노동이 깔려 있다. 그러니까 보리 파도가 주는 포만감은 보리의 노동과 보리를 가꾼 아버지의 노동이 합쳐져 만들어진 것이다. 아버지의 노동은 보리를 크게 하고, 제 키를 늘리고 열매를 익혔던 보리의 노동은 아버지의 배를 불린다. 말할 것도 없이 보리가 풍년이려면 인간의 근면한 노동이 뒷받침되어야 한다. 그러니까 결국 이 동시의 화자는 눈길을 줄곧 보리밭의 보리에 두었으되, 입술은 그 이면에 있는 자연물과 인간이 서로 바치는 상생적 노동과 그 풍요를 말한다. 신현득이 계산한 이 동시의 자장은, 보리의 대견함에서 그치는 것이 아니라 인간의 성실함까지 포함된 것이었음이 드러난다.

인간이 자연을 돌보는 노동을 하면, 자연은 이를 바탕으로 제 성장이라는 움직임을 취하여 인간에게 이익을 준다. 이를 드러내는 가장 생생한 현장이 고향땅이다. 보리밭이 있는 곳이다. 보리밭은 자연과 인

간 사이에 교류되는 움직임도 상생적임을 보여준다. 신현득이 인간이
자연을 가꾸는 것을 거듭 그리는 것은, 그러한 노동이 목숨을 살리는
신성한 행위이기 때문이다. 부모를 노래한 많은 동시편에서 노동하고
있는 엄마 아버지를 그린 것도 이런 인식이 깔려 있어서이다. 심지어
는 "죽은 엄마 묏벌 둘레에/상추씨 갈고//보리갈이를 마치고 아버지는
재 너머 마을에 새 엄마 얻으러"(「비둘기」) 가지 않던가. 다음 동시에서
신현득은 보리밭에서는 감추었던 인간의 노동을 전면으로 내세웠다.

아가씨가 베를 짜고 있었습니다. 뒷밭에 목화씨가 베 짜는 장단에 싹이
틉니다.
      —딸깍, 한 눈.
      —딸깍, 한 눈.
      —딸깍, 또 한 눈…….
뒷밭에는 하룻밤 사이에 목화꽃이 소복이 나왔습니다.

〔…중략…〕

베 짜는 장단에 뚝뚝 꽃이 지고, 베 짜는 장단에 다래가 열고, 다래가 벌
어 목화가 피기 시작했습니다.
      —딸깍, 한 송이.
      —딸깍, 한 송이.
      —딸깍, 또 한 송이…….
목화밭은 하룻밤 사이에 하아얀 솜밭이 되었습니다.

—「목화밭」 일부

아가씨의 베 짜기와 목화의 생장이 중첩되어 있다. 베 짜기와 목화송

이 영글기는 별개의 과정이지만, 여기서는 '딸깍' 소리에 하나로 묶여 있다. 딸깍은 한 번에 한 줄씩 피륙의 키를 늘리는 베 짜는 소리이면서, 목화가 하나씩 싹이 트고 꽃봉오리 맺고 흰 솜으로 벌어지는 순간들을 표현한 소리이기도 하다. 이렇게 '딸깍'은 인간과 목화라는 두 존재의 움직임을 동시에 담는다.

이 동시에서는 아가씨의 베 짜기에 따라 목화가 생장하지만, 실은 베 짜기가 없어도 목화는 큰다. 반면에 베 짜기는 목화 솜이 벙글어져야 가능하다. 그렇다면 아가씨는 베 짜는 틈틈이, 베를 짜기 위해 목화밭을 가꾸었을 것이다. 시인은 이런 유추에서 베 짜는 소리로 목화가 큰다는 상상을 펼쳤고, 동시에서는 노동이라는 아가씨의 행위와 성장이라는 목화의 행위를 딸깍이라는 소리를 매개항으로 삼아 중첩시킬 수 있었던 것이다.

「고향의 무게」는 서울역에 내려서 종이 상자를 어깨에 메며 "이게 고향 무게로군"이라고 말하는 장면에서 시작된다. 어느덧 도시로 와서 살던 시인이 고향에 다녀오면서 무거운 상자를 받아온 것이다. 상자가 무거운 까닭은 거기에 온갖 먹거리가 담겨 있어서만은 아니다. 고향 "시골 마을/버스길까지 나와/조금씩 놓아 주던/정성"이 가득하기 때문이다. 어떻게 지은 곶감, 고춧가루, 마늘, 사과, 호콩 농사인가. "고향 목소리가 들리네" 하며 고향의 정을 가슴 깊이 느끼는 것은, 그 농산물을 소출한 고향 사람들의 노동을 알기 때문이다.

보리밭이든 목화밭이든 고향에서 이뤄지는 자연의 성장은, 이들을 돌보는 인간의 노동에 의지한다. 인간의 노동을 먹으며 제 생명을 키우는 노동을 하는 자연은, 제 결실을 인간에게 줌으로써 보답한다. 이렇듯 신현득의 고향말하기는, 노동을 담보로 자연과 인간이 서로 엉켜 있는 공간 읽기에 다름 아니다.

4

신현득이 자연과 나누는 교감과 애정의 내용은, 근면하게 살아가는 인간의 시선에 물들어 있다. 삼라만상의 움직임을 '일하다'는 행위로 파악할 수 있는 그이니, 고향땅에서 늘상 보던 사물들 또한 그렇게 보지 않겠는가. 삭정이 한 가지 꺾어 만든 부지깽이, 한 덩이 흙을 이겨 빚은 시루도, 신현득의 눈에는 제 할 일을 다해내는 참으로 거룩한 존재들로 보인다.

부지깽이는
어디가 착한가?

섶나무
공구어 피우며
자신의 한 끝을 태우는 목숨.

―뜨거운가?
―뜨거울 수밖에.

장작불 뒤적여 주고
자신도 불이 붙는다.

―아픈가?
―아플 수밖에.

내 몸 태우지 않음,

어째서 부지깽이랴.

아궁이 곁에 놓여
불 지피며 짧아지다가

오뉴월 점심낮에
보릿짚을 때다가
보리밥 지으며
몽당이가 되다가

마지막
남은 내 몸까지를
불 속에 던지는
부지깽이.

―「부지깽이」 전문

　"자신의 한 끝을 태우"고 "마지막 남은 내 몸까지를 불 속에 던지는" 부지깽이의 노동 자세를 어찌 가벼이 보아 넘길 수 있는가? 뜨거운 불길을 마다 않고 일하는 것은 「시루」도 마찬가지다. "치닫는 김,/열을 견디며 시루가 외우는 말/―남을 데우려면/내 몸부터 데워야 하느니라." 시루의 살신성인적 노동 태도는, 한 켜씩 쌓은 쌀가루와 고물을 익혀, "담 너머로 나누어 먹는" 인정을 만들어낸다.
　부지깽이와 시루의 노동은 의무의 단순한 이행이 아니다. 그 경지가 구도자의 자세에 가깝다. 하찮아 보이는 사물의 이러한 태도로써 바람직한 인간의 삶의 자세와 행동을 촉구하는 것이 신현득의 의도이다. 이런 의도를 심기 위해서는 일차적으로, 자신의 눈과 사물 사이에 '일

하다'라는 필터를 끼워야 가능하다. 사실 신현득에게, 일하다의 필터
는 끼운다는 의식 없이 자동적으로 끼워져 버린다. 즉 이 시인에게는
우리 것들이란 자기에게 주어진 노동을 신성하게 감당하는 존재들이
기에, 제 노래 마당 한 귀퉁이를 이들에게 내주는 것이다.

「지게」는 쓰임 자체가 노동을 위한 도구이다. 지게가 일을 하는 것은
당연하므로, 신현득은 지게가 얼마나 엄청나게 일을 하는지 보여준다.
조그만 지게가 들, 숲, 바다를 업어 나른다고 한다. "하나 가득 익은 들
을/업어 나"르고, "산에 가면/오솔길로 숲을 나누어 업고/그것으로 우
리 조상의 온돌/아랫목을 데워 주고", "바다에 가면/바다를 나눠 등짐
으로 업고/대관령 큰재 너머/우리네 장독간까지/소금맛을 대어 주던
지게"인 것이다. 그러니 지게야말로 "우리네 역사를 업어온" 대단한
존재일 수밖에. "복을 건지는 그릇/복조리./얄랑얄랑, 복을 일여 건져
요."라고 운을 뗀 「복조리」에서 신현득은 "복은 요행으로 얻는가?" 묻
는다. 그리고선, "아니어요, 씨앗처럼 땀으로 가꾸는 것"이라는 대답을
내놓는다. 땀만이 복을 가져올 수 있다는 생각은 그의 신념이다.

5

자연, 고향, 우리 것은 신현득의 심상에 움직임이 많은 존재들로 나
타난다. 커 나가느라, 어울려 노느라, 일하느라 삼라만상은 역동적이
다. 신현득의 동시에 그려진 이들 움직임은, 남을 이롭게 하며 그렇게
함으로써 제 자신을 살아가게 한다는 내용을 갖는다. 나와 남을 살리
는 행위는 즐겁고 건강하다. 그의 많은 동시들이, 제 할 일을 충실히
다하라는 권면을 품고 있는 것은 이 때문이다. 삼라만상 모두가 제 할
일을 하는 순간이, 그가 가장 이상적으로 여기는 자연의 세계이며, 고

향의 풍경이며 우리 것의 가치이다.

신현득이 이들 움직임을 노동으로 파악하고 있는 것은, 근면하게 살아왔던 시인의 삶의 태도가 동시에 투사된 결과이다. 가난이 그를 힘든 노동의 현장으로 몰아냈지만, 그는 힘겨운 일하기를 통해서 일이 없는 세상을 꿈꾸기보다는 일의 가치를 발견했던 것 같다. 노동이야말로 자기가 맡은 역할을 수행하는 일이었고, 그럼으로써 세상을 이롭게 하고, 또 타인의 노동에 의해 내가 살아간다는 진리를 터득하게 했던 것이다. 고향을 떠나서는 자연 속에서 진행했던 노동의 진실함을 반추하며 동시를 썼을 것이다. 이것은 시인이 낯선 도시에서의 삶을 살아가게 하는 힘이 되었다.

자연, 고향, 우리 것이라는 세 항목에 일정한 연관성을 갖게 하는 매개항이 '일하다'임을 살펴보았다. 이 대목이 다른 동시인들이 쓴 같은 부류의 동시들과 신현득의 동시를 구별하게 하는 기준이 된다. 신현득은 노동의 소중함과 가치를 흙처럼 깔아 놓고, 거기서 자연, 고향, 우리 것에 대한 애정을 품은 동시의 나무를 성장시켜 왔다. 이 일은 시인 신현득의 노동이다. 그의 노동은 누구를 이롭게 하고 있는가. 그의 동시를 읽는 사람들을 이롭게 한다. '노동한다. 고로 존재한다'는 명제를 넌지시 그리고 새삼 깨닫게 하기 때문이다.

신 현 득 동시집
아기숲

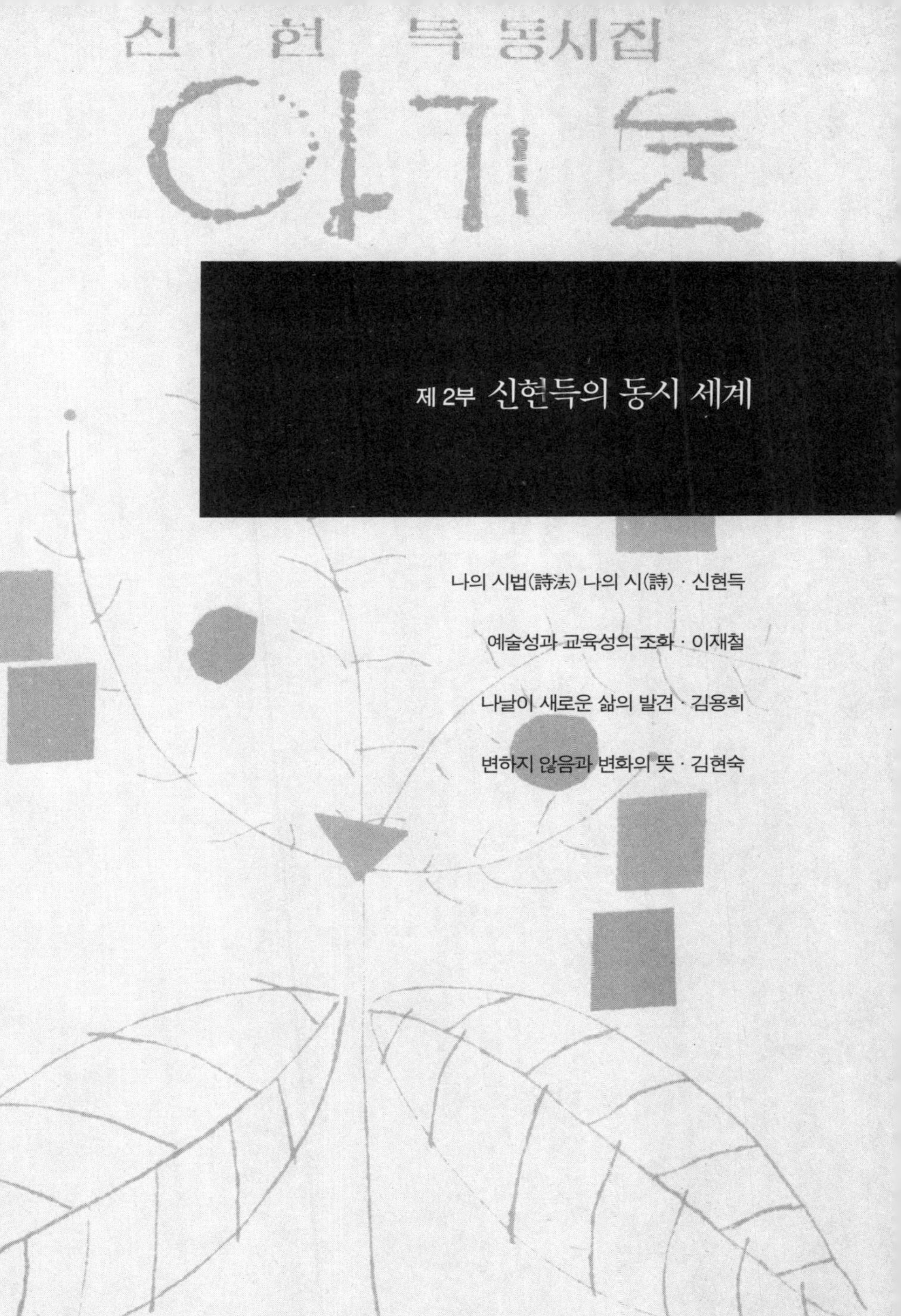

제 2부 신현득의 동시 세계

나의 시법(詩法) 나의 시(詩)

신현득

1. 동심은 공유의 것

동시는 '동심을 뿌리로 하는 시, 동심을 시법으로 하는 시, 동심에서 수용되는 시'로 정의될 수 있다.

동심을 작게는 '아이들의 마음'으로 풀이하기도 하나, 이것은 단순한 해석일 뿐이다. 동심은 인간 서로에 공유된 것으로 자아의 핵심에 자리잡고 나를 이루고 있는 원형으로서 인간 본연의 마음자리이다.

인간이 목숨을 얻으면서 지니는 첫 경험이며, 미적 자각이며, 감동에의 동정이며, 호기심에의 동경이며, 서정의 심연으로서 착하고, 깨끗하고, 아름다운 꿈으로만 뭉쳐진 불가사의(不可思議), 불가해(不可解)한 '마음자리'인 것이다.

경험론에서도 구조론적인 해석에서도 이 마음자리는 나이가 들어도 없어지지 않는 것으로 말하고 있다. 마음자리 거죽에 여타의 경험과 사유가 덧붙여져 하나의 과학자, 하나의 철학자, 하나의 교육자라는 인격이 형성된다.

그러므로 어떤 예술이든지 그 뿌리는 동심이다. 다만 이것을 다른 이름으로 부르고 있을 뿐이다. 누구나 자아의 원형에 뿌리를 두어야 그 줄기와 가지에 예술이라는 꽃을 달 수 있다.

어떤 문학 어떤 장르도 그 바탕이 서정에 있으며 서정의 핵은 동심이다. 그러므로 동심을 달리 말해, 문학의 원형질이라 할 수 있다.

이러한 서정의 핵인 동심을 만유한 사유의 요소라는 뜻에서 동심소(童心素)라 이름지어 놓고 있다.

예를 들어, 하늘에 흘러가는 구름을 보고 '구름이 모이는 걸 보니 비가 오겠군' 하는 사유는 반드시 동심이라 할 수는 없고, 서정이 아닐 수 있다. 그러나 '저 구름에 한 번 올라타 봤으면' 하는 생각은 동심이며, 동경이며, 초논리이며 서정이다.

맑은 물에 놀고 있는 물고기를 보고 '저걸 잡았으면 반찬이 되겠군' 하는 생각은 동심이라 볼 수 없다. 그러나 '나도 저런 물고기와 동무가 돼서 같이 헤엄쳐 봤으면' 하는 생각은 오로지 동심이며 서정이다. 이런 사유가 동시의 소재가 되고 기법이 된다. 이것은 내재한 동심소에서 발상이 된 재미있는 생각이다. 그러므로 동시는 모든 시 부문에서 상위 개념으로 인정이 되어야 한다. 머리에 놓아야 할 서정시인 것이다.

별 하나 똑 따.

물에 씻어

행주 닦아

호호 불어

망태 넣어

동문에 걸—고.

별 둘 똑 따.
물에 씻어
행주 닦아
호호 불어
망태 넣어
남문에 걸―고
〔…하략…〕

—경남 지방, 「별세기 노래」

　별을 따서 망태에 넣어 건다는 사실은 꿈이며 동심이며 서정이다. 이
와 같은 동심적 서정은 우리 민요의 절반을 차지하는 전래동요의 정신
이기도 하다. 우리의 전래동요는 동심으로 여과되고 다듬어져 우리의
역사와 정신 속을 흘러왔다. 놀이와 사유가 되고, 생활이 되어 주었다.
　동시가 현대시의 부류라는 주소를 가지고, 현대문학의 갈래로 성장하
는 데에는 전래동요가 풍부한 자양이 되어 주었다. 우리에게는 「바람
노래」·「별노래」·「해 노래」·「물 노래」·「바위 노래」 등의 자연요(謠)
와 '중 중 까까 중' 등의 풍소요(諷笑謠)와 「동대문」과 같은 유희요가 있
다. 부엉이·기러기 같은 새, 풍뎅이·방아개비 같은 곤충이 노래의 소
재가 되어 왔다(임동권, 『한국민요집』, 동국문화사, 1961, pp.321~510). 우
리의 동시가 한국의 문학이므로 그 근원이 한국의 어린이 민요에 있음
은 자명한 사실이다.

2. 동시의 자아

　동시를 어린이 독자를 위해서 쓰는 시라고 한다. 일리가 있는 말이
다. 특히 구시대에는 그렇게만 생각해 왔다. 그러나 이는 '동심에 수용
되는 시'라는 동시의 정의를 외부 시각에서만 보고 하는 말이다. 자기
의 주제, 자기의 구상, 자기의 기교가 아니고서도 이루어지는 예술은
없다. 일의적(一義的)으로 남을 위한 예술이란 있을 수 없다는 것이다.
그러므로 동시란 오로지 자기 표현일 뿐이다. 동시가 모든 사람, 특히
어린이에까지 공감이 되는 것은 자아에 내재한 동심소에서 주제를 설
정하고, 소재를 택하며, 기술하고, 테크닉을 동원했기 때문에 얻어지
는 부차적인 기능일 뿐이다.

　따라서 동시에 제약이 있을 수 없다. 생활과 자연물과 사물이 모두
이 시 속에 자리잡을 수 있다. 동시 속에 역사가, 동시 속에 천문학이,
해학과 풍자가 담길 수 있는 것이 이런 사실에 근거한다. 동시는 대자
유의 세계에 놓여 있는 것이다.

　그러한 대자유 안에 널려 있는 생활 소재는 술레잡기 같은 놀이, 부
지깽이 같은 도구, 나물캐기·심부름 같은 노동, 부모님·선생님·친구
와 같은 주변 인물 등이다.

　자연물의 소재는 강아지·고양이 같은 가축, 물고기·올챙이·방아
개비 같은 수중동물, 산·바다·들판과 같은 지형, 동물·식물에 이르
는 생명체, 별·달·해에 이르는 천체, 비오고 꽃피고 바람불고 눈오는
계절 등이다. 인공적인 사물로는 책상·시계·악기·필기용구·의복·
놀이도구·기계에 이르는 모든 것이다.

　이들이 모두 언어를 가지고 있다는 생각이 동심이다. 이것은 사물이
나 자연물이나 생활이 나에게 주는 메시지이기도 하다.

　일반적으로 사람들은 사람의 음성만을 언어로 생각해 왔다. 그러나

동심으로 세상을 보면 그렇지 않다. 사람의 음성언어는 소리라는 무형의 기호로서, 인간들 사이에서만 전달되는 메시지일 뿐이다. 생물학자들은 새나 송아지 같은 동물이 음성언어를 갖고 있다고 믿는다. 그것을 알아들으면 편리하고 재미있을 것이다. 동심으로 이것을 새겨 들으면 동물의 목소리쯤은 누구나 알아들을 수 있다.

그러나 목소리를 가진 것은 사람과 동물뿐이라는 생각은 잘못이다. 바람이나 냇물이나 바다나 소나기가 소리를 낸다. 사물도 떨어질 때, 부서질 때 소리를 낸다. 동시의 시법에서는 이런 목소리를 '자연언어'라 이름지어 놓고 있다. 동심으로 잘 새겨 들으면 이런 자연언어는 알아듣기가 어렵지 않다.

그러나 우리에게 오는 메시지는 그것뿐이 아니다. 자연물, 사물은 대개 소리를 빌지 않고 형체 그대로 메시지를 전하고 있다. 시각에 보이는 것은 그 형체 자체가 바로 언어이며 메시지인 것이다.

그뿐만 아니다. 우리의 생활이 또한 그 움직임 자체로 주는 메시지가 있다. 독립운동·자유 해방과 같은 역사, 국회의원 선거, 단란한 가정, 소꿉놀이 등이 메시지를 보내온다. 동시의 시법에서는 이런 메시지를 형상언어(形狀言語)라 이름지어 놓고 있다.

하나의 컵을 놓고 그 모습을 들여다보며 형상언어를 들어보자.

―나는 컵이야, 따끈한 차를 담는 일을 하지.
―비어 있을 때는 왠지 심심해 내 안에 따끈한 차가 담겨 있을 때만 마음이 푸근하거든.
―착한 사람들에게 한 잔씩 차를 대접하고 싶어.
―시원한 냉수를 담을 때도 있지. 목마른 사람이 꿀꺽꿀꺽 마시는 건 보기 좋아.
―일을 마치면 가심물에 깨끗이 목욕하고 찬장에 놓였다가 다시 내

일을 한다구.

  이처럼 하나의 컵은 온몸으로 형상언어를 전하고 있는 것이다.

  동심의 눈을 가지고 시를 찾아 나서면, 자연언어나 형상언어를 사방
에서 들을 수 있다. 소재에서 전해 오는 이런 언어에서 가장 감동 깊고
재미있는 내용을 골라 시를 빚는다. 자기가 바로 사물이나 자연물의
입장에 동화되는 것이다. 시적 자아를 형성하는 것이 된다. 논자들은
이를 시적 모방, 동질화, 이미지화, 내면화, 시적 승화라 일컬어 왔다.
어쨌든 사물의 재미성·감동성에 자아의 동심이 일체가 되면서 새로운
자아를 이루는 것, 그것이 동시다.

3. 동시의 발상법

  아동문학은 리얼리즘보다 로맨티시즘의 성격을 더 많이 지닌 문학
장르로 정의되어 왔다. 꿈이 많은 문학이라는 뜻이 된다. 물활론적(物
活論的) 성격, 초논리성, 마술성이 두드러진 것도 동심의 성격이 그러
하기 때문이며, 동심의 문학이기 때문이다. 리얼리즘을 수용하는 현대
소설과는 달리, 동물이나 식물, 자연물, 사물 등 비인간(非人間)이 아동
문학 소설 분야인 동화의 주인공으로 활동하는 것도 동심의 성격 때문
이다. 휴머니즘이 운위되는 것도 그렇다(이재철, 『아동문학개론』, 서문당,
1983, pp.9~26).

  여기에 독자수용(讀者受容)의 원칙, 단계성의 원칙, 이상주의의 원
칙, 교육성의 원칙 등 4원칙이 적용되는데 이는 아동문학의 원리로서
동심의 성격을 따른 동심적 화법이다.

  동시의 시법이 또한 그렇다. 그러나 이를 나누어 리얼리티의 시, 팬

터지의 시로 대별을 할 수 있다. 생활시, 현실참여시 등은 리얼리즘을 따르고 있다. 그 밖의 시 부류는 팬터지 시라 이름지을 수 있는데, 이는 철저한 물활론에 근거하며 이를 순수시라 이름지어 놓고 있다. 산문에 비긴다면 리얼리티 시는 아동소설의 성격이며, 팬터지 시는 동화적 성격이다.

논자들은 시인과 원시인의 성격을 동일시한다. 동시에서는 더욱 그렇다. 원시인의 사고는 퍽이나 비논리적 미분화 상태에 있었다. 동심은 여기에서 일보가 더하다. 이를 '원시적 사고'라 이름짓기도 한다.

즉, 동심의 사유법에서는 무생물을 합친 만물이 모두 살아서 숨쉬며, 자기의 모국어로 말을 하고, 사유하며, 걸어다니고 활동을 한다. 나무도 그럴 수 있고, 컴퍼스·지우개·연필이 그렇다. 돌멩이·바위·물·바람이 모두 그렇다. 이것이 물활론이다.

어린이는 어릴수록 그 사유가 물활론적이다. 인형이 살아 있어 인형과의 대화가 가능하다. 방에서 넘어졌을 어머니가 방바닥을 때려 주며 "너 왜 우리 아기를 넘어뜨렸지?" 하고 야단을 치면 아기는 울음을 빨리 그친다. 방바닥이 살아 있다고 믿기 때문이다. 이는 '아동문학적 팬터지'이다. 이런 사유에서 씌어진 시를 팬터지 시라 하지 않을 수 없다.

성인도 내재한 동심이 있으므로 이런 사유에서 재미를 느끼게 된다. 이것이 수많은 서정시의 기법이 되어 왔다. 서정시의 바탕이 유아적 사고에서 비롯된다는 뜻이다.

사물의 형상에서 형상언어를 알아듣는 것도 동심적 사유가 아니면 되지 않는다. 동시 작법에서 '철저히 의인을 하라'고 강조하고 있는 것도 이런 사유를 근거한 말이다.

동심은 바로 호기심이다. 이를 경이선호적 사유(驚異選好的 思惟)라 이름지어 놓고 있다. 아동심리는 재미를 따른다는 말이다. 재미없는 것에는 관심이 없다. 경이적인 것이면 더욱 관심을 갖게 된다.

예를 들어, 보통의 뱀보다 머리가 세 개 달린 뱀에 관심을 더 갖는 것은 동심의 성격 때문이다. 산 같은 거인이나 손가락 크기의 난쟁이, 반쪽 사람, 눈이 하나뿐인 일목국인(一目國人) 같은 특수 인간이 어린이의 관심이 되는 것도 이 때문이며, 신체적 특수성과 함께 신분적으로나, 성격적, 도덕적으로 특수한 인간이 경이성을 더 많이 지녔기 때문에 아동문학의 소재가 된다. 아동문학에 괴물이나 괴동물, 도깨비가 등장하는 것도 동심을 만족시키는 방법이기 때문이다.

이런 괴물과 특수인간은 신비성을 지니고 고대 설화, 특히 신화에 뿌리를 두고 있다. 신화를 서정의 근원으로 보는 것이나 아동문학을 신비주의적 문학으로 보는 것도 모두 동심적 사유에 근거한 것이다.

이러한 동심의 안목에서 세상을 내다보면 연필이 말을 하고, 이슬비가 속삭인다. 나무가 생각하는 모습을 볼 수도 있고 그 메시지를 수용할 수도 있다.

사물과 내가 조금도 다르지 않은 하나의 인격체로 볼 때 사물과 나는 평등해진다. 사랑과 평화가 여기에 있다. 이 중에서 자기 경험과 생활에 비추어서 가장 경이로운 사실을 포착하는 것이 동시의 발상이며 내면화이다.

일반 시론에서 이를 비유, 특히 우유(寓喩)라는 기법으로 설명하고 있다. 우유에는 보조관념이라는 메타포가 암시로 깔리게 된다. 직관적인 생활시가 아닌 순수동시라면 상징성과 은유가 자리잡지 않는 시는 없다. 그래서 동시가 누구에게나 이해될 수 있는 상징시, 은유의 시이며 '완전한 시'라는 이름을 띠게 되는 것이다.

이와 같은 감각의 시각으로 세상을 둘러보면 세상 어디에나 시가 숨어 있음을 알게 된다. 이것이 서정이며 동시의 낭만성이다.

풀잎에 파란색이 있듯이
풀에는
풀로 된 시가 숨었다.

도랑물에 졸졸졸
소리나듯
물 속에는
물로 된 시가 숨었다.

꽃 속에
향기론 냄새가 있듯
꽃에는
꽃으로 된 시가 숨었다.

아이들아
너희 눈으로
풀잎의 시를 찾아내어라.

너희 귀로
물 속의 시를 소리 들어라.

꽃 속의 시를
냄새 맡아라.

아이들아
들판을 달리며 나비를 잡듯

시를 잡아라.

—졸작, 「시를 잡아라」 전문(한국일보, 1961. 12. 27)

4. 동시는 동화적인 시다

시에는 서사시 분야가 있다. 이야기시라는 뜻이다. 아동문학은 여기에 앞서서 윤석중의 「잃어버린 댕기」에서 시작되는 동화시 분야가 있다. 이는 참으로 이야기 같은 시다.

여기에서 이야기의 개념을 살펴보아야 한다. 낱말을 이어서 하나의 관념을 연상 속에 떠올리게 하는 것은 모두 이야기다. 문장은 모두 이야기라는 뜻이 된다. 메시지란 바로 이야기를 말한다. 따라서 이야기가 아닌 시는 거의 없다. 시를 노래한다 하지만 노래는 이야기의 부차적 관념이다. 얼마나 시다우냐는 얼마나 이야기 처리를 암시적으로 처리하느냐, 간결한 표현으로 압축된 시를 빚느냐의 문제이지, 이야기가 아닌 것은 아니다. 아무리 이미지즘화하고 추상적인 표현을 하고 암시만을 남긴 시라고 해도 독자에게 전달하는 메시지가 있으면 그것은 이야기인 것이다.

흔히들 노래라 하면 이야기가 아닌 것으로 안다. 호메로스의 「일리아스」·「오디세이아」에서 시작되는 서사시나 우리의 무속요(謠), 가사문학, 가사문학의 4·4조를 7·5조 음수율로 바꾼 육당의 창가에 이르는 시가가 모두 이야기시였다. 현대에 와서도 노래에 곁들여진 문학적 서술은 이야기인 것이다. 극단적으로는, 문학성을 제외한 리듬과 멜로디만 있는 음악이라 해도 그것이 청중에게 슬픔이나 기쁨을 주는 메시지가 있다면 이야기인 것이다. 따라서 노래를 근원으로 하는 시가 이야기가 아닐 수 없다.

　다만 이를 서술 쪽보다는 암시 쪽으로 언어를 아끼면서 축약하고, 주제를 강조하면서 내재율을 살리고 여운에서 공감을 얻도록 하는 데에 시의 목적이 있을 뿐이다. 시가 이야기에서 완전히 벗어나려는 시도는 생각해 볼 만한 것이 못 된다.

　따라서 자기 시에 이야기가 담겼다는 말에 움찔하거나, 잘못을 걱정할 필요는 없다. 다만 압축해야 할 서술을 늘어놓은 시를 가리키는 말로만 받아들여야 할 것이다

　동시는 동요를 근원으로 하는 문학 장르이므로 수많은 우리 전래의 동요가 그 본보기가 되고 있지만, 세계적으로는 18세기(1760)에 영국의 뉴베리가 챕북(Chap book) 시리즈의 하나로 발행한 『마더구스』(어미 거위의 동요 · Mother Goose's Melody)가 있다. 영국의 전래동요를 엮은 이들 작품이 세계적으로 동요 · 동시의 내용과 구성, 표현에 표준이 되고 있다.

　　온 세계의 바다가 하나의 바다라면
　　얼마나 큰 바다가 될까!
　　온 세계의 나무가 하나의 나무라면
　　얼마나 큰 나무가 될까!
　　온 세계의 도끼가 하나의 도끼라면
　　얼마나 큰 도끼가 될까!
　　온 세계의 사람이 하나의 사람이라면
　　얼마나 큰 사람이 될까!
　　그 커다란 사람이 그 커다란 도끼로
　　그 커다란 나무를 잘라
　　그 커다란 바다에 던지면
　　풍덩, 얼마나 큰 소리가 날까!

If all the seas were one sea,

What a great sea that would be!

And if all the trees were one tree,

What a great tree that would be!

And if all the axes were one axe,

What a great axe that would be!

And if all the men were one man,

What a great man he would be!

And if the great man took the great axe,

And cut down the great tree,

And let it fall into the great sea,

What a splish-splash that would be!

—마더구스 「만일 온 세계의 바다가(IF ALL THE SEAS WERE ONE SEA)」 전문

『마더구스』에 실은, 꽤 재미있는 이 시도 어쩔 수 없이 시이면서 노래이면서 이야기다. 이것을 늘이면 동화가 가능하다. 동시는 바로 동화적인 시인 것이다.

일반 시가 소설적인 시일 수는 없다. 이와는 아주 다르게 동시가 동화적인 시라는 것은 오래전부터 논의가 되어 왔다. 이는 다 같이 동심에서 발상된 장르이며 다 같이 서정을 지닌 문장이기 때문이다. 아동문학에서 운문·산문을 합쳐서 하나의 문학 부문으로 보는 것이 일리가 있다.

조개들의 조그만 단칸집들이

올망졸망 둘러앉은 동구 밖엔

사철 산호꽃이 만발하고

조용히 흔들리는 미역숲에선
하루 종일 아기 고기들이
술래잡기를 하고
푸른 바다를
멋지게 날아다니는
가지 가지 고기들

등대에 배들에 불이 켜지면
"별 하나, 나 하나……."
등불을 세고.

—강소천 「바다 속」 전문

　지난날 국민학교 교과서에 수록됐던 이 시에 대해서 저자 소천은 어느 교육지에서 이런 말을 게재한 일이 있다. 즉, 처음 이 작품을 동화로 구상했던 것인데 그 결과에서 동시가 되고 말았다는 것이다.

　물론 이 작품은 교과서에 수록될 만큼 수작이다. 좋은 서정시라는 말이 된다. 그러나 이 작품의 뼈대를 그대로 둔 채 늘이고 이야기를 덧붙이면 동화가 될 수 있다는 것을 독자들이 느끼게 된다. 소천의 말은 잘못이 아니었다.

　김요섭은 동시·동화가 하나의 포에지에서 시작됨을 주장한 일이 있다. 즉 이 포에지라는 시의 광석에서부터 시작된 하나의 뿌리라는 것이다.

　물활론이라는 같은 발상에서 같은 팬터지로 시작되므로 동화는 동시적인 산문이며, 동시는 동화적인 시로 발전한 것이다. 이처럼 동시·동화는 같은 운문의 부류이며 시정으로 구상되고 표현이 되어 왔다.

따라서 동시의 표현은 동화 문장의 난이도에 맞추는 것이 원칙이다. 동심이 그렇기 때문이다.

5. 동시는 투명한 시다

동심은 시의 투명성을 요구한다. 동심으로 읽어야 할 동시이므로 투명해질 수밖에 없다. 이것은 아동문학의 분화와도 관계가 된다. 시가 모더니즘에 이르러 추상미술을 닮아 가는 태도를 취해왔다. 이러한 추상예술이 동심에는 맞지 않았던 것이었다. 이에 동시가 하나의 문학 장르로 홀로 서게 되었는데 이것이 세계적인 현상이 되었다.

역사를 더듬으면 낭만주의 시대까지는 어른과 아이가 문학을 나누어 가질 필요가 없었다. 소설은 리얼리즘 시대에 이르러 노골적인 성의 묘사, 시는 모더니즘에 이르러 추상적인 표현이 동심에 수용되지 않게 된 것이다.

이리하여 시에서 동요가, 소설에서 동화가 분화되었고 동요가 자유시로 발전한 것이 동시다.

동시를 동화적인 시라 하는 것은, 동화를 들여다볼 수 있듯이 내면이 투명한 시가 되어야 한다는 뜻이기도 하다. 내면이 보이지 않는 시를 '잘못 쓴 동시'라 한다. 모더니즘의 흉내를 내다가, 흉내도 제대로 되지 않으면서 독자만 잃는 동시들이 많다. 이 모두가 동심에 수용되지 않는 잘못 쓴 동시인 것이다.

시의 투명성은 크게 동심적인 발상, 표현의 객관성, 사실의 논리성에 의해 규명이 된다. 이것이 동시의 문법이다. 다시 말해서 동시는 동심에서 발상되었기 때문에 투명하다. 동심이 아닌 여타의 생각을 곁들이면 투명하지 않게 된다. 이미지를 단순화시키는 것도 하나의 방법이다.

아가 손
작은 손.

대추 하나
놓아 주면
손에 가득.

밤 하나
놓아 줘도
손에 가득.

사과는
너무 커서
못 쥐는 손.

온 식구,
예쁘다고
만져 주는 손.

—졸작, 「아가 손」 전문

　이 시가 동심에 공감이 된다면, 그 발상이 동심에서 시작되었기 때문일 것이다. 아가의 손이 작고 예쁘다는 사실에다 이미지를 단순화시켰다. 그래서 주제가 또렷하고 내용이 투명하게 되었다. 이 주제에다 다른 사실을 덧붙였다면 너절하고 불투명하게 되었을 것이다. 이런 투명성은 문장의 축약이나, 효과를 위한 반복과도 관계가 있다.
　또한, 표현이 객관화되었을 때 시가 투명하다. 작자 자기만 아는 표현, 자기만 아는 내용으로는 동심에 공감이 될 리 없다. 그러므로 일단 완성된 작품은 동심이라는 감각을 잣대로 하여 독자의 입장에서 역추적을 해 보아야 한다.

표현의 보편성, 소재의 숙지성(熟知性) 등을 비추어 보는 것이 또한 작품의 투명성에 도움이 된다.

시는 논리가 아니라는 말은, 숫자풀이가 아니며 과학 탐색이 아니라는 뜻에 지나지 않는다. 이치에 맞지 않는 일체가 시를 불투명하게 한다.

틀린 문장, 틀린 낱말, 틀린 표현, 맞지 않는 비유, 맞지 않는 제목, 맞지 않는 행바꿈 등 틀리고 맞지 않는 일체가 시를 불투명하게 하는 것이다. 이는 문장과 비유와 표현이 알맞아야 시가 투명해진다는 말이기도 하다.

틀린 내용으로는 작품이 되지 않는 경우도 있다.

하나의 물줄기로
같이 솟아서
너는 두만강
나는 압록강…….

언젠가 나는 이런 시구를 생각한 일이 있다. 천지에서 같이 솟은 물이 한 줄기는 압록강, 한 줄기는 두만강으로 나뉘어 흐른다는 내용이었다. 그런데, 조사를 하고 보니 천지에서 솟은 물이 강이 돼 흐르는 것은 엉뚱하게도 송화강뿐이었다. 재미있는 착상이었지만 사실에 맞지 않으니 원고를 버리는 수밖에 없었다.

6. 동시의 세계성

　동시는 일체의 시론을 받아들여야 한다. 그것은 일체의 서정시가 그 바탕에 동심을 깔고 있기 때문이다. 즉, 서정시는 우리의 자아 속에 내재한 동심소에서 출발하여 그 원리에서 피어난 꽃이다. 따라서 일체의 시론이 모두 동시론이 될 수는 없지만 그 바탕은 같은 것임을 확인할 수 있게 된다.

　여기에서 우리는 동시가 우리의 모국어로 쓰여진 것이므로 우리의 토양에 뿌리를 두어야 함을 강조하게 된다. 한국인이 쓴 한국의 시가 되어야 한다는 뜻이다. 우리의 언어로 쓰여진 동시가 우리의 생활, 우리의 자연, 우리의 사물, 우리의 오늘, 우리의 갈등, 우리의 염원에 근원한 시가 되어야 함을 뜻하기도 한다.

　우리의 오늘이란, 우리의 먼 역사와 전통과 미래에 걸쳐진 하나의 포인트다. 따라서 역사와 전통을 기점으로 하여 미래를 지향하는 시가 되어야 하는 것이다. 우리의 체취가 스며 있지 않은 시를 어찌 한국의 시라 할 수 있겠는가. 우리 모두가 공유한 갈등이라면 강대국의 정략(政略)에 의해 분단된 조국의 상처다. 우리의 역사는 조국의 횡경막이 절단된 상태에서 아물 줄 모르는 민족의 상처를 반세기 이상이나 앓아 왔다. 어느 자리, 어느 대화에서도 그 언어의 중심은 통일 염원으로 귀결이 된다. 따라서 우리의 시도 그 지향점은 통일 염원으로 모아지고 있다. 한 포기 들꽃을 노래해도, 한 개의 돌멩이를 노래해도 통일이라는 메타포를 뒷편에다 깔게 된다.

　또한 식민지 치욕을 겪은 우리는 자기 부정의 열등감 때문에 내 것은 무조건 남의 것만 못하다는 관념을 낳아 민족성을 약화시켜 왔다. 내 것을 지키자는 발언을 쓸데없는 국수주의로 몰기도 한다. 이러한 상태가 우리 문화의 기반을 약화시켜 왔으며, 외래 문화와의 충돌에서 우리 문화가 침몰하고 있는 상태다. 일제 강점기를 국토침략시대, 문화가 마멸되어 가는 이 시대를 문화침략시대로 정의하는 것은 명확한 현실이 그 증거다. 분단된 조국은 통일의 가능성이라도 있지만, 마멸된 문화가 다시 이루어지리라는 기대는 어렵다. 그러므로 문화의 소멸이 국가 분단보다 더 큰 갈등인 것이다. 우리의 시는 이러한 민족의 갈등 극복이 또 하나의 명제가 되어야 한다. 이것을 '아동문학의 역사 참여'라 부르고 있다.

여기서 동시가 민족이 같이 지닐 시라는 점을 외쳐야 한다. 이것은 아동문학만이 민족이 공유할 수 있는 문학이라는 논리에 이어지는 것이다. 온 민족이 공감하고 같이 향유할 수 있는 문학이 동심의 문학인 것이다. 아동문학이 국민문학이 되려는 시도가 이런 이유에 있다. 이에 온 인류가 같이 지닐 수 있는 인류의 문학이 아동문학이며 인류가 같이 참여할 수 있는 인류의 시 부문이 동시임을 유추할 수도 있다.

세계인 누구나 동심을 지니고 있다. 시적인 기능 이전에 동심만으로 동시에 공감이 된다. 각자에 내재한 동심소를 조금만 활동시키면 어렵지 않게 동시를 빚을 수 있는 것이다. 이것은 초등학교 학생이면 누구나 동심의 시를 쓸 수 있다는 사실에서 근거한다. 이것이 동시의 세계성이다. 동심은 위대한 철학이며, 낭만이며, 서정이며, 생활이며, 애정이며, 평화이며, 평등이다. 동심으로 인류는 지구 밖을 나가 우주로 발전해야 한다. 이것은 동시의 세계성을 넘어선 우주적인 성격이다.

잘 보이는 쌍안경 하나 들고
달나라에서 지구를 바라보면
안 보이는 곳 없지요.

뻗은 산맥.
큰 대륙.
큰 바다에
작은 섬……,

재미 있어요. 여기서는
백두산이 거꾸로 보이죠.
천지라는 물그릇이 보여요.

통일이 돼, 커진 나라.
대동강 능라도
버들숲이 보여요.

서울이라 삼각산
인수봉 밑에
두고 온 우리 집
쌍문 1번지.

쳐다뵈는 소꿉놀이 골목이
헐리고 있네요.
아파트가 들어서려는가?

통일 돼
커진 나라
한라산이 들고 있는

물그릇이 보여요.

백록담.

—졸작, 「달나라에서 지구 구경」 전문

우주와 통일을 같이 생각해 본 소품이다. 동시의 궁극적 목적은 인류의 시, 그 시의 부문이 되는 일이다.

시를 잡아라

신현득 시 · 한지영 곡

예술성과 교육성의 조화
―동시선집 『옥중이』에 대하여

이재철

어린이를 진정으로 이해하고 사랑하며, 어린이는 물론이거니와 모든 사람을 위해 시를 쓰는 한국의 시인을 딱 한 사람만 골라 보라면 나는 서슴지 않고 이 시집을 펴낸 신현득 시인을 들겠다.

그것은 그가 도시의 한복판을 다 큰 처녀 같은 앓는 어린이를 등에 업고 걸어다닐 수 있을 정도로 참 교사라는 점 외에, 우리 나라 어린이의 진정한 벗으로서 그들을 누구보다 잘 알 뿐만 아니라, 그들에게 마음 깊이 시심(詩心)을 심어 줄 수 있는 사람이 바로 그이기 때문이다. 따라서 그는 말재주만 부려 어린이의 말초신경을 자극하는 이른바 기교 일변도의 시인도 아니요, 교훈만을 생각하여 시의 재미를 죽이는 시인도 아니며, 속 깊은 사상과 철학으로 교육과 예술을 하나로 융합시키려 하는 진실한 시인이다.

그에게 흔히 세상 사람들이 지적하는 흠이 있다면, 지나칠 정도로 마음이 소심하고 자기를 남에게 드러내지 않는 점과, 도무지 현대의 생활인 답지 않게 산골 냄새가 물씬 풍기는 때묻지 않은 시골뜨기인 점이라고들 하지만, 나는 오히려 이런 그를 순수한 시인의 한 본보기로서 흐뭇하게 생각할 뿐이다. 이제 그의 동시 선집(選集) 『옥중이』를 차례대로 살펴보면서 좀 더 그가 걸어온 자취를 자세히 더듬어 보면 다음과 같다.

아기 눈(p.11)

1961년에 출간된 첫 동시집에서 10편을 간추려 실은 이 '아기 눈'은 소박한 농토에서 싹튼 티 없이 맑은 동심이 잘 그려져 있다. 따라서 이 시편들은 그의 서

동시선집 『옥중이』의 표지.

민적인 눈망울과 흙냄새 나는 따사로운 정을 알 수 있는 동시들이기도 하지만, 문학사적으로 아직 윤석중(尹石重)님의 동요적인 수사, 곧 노래적인 가락이 중심이 된 스켓치적인 동시 세계라고 하겠다.

고구려의 아이(p.23)

첫 시집을 낸 후, 3년 만에 나온 동시집에서 11편을 뽑은 이 '고구려의 아이'는 신현득 시인이 처음으로 자기다운 세계를 보여준 동시집이다. 서민의식을 바탕으로 학교 생활 주변을 소재로 한 것이 대부분이지만, 그 내용은 조국 교육에 대한 뜨거운 사랑의 정신으로 가득 차 있으며, 높은 역사의식이 두드러지게 독자의 가슴을 흔든다. 그리고 사고의 세계가 담시적(譚詩的) 발상에 의해 형상화되지만, 그만큼 관념적인 생경화(生硬化)도 보인다.

바다는 한 숟갈씩(p.49)

다시 4년의 세월 뒤에 펴낸 것 가운데서 12편을 추린 이 '바다는 한 숟갈씩'은 우선 더 높아진 그의 현실의식 내지 비판정신과 심미의식을 볼 수 있는 게 특징이다. 동시집 『아기눈』이나 『고구려의 아이』가 아동 세계를 깊이 이해한 독특한 굵은 터치와 종래 볼 수 없던 의도적인 새로운 본격 동시요, 언제나 그 저변에 강력한 민족의식을 간직한 동시집이라면 제3동시집 『바다는 한 숟갈씩』은 이러한 것을 보다 지양시켜 순화시킨 것이 아닐 수 없다.

자칫하면 아동의 단순한 생태 관찰이나 국수주의적인 거친 호흡에 휘말려 들어가기 쉬운 함정을 그는 무던히도 애써 용케 벗어난 것이다. 「빨갛고 예쁘고 달콤한 것이」, 「바다는 한 숟갈씩」, 「셋방에 걸린 달력」, 「연등할머니」, 「1억 5천만년 그때 아이에게」, 「휴전선에 선 감나무」, 「눈 한번 감았다 뜨는 그 사이」 등의 대표 제목만 보아도 그의 관심의 깊이와 차원의 높이를 독자는 쉽게 알 수 있을 것이다.

아기자기한 동심 세계의 추구, 삼라만상의 생성에 대한 비밀 탐색, 날카로운 현실악의 고발, 우리의 것과 우리의 옛것에 대한 따뜻하고 깊은 정과 성찰, 조국의 어제와 오늘에 대한 애틋한 근심, 역사 속에서의 나의 발견 등 참으로 그의 세계는 다채롭고 심오하다. 소재는 그의 거처에 따라 도시의 일상 생활이 대부분이지만, 사물에 대한 예리한 생성 과정의 관찰이 크게 볼 만하다. 그러나 담시적 요소는 다시 요설조(饒舌調)로까지 발전하여 이야기조나 사설조화(辭說調化)하기도 한다.

엄마라는 나무(p.85)

'세종 아동문학상'을 받은 『엄마라는 나무』는 우선 중후하고 원숙해진 그의 시세계가, 어린이에 대한 사랑이 언어미에 의해 크게 돋보이는 게 특징이다. 세 번째 동시집을 내고 5년 만인 1973년에 낸 동시집에서 11편을 뽑은 이들 동시는 자연에 대한 깊은 친화와 관조를 볼 수 있고, 또 현실 긍정(肯定)도 볼 수 있다.

박꽃 피는 시간에(p.111)

다섯 번째로 나온 동시집 『박꽃 피는 시간에』에서 9편을 간추린 이 동시들은 우선 그의 생리적인 고향인 농촌에 다시 되돌아가 농촌 어린이와 손을 잡고 조용히 귀거래(歸去來)의 세계를 보여준 게 여간 미쁘지 않은 시편들이다. 가난하고 헐벗은 어린이에게 향한 그의 서민의식은 마침내 장편 연작동시인 「시골의 다달」 같은 어린이 농가월령가나 어린이 세시기(歲時記)에 이르러, 더할 수 없는 그의 농촌과 자연에 대한 깊은 애착과 사랑으로 승화된 것을 엿볼 수 있다.

그러므로 이 동시선집에 나타나 있는 시들은 농촌→동심→역사의식과 비판정신→시정신의 형상화→원숙화→귀농이란 도식 속에서 그를 전형적 한국의 동시인으로 만들고 있는 것이다. 다시 되풀이한다면, 만약 교단과 문단의 결점을 보합하고 조화할 수 있는 시인이 있다면 바로 이 동시선집 『옥중이』의 지은이일 것이요, 한국의 농촌과 어린이를 알고 어린이에 피가 되고 살이 될 수 있는 시를 쓰는 사람이 있다면, 그가 바로 신현득 시인이다. 그러기에 우리는 "보리밥과 고추장을 먹고 나무꾼이 되겠다던 옥중이"(서문에서)가 시인이 된 것을 참으로 다행스럽게 생각해야 될 것이다.

나날이 새로운 삶의 발견

―1980년대 신현득의 동시 세계

김용희

1. 나날이 새로운 삶의 모색

신현득은 80년대, 치열한 시정신으로 30여 년에 걸친 시적 여정에서 확고한 시세계를 구축한 대표적인 동시인이다. 그가 일관되게 추구해 온 핵심적인 시적 주제는 나날이 새로운 삶에 눈뜨는 아이들에 대한 사랑의 실현으로 집약된다. 그의 일관된 시적 지향성은 동화적 상상력에 의존한 독창적인 시적 기법을 통해 아이들 삶의 인식 방법론을 끊임없이 창출해내었다. 그 결과 「문구멍」과 「아기 눈」에서 비롯된 그의 시적 여정은, 「엄마라는 나무」에서 「아버지 젖꼭지」에 이르기까지 끈끈한 가족애로부터 공동체적 인간애로 확장되는 건강한 시관으로, 「고구려의 아이」에서 「일억오천만년 그 때 아이에게」에 이르기까지 민족적 자긍심을 불러일으키는 광활한 상상력으로, 「셋방」에서 「떠나는 교실」에 이르기까지 고달픈 삶의 애환을 어우르는 따뜻한 시심으로, 「씨앗 하나」에서 「나무와 나」에 이르기까지 애정어린 시적 희원으로, 아이들에게 향한 시정신의 넓이와 깊이는 끝이 없다.

신현득은 1959년 조선일보 신춘문예에 「문구멍」이 입선되고, 이듬 해 다시 조선일보 신춘문예에 동시 「산」이 당선되어 문단에 나온 이후, 1961년 첫 동시집 『아기 눈』(형설출판사)을 출간한 이래 1981년 『통일이 되는 날의 교실』(교음사)을 간행하기까지 약 20여 년간 여섯 권의 동시집을 상재한다. 그리고 그 이듬해인 1982년 동시선집 『참새네 말 참새네 글』(창작과비평사)로 20여 년의 시적 여정을 정리하기에 이른다. 곧 『참새네 말 참새네 글』은 첫 동시집 『아기 눈』에서 20편, 『고구려의 아이』(형설출판사, 1964)에서 30편, 『바다는 한 숟갈씩』(배영사, 1968)에서 20편, 『엄마라는 나무』(일심사, 1973)에서 14편, 『박꽃피는 시간에』(대학출판사, 1974)에서 19편, 『통일이 되는 날의 교실』(교음사, 1981)에서 12편을 각각 정선한 동시선집이다. 이 동시선집은 신현득이 등단 이래 약 20여 년간 상재한 여섯 권의 동시집에 대한 일종의 자기 정체성의 확인이며, 그 동안 그가 이룩한 시적 탐구와 그 성과를 집약시켜 놓은 선집이라는 점에 중요한 의미를 지닌다. 이 동시선집 한 권만으로도 그의 세세한 동시관의 일모를 살피는 데 충분하다.

그러나 시인이 어떤 필요성에 의해 자기 정리를 한 동시선집과 더불어 같은 시대에 새로운 동시집을 더 간행했다고 한다면, 자연 우리의 관심은 낯익은 구작들보다 최근작에 쏠리게 마련이다. 그것은 일단 자기 정리를 하고 난 시인의 시적 행보가 또 어떻게 변모되고 지향되었나 하는 점과 그 광활한 시적 상상력이 어디에까지 이르렀나 하는 면에서 그렇다. 분명 신현득은 80년대 들어 동시선집 『참새네 말 참새네 글』과 함께 두 권의 동시집, 곧 일곱 번째 동시집인 『해바라기 씨 하나』(진영출판사, 1984)와 여덟 번째 동시집 『아버지 젖꼭지』(대교문화, 1987)를 출간하며 더욱 치열한 시정신을 발휘한다. 그 중 『해바라기 씨 하나』는 동시선집 『참새네 말 참새네 글』의 연장선상에 선 구작들의 범주에 묶을 수 있는 동시집이어서 그의 새로운 시적 면모를 살피기에는 그리 용이하지 않다. 다만 여덟 번째 동시집인 『아버지 젖꼭지』는 신현득이 자기 정리를 하고 난 이후, 새로운 시적 모색을 꾀한 그의 치열한 시정신이 담겨 있다는 점에 특별히 유념하게 된다.

80년대 들어 출간된 그 한 권의 동시선집과 두 권의 동시집은 신현득 동시 세계를 전체적으로 조망하고 또 지향적 관심을 추적하는 데 매우 유익한 자료가 된다. 그것은 30여 년에 걸쳐 일관되게 추구해 온 신현득의 시적 여정을 한눈에 살필 수 있는 일이 되기 때문이다. 또한 여기서 우리는 그의 지향적 관심 속에 일관성 있는 체험의 원형들을 발견하게 된다. 그 체험의 원형이란 커 나가는 아이들의 성숙 과정과 그 궤를 같이 하고 있는 중대한 삶의 문제이다. 곧 어린 화자를 통해 나날이 새로운 삶을 모색해 나가고 발견해 가는 눈뜸의 인식이다. 그야말로 아이들에게 삶이란 미지 세계에 대한 어떤 경험이라 할 수 있기 때문이다. 그들의 성숙 과정에 따라 삶에 대한 인식도 변화하듯이, 이것은 동시가 어느 한 국면에 치우치거나 하나의 세계 속에 갇히지 않으려는 시인의 부단한 삶의 문제와도 깊이 관련된다. 그러므로 신현득에게 있어서 동시란 미지 세계에 대한 경험이라는 삶의 일종이며, 아이들에게 나날이 새로운 삶에의 눈뜸과 발견의 기쁨을 동시에 인지시켜 주는 사랑의 실현이라 할 수 있다. 미지 세계의 경험으로 눈뜨는 아이들의 삶 속에는 언제나 새로움과 경이로움, 그리고 희망과 소망이 내재해 있기 마련에서이다. 따라서 80년대 들어 출간된 동시선집과 동시집에서 신현득은 아이들에게 당면한 현실적 삶의 문제들을 나날이 새롭게 모색하고 발견해내고자 하는 시적 지향성을 성실히 보여주고 있는 것이다.

2. 자연과의 대화법과 모성의 발견

어린 아이를 키우는 부모의 가장 큰 보람은 자신의 아이가 하루가 다
르게 조금씩 성장해 가는 건강한 모습에 있을 듯하다. 흔히 부모들이
아이들 키우는 재미로 살아간다고 말하듯, 부모에게 아이의 건강한 성
장은 곧 기쁨이며 희망이다. 동시선집 『참새네 말 참새네 글』은 꿈을
잃지 않고 건강하게 커 나가야 하는 아이들에 대한 신현득의 시적 희
원으로부터 출발한다.

빠꼼빠꼼
문구멍이
높아 간다.

아가 키가
큰다.

―「문구멍」 전문

「문구멍」은 신현득에게 있어서 중요한 시적 의의를 갖는 동시이다.
이 동시는 1959년 조선일보 신춘문예에 입선되어 그의 시적 출발점이
되는 작품이기도 하거니와 『참새네 말 참새네 글』에 집약된 의식 세계
의 한 양상을 열어 보여줌에서이다.

이 「문구멍」은 전체가 18자 5행 2연이라는 아주 단순한 구조로 이루
어져 있다. 그것도 1연의 "문구멍이/높아 간다"와 2연의 "아가 키가/
큰다"는 것은 동일한 의미 체계이다. "문구멍이/높아 간다"는 것은 걸
음마를 배우는 '아가 키가' 조금씩 자라나는 표상을 선명히 부각시켜
놓은 실제의 행위이다. 그러므로 이 짧은 동시는 문구멍의 높이로 아

신현득 자필 동시.

동시선집 『참새네 말 참새네 글』 표지.

가의 성장을 의미화하고 있다. 그러나 여기에는 단순한 표상만을 제시하고 있지는 않다. 그런 단순한 표상은 이 동시가 전달하려는 의미의 일부에 지나지 않는다. 단순 명쾌한 구조적 장치, 그 이면에는 감추어진 시인의 시선이 숨겨져 있다. 시인의 시적 회원, 즉 걸음마를 배우며 성장하는 '아가'를 바라보는 행복한 시선이 시적 대상인 '아가'와 일정한 거리를 두고 정위해 있다는 것이다. 첫 행에서 제시한 '빠꼼빠꼼'이란 부사어를 결코 간과하지 않는 데서 우리는 그것을 쉽게 읽을 수 있다.

부사어 '빠꼼빠꼼'은 동시라는 단순 구조에 재미성을 주고, '아가'의 짓시늉을 흉내내어 대상을 선명히 부각시키려 한 의도적인 시어 선택으로만 보아서는 안 된다. 이 짧은 동시에서 부사어 '빠꼼빠꼼'은 시인의 시적 회원과 하루하루 변화하는 대상을 기쁘게 바라보는 시인의 내부 감정을 집약적으로 수용한 중요한 시어이다. 아가의 입장에서 '빠꼼빠꼼'은 힘찬 약동감이며, 시인의 입장에서는 건강하게 성장해 주는 기특함의 표현이다. 곧 이 동시는 걸음마하는 아기의 본능적 행위와 시인의 시적 희원이 '빠꼼빠꼼'이라는 부사어 속에 함께 포용되어져 「문구멍」의 진정한 의미를 드러낸다. 부사어 하나로 이 동시가 동시로서의 의의를 지닐 수 있게 된 것이다.

이와 같이 어린 대상의 성장과 그 변화의 속성을 통하여 앞으로 그들에게 부여될 삶에의 기대감을 신현득은 동시 창작의 근본 동기로 삼았고, 그 출발점이 되는 작품이 「문구멍」이다. 동시선집 『참새네 말 참새네 글』 도처에 '큰다', '자란다'는 시어들이 빈번하게 동원되고 있는 것도 이 같은 연장선상에서 이해될 수 있는 일이다.

옥중아 옥중아/너는 <u>커서</u> 뭐 할래?

—「옥중이」

좁다란 엄마 배 안에서/아기가 싹이 터 <u>자라고</u> 있대.

—「아들일까 딸일까」

머루밭이 있다는 뒷재 너머./어서 <u>커서</u> 앞산에 올라 봤으면 .

—「산골 아이」

나는 지금/그 때의 엄마보다 더 <u>커서</u> 외가에 왔다.

—「외가집」

예쁜 아가는/자꾸 <u>큽니다</u>.

—「셋방에 걸린 달력」
(밑줄 필자)

이처럼 '큰다', '자란다'라는 시어는 시인의 시적 희원과 아이들의 희망찬 약동감이 응집된 시어이다. "너는 커서 뭐 할래?"는 시인의 시적 희원이 되는 본원적인 물음이 되고, "어서 커서 앞산에 올라 봤으면"이라고 하는 것은 아이들에게 내재된 소망감의 표현이 될 것이다. 또한 "예쁜 아가가/자꾸 큽니다"라는 것은 화자의 희망찬 기대감이 감쳐져 있는 표상이다. 『참새네 말 참새네 글』은 「문구멍」으로부터 출발하던 '큰다'라는 시적 사유가 아이들에게 당면하는 현실적 삶의 양태를 수용하고 새로운 삶을 구현하고자 한 동시선집이다. 그러므로 신현득의 시적 관심은 나날이 커 나가는 아이가 어떻게 새로운 현실들과 만나야 하고, 그 만남에서 삶의 의미를 어떻게 도출시켜야 하는가라는 시적 모색에 모아질 수밖에 없다.

동시선집 『참새네 말 참새네 글』에서 신현득은 두 가지의 탐색을 통해 자신의 시적 세계를 구축하기에 이른다. 하나는 자연과의 대화법이며, 다른 하나는 모성에 집착된 애정적 감정이다. 곧 자연과의 대화법이 순수한 감수성을 밖으로 유도하는 것이라면, 모성에의 탐색은 내면에 작용된 것이라 할 수 있다. 막연하고 모호한 '큰다'라는 시어가 통찰력 있는 삶의 예지로 전이되기 위해서는 이 둘에 대한 탐색이 그에겐 필연적이었을 것이다.

신현득에게 있어서 순수한 자연의 세계는 인격성의 범주에 속한다. 모든 가치의 대용으로 그런 자연이 위치한다. 생각하는 방법과 사물을 보는 관점을 모두 여기에 근거하여, 자연과의 거리를 아주 없앰으로써 관념적인 개념들을 선명하게 포용할 수 있다는 시적 판단 때문일 것이다. 신현득의 동시 세계는 아이들의 호기 본능과 기대심리가 이런 인격화된 자연과 교직되면서 비로소 시적 의미를 획득하게 된다.

가령, 그의 자연과의 대화법은,

　　우리집 앞에
　　새로 이층집 짓는데
　　이층집 지으면
　　혹이 하나 났다고 생각할까요?

—「지구는」 4연

처럼 호기 본능에 의해 발동된 물음이 되기도 하고,

> 아니 아니 그런 건 하도 작아서
> 땀띠가 하나 났다 생각하지요.
>
> —「지구는」 5연

에서처럼 기대심리가 자신감으로 충만된 답변이 되기도 한다. 또한,

> 지금도
> 꽃이름
> 다 외고 있니?
>
> —「나비 표본」 1연

에서처럼 나비의 생명이 사라지고, 표본이 되어 남은 존재의 껍데기를 인격화하여 대화를 유도하기도 한다. 이러한 자연과의 대화법은 아이들의 호기에 야합하는 행위가 물론 아니다. 어린 독자들에게 자연스럽게 미지의 세계에 대해 경험시키고, 삶을 인지하게 하는 방법론의 한 과정일 뿐이다. 그의 방법론은 대개의 경우, 되풀이와 의문의 탐구로 이루어져 있고, 이 되풀이와 의문의 탐구는 경험을 심어 주고, 삶에 적응시키는 힘이 되어 준다.

> 참새네는 말하는 게
> '짹 짹' 뿐이야.
> 참새네 글자는
> '짹' 한 자뿐일 거야.

참새네 아기는
말 배우기 쉽겠다.
'짹' 소리만 할 줄 알면 되겠다.
사투리도 하나 없고
참 쉽겠다.

참새네 학교는
글 배우기 쉽겠다.
국어책도 "짹짹짹……"
산수책도 "짹짹짹……"
참 재미나겠다.

―「참새네 말 참새네 글」 전문

이 동시는 '짹' 소리만 할 줄 아는 참새가 '짹' 소리만 할 줄 알면 모든 표현과 의사소통이 이루어진다는 가정에서 비롯된 작품이다. 그것은 참새도 어린 아이와 똑같이 세계를 단순히 보고, 듣고, 느끼고, 판단한다는 단순성과 순수성에 근거한다. 이러한 사고는 되풀이와 의문의 탐구 과정에서 모색된, 재미있는 그의 동화적 상상력에 기인한다. 이 「참새네 말 참새네 글」은 자연과의 대화법으로부터 파급된 거리 없애기를 통해 참새의 삶과 아이들의 삶이 비교되고, 이런 비교로 인해 아이들의 삶의 또 다른 모습을 인지시키려는 데 그 참뜻을 지닌 동시이다.

이처럼 자연과의 대화법이 되풀이와 의문의 탐구로 개진되어 있다는 것은 아이들의 삶의 모습을 바르게 제시하고, 그들에게 당면한 현실적 삶을 의미화하려는 시인의 의식 작용에 기인한 것이다. 이 과정에서 신현득은 필연적으로 모든 자연물에 인격화를 도입하고 동화적 상상력을 차용한 것으로 보인다. 인격화와 동화적 상상력이 어린 독자를 재미있고 친근하게 시의 세계 속으로 인도하는 힘을 지니고 있다는 믿음 때문이다. 결국 자연과의 대화법은 커 나가는 아이가 현실 세계에 적응하는 능력을 예비하는 과정이며, 신현득이 동시를 빚어내는 시적 발상법이기도 하다. 신현득이 자연과의 대화법을 통해 이룩한 세계는 아이들의 체험의 순수성과 단순성에 기초한 경이로움의 공간이 된다. 그의 동시는 이런 공간 안에 따뜻하고 포근한 모성, 즉 어머니가 각인되면서 한층 삶의 의미가 선명하게 부각된다.

『참새네 말 참새네 글』에서 모성은 생명, 혹은 살아 있음에 대한 확신과 아이들에게 실존의 무게를 감당할 수 있게 하는 데 아주 긴요한 대상이다. 모성은 커 나가는 아이들에게 따뜻하고 포근함을 동시에 인지시켜 주는 주체일 뿐 아니라 만족과 안정의 쾌적한 상태를 공유한다. 그것은 모성의 사랑이 일방적이고 무조건적이라는 데 기인한다. 신현득에게 있어서 이런 모성에 대한 통찰은 인간 존재의 근원에 대한 물음이자, 삶의 근본에 대한 자기 점검이기도 하다. "엄마가 생각하는 대로/아기의 생각이 된다"(「아들일까 딸일까」)는 합일욕망에서 비롯된 결과이다.

아기의 표정만 보고도
"또 군감자가 먹고 싶지?"
알아맞힌다.

"어떻게 그걸 알아요?"
물으면
"엄마이기 때문이지."
엄마는 웃으신다.

—「엄마가 아시는 것」 6~7연

엄마가
집을 나설 때는
언제나 빈손이다.

엄마가 돌아올 때는
빈손이 아니다.
아기 장난감
꼬까신
그리고……

〔…중략…〕

세상 엄마는 다 그렇다.
조밭을 숨던 엄마도
돌아올 땐
참외밭에 잠시 들른다.

있기야 있지.
정말 빈손으로 돌아올 수밖에 없는
엄마가 있지. 그러나,
이런 엄마일수록
더 무거운 걸 들고 온다.
"애들아 나는 빈손으로 왔다."
그러나 그 손에서 쏟아지는 훈기.

엄마가 돌아오면

방이 환하다.

―「엄마 손에는」 일부

　　이와 같이 신현득에 있어서 모성은 "표정만 보고도 알아맞히"는 사랑의 교감이며, 빈손으로 나갔다가도 언제나 빈손으로 돌아오지 않는 사랑의 권화이다. "정말 빈손으로 돌아올 수밖에 없는" 날에는 더욱 묵직하고 따뜻한 '훈기'를 쏟아놓는 모성의 발견을 통해서 비로소 '큰다'라는 시적 의미가 존재 가치를 지니게 되는 것이다. 그러나 신현득의 모성에 대한 탐색은 무조건 사랑받고 있다는 단순한 자기 충족감에만 젖어 있지는 않다. 모성과의 합일욕망은 언제나 빈손으로 돌아오지 않는 사랑의 권화로부터 다시 새로운 인식으로 창조적 변화를 보여줄 때 진정한 시적 의미를 획득하게 되는 것이다. 이것은 사랑을 줌으로써 사랑을 만들어내는 능력을 보다 많이 감득하기 위한 방법일 것이다. 이 능력은 인간적 삶에 대한 계속적이고도 진지한 성찰에 기인한 것으로 보인다.

　　엄마는
　　가지 많은 나무.

　　오빠의 일선 고지서
　　소총의 무게 절반을 오게 하여
　　가지에 단다.
　　오빠 대신
　　무거워 주고 싶다.

　　시집 간 언니 집에서

물동이 무게 절반을 오게 하여
가지에 단다.

그 무게는 무게대로
바람이 된다.
동생이 골목에서 울고 와도
그것이 엄마에겐
바람이 된다.

뼈마디를 에는 섣달 어느 밤
엄마는 오빠 대신 추워 주고 싶다.

그런 맘은 모두
폭풍이 된다.

엄마라는 나무
바람 잘 날이 없다.

—「엄마라는 나무」 전문

모성에 대한 새로운 인식의 눈이란 「엄마라는 나무」에서 보여주는 것과 같이 우리를 키워내는 동안 모성이 겪어야 하는 아픔에 대한 눈뜸이며 발견이다. 곧 "가지 많은" "엄마라는 나무"가 "바람 잘 날이 없다"는 아픔의 인식에서 오는 발견이다. 그의 모성은 군복무에 고달픈 오빠와 시집살이에 시달리는 언니의 고통만큼 '바람'과 '폭풍'으로 각인된다. 그것은 고귀한 사랑으로서의 모성을 통한 삶의 소중함에 대한 인식이다.

바로 「엄마라는 나무」가 지니는 시적 미학은 2, 3연에 걸쳐 반복된 "무게 절반"이란 시어의 의미에 놓인다. '무게 절반'이란 고통의 질량을 어머니와 자식이 절반씩 나누어 가진다는 뜻일 것이다. 신현득은 왜 자식에게 부과된 고통의 '절반'만을 감당하려고 하였을까? 우리는 여기서 신현득의 진정한 시적 의미를 만날 수 있게 된다. 자식에게 부여된 고통의 '무게 절반'만을 덜어 준다는 것은 이미 제시되었던 어머니와 자식이 하나가 되어야 한다는 합일욕망의 다른 표현이다. 이 욕망은 "엄마의 생각대로/아이의 생각이" 화합되는 순간의 욕망이며 모성의 본능이기도 하다. 신현득의 모성에 대한 이러한 인식은 자식에게 부과된 아픔과 고통을 언제나 함께 인내하는 존재로 부여된 것이다. 이때 모성은 우리에게 또 다른 삶을 발견할 수 있도록 능력을 부여해 주는 존재자란 면에서 삶의 근본에 대한 통찰이라는 의미를 갖게 되는 것이다. 따라서 「엄마라는 나무」는 신현득 동시선집 『참새네 말 참새네 글』이 지니는 정신 편력의 한 정점이자, 시적 회원이 보여준 서정의 승화라 할 수 있다.

3. 삶에 대한 재인식과 부성의 발견

최근 출간된 여덟 번째 동시집 『아버지 젖꼭지』에 이르면, 신현득은 세계를 바라보는 시선을 「물구나무서기」로 새롭게 교정한다.

물구나무서서 보면
산봉우리는 땅에 매달려 있어요.
나무는 산에 달린 수염이어요.
해는 내 발 밑을 지나가지요.

곡식은 뿌리라는 작은 손으로
든든히 땅을 검잡고
줄을 서서 나부끼지요.
나부끼는 그 아래로 바람이 지나가지요.

물은 땅을 만지면서
천장 쪽으로 흐르고 있어요.

—「물구나무서기」 전문

「물구나무서기」는 현실 세계를 보다 새롭게 재인식하기 위한 방법적 모색이다. 즉 물구나무서기는 세계를 거꾸로 보는 일이다. 거꾸로 보는 일은 일상성을 벗어난다는 뜻이다. 신현득은 세계를 거꾸로 봄으로써 "나무가 산에 달린 수염"처럼 보기도 하고, 뿌리가 "작은 손"이 되어 "땅을 검잡고/줄을 서서" 있는 것처럼 보기도 한다. 이러한 거꾸로 본다는 것은 자연 반복되는 일상성을 거부하는 행위이다. 일상성을 거부한다는 것은 현실의 삶을 새롭게 재인식하고자 하는 일이 된다.

그러면 왜 신현득은 동시 선집 『참새네 말 참새네 글』로 자기 정리를 하고 난

동시집 『아버지 젖꼭지』 표지.

다음 『아버지 젖꼭지』에 이르러 일상성을 거부하고 삶을 재인식하고자 했던 것일까? 물구나무서서 거꾸로 보는 행위는 오히려 현실을 바르게 인지하는 데 장애 요인이 되는 것은 아닐까? 그것은 신현득이 그 동안 자연과의 대화법을 통해 시도해 왔던 되풀이와 의문의 탐구, 그리고 모성의 발견만으로는 다양한 세계로의 접근이 유보되고, 현실 세계란 주어진 세계에서 가능 세계라는 새롭게 만들어 갈 수 있는 의지의 세계로 나아가는 길이 차단된다는 가치 판단에 의거한 것일 수 있다. 신현득이 현실 세계를 거꾸로 놓고 보는 일은 그래서 일상성을 벗어나 다양성을 발견하고, 좀더 가능한 세계로 나아가고자 하는 시적 지향이라 아니할 수 없다. 이 다양성의 추구는 아이들에게 주어진 삶을 보다 진실되고 적극적으로 인식하게 하는 방법이 되고, 자신의 삶에 투철하고자 한 시인의 참모습이기도 하다.

이렇듯 신현득은 물구나무서기로 본 새로운 세계 인식을 통해서 대상의 본질을 보다 바르게 인지하고, 적극적으로 다양한 세계를 모색하고자 한다. 세계를 다양하게 인식한다는 것은 삶의 진실에 가깝게 접근하는 일이며, 적극적으로 삶에 대응하는 자세일 수 있기 때문이다. 이러한 적극적인 삶의 대응 자세는 동시 「추운 날은」에서 뚜렷이 나타나 있다.

추운 날은 뛰자 뛰자,
골목을 뛰자.
이웃 동무 모여 와서
골목을 뛰자.

골목을 스쳐가는
매운 찬 바람.

찬 바람을 따라잡자
땀이 솟는다.

추운 날은 뛰자 뛰자,
눈길을 뛰자.
어린이들 모두 나와
눈길을 뛰자.

하이얀 눈길에서
매운 찬 바람.
찬 바람을 이겨 내자
땀이 솟는다.

—「추운 날은」 전문

「추운 날은」 1, 2연과 3, 4연이 반복된 대칭 구조로 이루어진 작품이
다. 추운 날 "매운 찬 바람"이 부는 "하이얀 눈길"을 뛰는 행위는 능동
적으로 외적 여건에 대처하는 적극적인 자세이다. 추운 날을 슬기롭게
넘길 수 있는 방안 중 하나는 따뜻한 방 안에 움츠리고 앉아 있는 방법
일 것이다. 독감이 염려되는 날, 추운 골목에 나와 있을 필요가 없다.
그러나 신현득은 추운 날일수록 "골목을 뛰자"고 한다. 그것도 그냥 뛰
는 것이 아니다. "뛰자 뛰자"라고 두 번씩 반복해 강조하면서 뛰고, 또
"이웃 동무 모여 와서" "어린이들 모두 나와" 다같이 뛰자고 한다. 거
기다 "매운 찬바람"까지 "따라잡"고, "찬바람을 이겨 내자"고까지 한
다. 가능한 세계로의 지향은 이처럼 현실에 직접 부딪히는 능동적이고
적극적인 자세 속에서만이 촉발될 수 있는 일이기 때문이다.
　신현득은 현실 세계에 이와 같이 적극적으로 대응함으로써 가능 세

계를 전망하고자 했던 것이다. 여덟 번째 동시집 『아버지 젖꼭지』에 '뛰자', '날자', '간다' 등의 행위 동사가 빈번히 동원되는 것도 여기에 연유된다. 그가 "구름을 타고/날아 보"(「구름을 타고」)며, "팔짝 팔짝 재미나는 돌다리"(「돌다리」)를 건너고, "산골길 요리조리 꼬부랑길"(「산골길」)을 들러야 했던 것도 적극적으로 현실적 삶에 대처하고, 가능 세계로 의지적으로 나아가고자 할 때 필연적으로 거쳐야 할 여정이었던 셈이다. 그러므로 『아버지 젖꼭지』에서 우리가 만나는 가장 특이한 시적 현상 중의 하나가 바로 동시선집 『참새네 말 참새네 글』에서 탐색된 모성에 대한 모색이 부성의 발견으로 이동되고 전환되었던 점이다. 이런 시적 중심의 이동은 '큰다', '자란다' 등 삶의 의미화로부터 '뛰자', '간다' 등 삶의 적극성으로 나아갔다는 것이 그 단적인 예가 될 것이다. 그런 삶의 적극성에 대한 또 다른 표현 양식을 신현득은 부성, 즉 아버지의 새로운 발견에서 찾고자 했기 때문이다.

이른 봄까지도 들판은 비어 있다.
누가 이 들판을 가득 채우나?
두엄을 덮어 흙을 달래고
그 속에 씨를 묻는 아버지의 손.

—「들을 가득 채우는 아버지의 손」 1연

"기계야, 베아링을 갈아 주랴?"
"기름 쳐 주랴?"
아버지는 기계의 마음을 안다.

아버지 손이 쓰다듬고
만져 주면

콧노래 부르면서 돌아가는 기계.

—「기계를 달래는 아버지의 손」 1~2연

바위는 갈라져
다시 산다.
아버지 손이 다시 살린다.
석수장이라는 아버지.

—「돌을 새기는 아버지의 손」 1연

목숨으로 캐 올린
연탄이란 땔나무엔
아버지 검은 땀이 배어 있다.

이것이 우리, 겨울의
체온이 된다.

—「땔나무를 대어 주는 아버지의 손」 7~8연

　위에 든 동시들은 아버지의 끈끈한 삶 인식을 뚜렷이 보여준 실례들
이다. "두엄을 덮어 흙을 달래"는 일에서 "연탄이란 땔나무"를 캐올리
는 일에까지 '아버지의 손'은 고달프기 그지없다. 그러나 신현득은 이
런 '아버지의 손'이 하나같이 삶의 생기를 앗아가고, 삶에 지친 자의
이미지로 떠올리게 하고 있지 않는다. "콧노래를 부르며 돌아가는 기
계"에서, 바위를 "다시 살리"는 일에서, 혹은 "목숨으로 캐 올린/연탄
이란 땔나무"가 "우리, 겨울의/체온이" 되게 하는 일에서 쉽게 간취되
는 것처럼, 아버지의 손과 일은 현실적으로 고달픈 모습이 아닌, 바로
희망에 찬 삶의 모습들이다. 이처럼 '아버지의 손' 연작은 우리에게 가

지각색의 직업을 소유한 아버지들이 자신의 삶에 투철함으로써 희망찬 미래를 건져 올리는 손으로 인지시켜 주고 있는 동시들이다.

이러한 신현득의 아버지는 강인한 생활인으로 현실에 적응하며 책임 있게 살아 나가야 할 주체라는 부성의 이미지와 그 맥락이 닿아 있다. 그에게 아버지는 원초적인 삶에 대한 힘이자, 용기와 인내를 일깨워 주는 그런 정신체가 된다. 그러므로 다양한 '아버지의 손' 연작은 시인의 삶의 양식과 관련지어져 있는 적극적인 삶에 대한 내면적 깊이이며 실현이라 할 수 있다.

> 아버지 가슴에 까만 젖꼭지
> 엄마가 될 수 있는 흔적이다.
> 그런데, 아버지는
> 왜 젖을 주지 않는가?
> 더 많은 사람 젖 주기 위해
> 한 아기에게는 젖 주지 않는다.
>
> 아침에 나가서 아버지는
> 종일 흙과 같이 산다.
> 기계를 쓰다듬어 엔진을 건다.
> 땀에 젖은 까만 젖꼭지.
>
> —「아버지 젖꼭지」 1~2연

이와 같이 신현득의 동시 세계에서 어머니가 삶에 대한 친근하고 따뜻한 애정적 정서의 모태가 되고 있다면, 아버지는 현실적인 삶에 대응하는 적극적인 힘이다. 어머니에게서 삶의 예지를 얻었다면, 아버지로부터 삶의 희망과 용기를 체득했다고 할 것이다. "아버지 가슴에 까만 젖꼭지"가 "엄마가 될 수 있는 혼적"임에도 왜 아버지는 엄마가 될 수 없는가라는 의문을 제기할 수 있었던 것도 그 때문이다. "땀에 젖은 까만 젖꼭지"에서 그는 아이들에게 아버지 삶에의 끈끈한 의지를 인지시켜 주고, "더 많은 사람 젖 주기 위해/한 아기에게는 젖주지 않는다"는 사실을 깨닫게 해주었던 것이다. 그러므로 아버지는 한 가정에 국한된 부분적인 사랑의 소유자가 아니라 아이들 삶의 전체성을 주관하는 포괄적으로 승화된 개념이다. 결국 신현득의 부성은 사회적·경제적 현실과 결부되어 있는, 우리 사회의 화해와 공동체적 삶 인식에로 나아갈 수 있는 근원이 되고 있다. 그의 동시 세계가 어머니에서 아버지로의 필연적인 이동은 적극적인 행동성의 실천으로 촉발되어 가능 세계로 향하는 화해와 공동체적 삶 인식에로 표명된 삶의 의지라 할 수 있다. 부성, 즉 아버지는 연대의식으로 화합하는 순간에 나타난, 모성과는 또 다른 사랑 양식의 표현이기 때문이다.

따라서 80년대 우리 사회의 가치관이 흔들리고, 시대의 불신이 만연되었을 때 동시선집 『참새네 말 참새네 글』로 자기 정리를 하고 난 신현득의 가치 지향이 아버지에게로 나아갈 수밖에 없었던 것은 결코 우연한 일이 아니다. 모성에서 부성으로의 시적 이동은 80년대 가치관이 상실된 혼돈의 시대에 안고 있었던 시대적 갈등과 필연적 관계를 맺고 있던 그의 시적 각성이기도 한 때문이다.

4. 화해로운 세계로의 지향

신현득이 모성과 부성의 시적 과정을 거치는 동안, 결국 그가 지향하고자 한 가능 세계라는 것은 모두가 한데 어울리는 화해로운 세계였다. 커 나가는 아이에 대한 시적 희원이 시대적 각성과 결부되어 갈등

없는 조화로운 삶의 공간을 공유하고자 했던 것이다. 이런 세계는 그가 일관성 있게 추구한 동화적 상상력과 맞물려 쉽게 포용할 수 있었던 공간이기도 하며, 80년대란 가치관이 상실된 혼돈의 시대에 꿈꾸는 시인의 욕망이기도 하다. 그의 동화적 상상력은 맑고 밝은 시선과 따뜻한 감성으로 모순없이 이어져 있는 지복의 공간을 형성해 주는 방법론이 될 수 있었기 때문이다. 바로 동화적 상상력과 화해로운 자연이 조화를 이루어 이룩된 세계가 산밭에다 일군 '수수밭'의 정경이다. 이런 정경은 신현득이 우리의 80년대란 시대를 예인하는 가능 세계이기도 할 것이다.

바람이 모이는 곳은
흔들 것이 많은 수수밭이다.

가으내 키가 자란 수수는
깃발같은 팔을 여럿 달았다.

바람이 겨드랑일 간지러 가면
이랑마다 흔들흔들 춤이 된다.

작은 키로 익은 강아지풀보다
종아리가 길어서 참 좋다.

목줄기가 무겁게 매달린 낟알
그것이 자랑스러워 춤이 된다.

바람과 수수가

산밭에서 어울렸다.

—「수수밭」 전문

　자연 현상의 섬세한 묘사와 동화적 상상력을 담은 시적 비유로 소묘된 이 「수수밭」은 한 폭의 산수화를 연상케 하기에 충분한 동시이다. 이런 「수수밭」은 삶에 대한 여러 형태의 접근을 가능하게 하는 상징적 표상이 되고 있다. 이 동시는 전체가 각 2행으로 분절된 6연이 점층적으로 짜여져 하나의 완결된 장면을 연출하고 있다. 이런 완결된 장면은 바람이 불어 흔들리는 수수밭의 율동미를 실감나게 전해 주기도 한다. 우리 동시에서 이처럼 시적 자아의 희원과 풍성한 자연과의 어울림이 충실히 반영되고 또 합일된 작품은 찾아보기 어렵다. 소묘를 통하여 제시한 사물의 심상 안에 시인의 통찰력과 감흥을 잘 묘파하고 있기 때문이다.

　1연에는 두 개의 현상, 곧 바람과 수수가 제시된다. 바람의 심리적 근거는 흔듦이고, 수수의 심리적 근거는 흔들림(춤)이다. 그렇지만 '바람'과 '수수밭'은 서로 다른 별개의 자연 현상은 아니다. 바람이 부는 순간 수수밭이 흔들리는 동적 현상을 각각 분리해 놓은 시인의 인식일 뿐이다. 이 인식의 배후에는 어떤 감추어진 정신적 작용이 내포되어 있다. 곧 사물에 대한 객관성에 시인의 주관적 인식이 한 순간에 포개져 수수와 바람을 구별하는 변별성의 원리이다. 2연은 다시 바람이 불기 전의 현상이 그대로 제시된다. 가을이라는 시간적 배경과 "깃발같은 팔을 여럿 달았다"라는 것이 1연의 "흔들 것이 많음"을 암시해 주는 요인이 된다. 그것은 1연의 동적 현상에 대한 배경 제시인 동시에 흔들림의 재강조라 할 수 있다. 3연에 오면, 1연의 동적 현상이 구체화되고 객관화된다. 바람이 수수의 "겨드랑일 간지러" 간다는 표현과 "흔들흔들 춤이 된다"는 표현은 동화적 소묘이다. 4연은 키가 큰 수수가 작은 강아지풀보다 더 많이 흔들린다는 뜻을 의인화시킨 절묘한 시각적 묘사라 할 수 있다. 이 동화적 소묘와 절묘한 시각적 묘사가 한데 어울려 바람에 의해 흔들리는 수수밭의 정경을 신명나게 묘파해내고 있는 것이 3, 4연이다. 그러다 5연에 오면, 흔드는 주체와 흔들리는 객체가 서로 바뀐다. 이제 바람이 수수를 흔드는 것이 아니라 수수가 스스로 제흥에 겨워 몸을 흔든다는 것이다. 가으내 열매 맺은 낟알이 자랑스러워 제 몸을 스스로 흔들며, 그 흔듦이 바로 "춤이 된다"는 것이다. 이것은 흔듦과 흔들림의 상호 전이를 통하여 한데 어울림의 상태로 지향해 가고자 한 시인의 정신적 기저에 깔린 의식 작용이라 할 수 있다. 마지막 6연에 와서 "바람과 수수가/산밭에서" 갈등없이 하나로 어울려 합일에 이를 수 있었던 것은 그 때문이다. 우리는 이제 「수수밭」을 다 읽고 나서, 산밭에 모든 자연물이 어울려 있고, 또 산밭 전체가 바람에 의해 춤을 추고 있는 광경을 6연을 통해 유추해 놓을 수 있게 되는 것이다.

　이 「수수밭」은 단순한 바람과 수수의 만남을 넘어서 시인의 시적 희원이 조화롭게 표출된 동시이며, 흔듦과 흔들림의 관계가 합일에 이르는 과정을 변별적으로 제시해 놓은 동시이다. 무엇보다 이 동시에서 흔들고 흔들리는 주체와 객체가 서로 전이되면서 통일성을 지닌 하나의 세계를 조형한 신현득의 시적 능력이 우리의 상상력에까지 조응된다는 점에 주목하지 않을 수 없다. 수수밭에 바람이 이는 장면 제시를 신현득은 감정을 직설적으로 토로하지 않고 통어하는 지적 절제력까지 보여줌으로써 그만큼 수수의 흔들림과 바람의 흔듦을 자연스럽고 조화롭게 형상화시킬 수 있었다. 결국 「수수밭」은 한마디로 말해, '수수'와 '바람'을 구별한다는 변별성의 원리로부터 조화롭게 어울림의 상태로 지향하여 '산밭'이라는 하나의 화해로움을 이루어낸 동시이다. 이 어울림의 세계는 신현득 동시가 융화와 화해, 조화와 화합으로 만나는 길이고, 언제나 단절을 거부하고 화해를 일구어 가는 공동체적 삶 의식으로 살아야 함을 의미화한 것이다.

지금까지 우리는 80년대 들어 새롭게 출간된 신현득의 동시선집『참새네 말 참새네 글』과 여덟 번째 동시집『아버지 젖꼭지』를 통해 그의 동시 세계에 나타난 시적 관심들을 살펴보았다. 그는『참새네 말 참새네 글』에서 아이들에게 필요한 삶의 공간과 세계를 인식하는 방법을 제시하고,『아버지 젖꼭지』에서 적극성을 띤 참된 삶의 구체성으로 나아가고자 했다. 참된 삶에 대한 그의 일관된 지향성은 나날이 새로운 삶의 모색과 발견에 있다. 그러므로 신현득이 추구해 온 삶의 현실과 시적 탐색은 언제나 미래 지향적이다. 그의 동시 세계는 커 나가는 아이들이 당면한 현실 세계란 주어진 공간에서 가능 세계를 만들어 갈 수 있는 의지의 공간으로 향하고자 하는 확고한 방향성에 근거한 시적 탐색 과정이었기 때문이다. 이런 인식으로 이루고자 한 세계가 모두 하나로 어울리는 조화와 화해의 세계이다. 마치 산밭에서 수수와 바람이 어울려 산밭 전체가 흥겨운 춤바다가 될 수 있듯이, 그것은 '큰다'라는 시인의 시적 희원이 '뛰자'라는 적극성으로 지향해, 모성과 부성이 조화롭게 어울려 하나의 완전한 화해로운 세계를 모색한 결과라 할 것이다. 그리고 우리는 신현득 시인이 80년대 들어 새롭게 간행한 그 동시선집과 동시집을 통해서 나날이 새로운 삶의 모색과 발견이라는 시적 가능성과 문학적 지평을 넓혀 주었다는 점을 말하지 않을 수 없다. 거기 30여 년의 시적 여정에 그의 시적 성숙과 사고의 깊이도 함께 개진되어 왔음은 자명한 일이다.

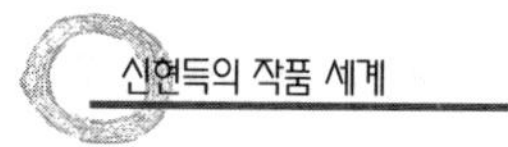

변하지 않음과 변화의 뜻
―1990년대 신현득의 동시 세계

김현숙

1. 유장한 흐름과 작은 흔들림

신현득은 1999년에 동시쓰기 40년을 맞았다. 자연 나이 마흔만 되어도 어떻게 살았는지 궁금하다. 시쓰기 마흔 해라니, 어떤 시를 어떻게 쓰고 어떤 변화를 겪었는지 당연히 관심이 간다. 「옥중이」, 「참새네 말 참새네 글」, 「고구려 아이」, 「이 이야기를 하지 않고서는 견딜 수 없구나」, 「아버지의 젖꼭지」 등 절품을 발표해 온 그였기에, 그의 동시 인생에 더욱 눈길이 끌린다.

그의 동시 이력을 둘러보면, 동시의 생산이라는 면에서 90년대의 이전과 이후로 확연하게 구분된다. 사십 년 동안 동시집 15권을 냈는데, 90년대 이전 삼십 년 동안 그 절반을 내더니, 90년대 십 년 동안에 그간 펴낸 분량을 출간한 것이다. 이런 동시쓰기의 변모는 그의 시력에 중대한 변화로 기록되어, 그의 동시를 90년대 이전과 이후로 나누어 살피게 한다.

이 글은 신현득 동시의 양산 시대라고 할 수 있는 90년대의 동시 읽기이다. 읽기에 앞서 90년대 동시집의 이름을 발표 순서대로 적어 보면, 제9동시집『착한 것 찾기』, 1~9동시집에서 추린 동시선집『일억 오천만년 그 때 아이에게』, 제10동시집『독도에 나무심기』, 제11동시집『몽당연필로 시쓰기』, 제12동시집『달나라에서 지구 구경』, 제13동시집『고향 솔잎』, 제14동시집『대추나무 대추씨』, 그리고 이야기 시집인 제15동시집『우리 집 강아지는 아기 공룡이에요』이다. 선집을 빼면 7권의 분량이고, 각 동시집들은 동시집으로서는 만만치 않은 두께를 가지고 있다.

우선은 90년대에 들어서서 왜 이렇게 동시를 대량생산했는지, 이 궁금증부터 풀어보자. 답은 간단하다. 89년 신문사 기자 일을 그만두었기 때문이다. 창작에 전념하기 위해 그만 둔 만큼 그간 묵히고 길러오던 창작욕을 화산처럼 터뜨렸다. 92년부터 거의 매년 한 권씩이다시피 펴낸 동시집은 억눌렸던 창작욕이 얼마큼 위력적 폭발을 일으켰는지 보여준다.

변신을 일으키기에 10년의 세월은 짧은 것일 수 있다. 그러나 직장 사표라는 대사건을 통한 동시의 양적 팽창이 워낙 크므로, 양질 전환의 법칙에 입각해서 이에 따르는 질적 변화는 무엇인지 촉각이 곤두선다. 즉 80년대까지에 대비한 90년대 동시의 변모를 찾아보려는 것이다. 그러나 대폭발에 상응하는 변화를 예감하는 시선을 만족시키는 대단한 변화는 보이지 않는다. 많은 동시들이 제재면에서 그리고 제재를 처리하는 시선면에서 이전과 커다란 차이를 보이고 있지 않다.

이러한 90년대의 동시들은, 변화만 쫓으려는 시선을 당황하게 한다. 그러나 시인의 유장한 자기 주장을 주시하노라면, 당황스러움은 문학에 대한 이해를 넓히는 순간으로 서서히 전환된다. 시인이 닦아 온 자기 세계의 깊이란 그리 쉽게 흔들릴 수 있는 것이 아닌 것이다. 모든 것이 빠르게 이동하며 탈바꿈하는 가운데 우리가 겪는 혼란을 생각하면, 흔들리지 않는다는 것도 하나의 가치임을 깨닫게 된다.

그러나 문학의 세계란 고정된 완성태를 용납하지 않는다. 부단한 변화 속에서 자기 확장과 갱신의 몸짓을 드러내기 마련이다. 신현득의 90년대 동시에서는 다음과 같은 작은 변화들이 포착된다. 가장 신선한 것은, 「달나라에서 지구 구경」을 중심으로 한 일련의 동시에서 볼 수 있는 공간적 상상력이다. 역사를 더듬던 시간적 상

동시집 『우리집 강아지는 아기 공룡이에요』 표지.

상력이, 우주를 제 시적 세계로 끌어들이는 공간적 상상력으로 변화된 것이다. 또 하나는 연작 동시 형태의 강화이다. 전에도 역사, 엄마, 아버지, 교실 등 하나의 제재나 대상을 중심으로 한 연작 동시를 만드는 형태를 보였었다. 90년대는 이러한 동시쓰기 형태를 발전시켜, 착한 것 찾기 시리즈, 그릇 연작시를 쓰더니, 급기야는 이야기 동시집 『우리 집 강아지는 아기 공룡이에요』를 펴냈다. 한편 백두산이라는 소재의 등장은 민족주의 정신을 드러낸 시들에서 호흡 변화를 일으켰다.

90년대 동시 전체를 볼 때, 변화를 드러낸 동시의 양은 변화를 보이지 않는 동시들에 비해 적다는 사실을 지나칠 수 없다. 또한 변화도, 양의 팽창에 상응하는 질적 변화나 대단한 변화라고 보기는 어렵다. 변하지 않는 것들이 원래 있던 커다란 가지들에서 피어나는 무성한 잎새라면, 변화는 것들이란 본 가지와 일정한 관계를 맺으며 새로 벋은

작은 가지들로 보인다. 변화에만 초점을 맞추어 90년대 신현득 동시론을 진행한다면, 90년대 동시 전체가 형성하는 의미는 놓친다는 헛점이 생긴다. 따라서 90년대 신현득의 동시읽기에 해당되는 이 글에서는, 이들을 각각 살피며 서로에게 어떤 영향을 주고 흐르는지, 신현득 동시 전체에서는 어떤 의미를 갖는지를 짚어보고자 한다. 이 작업이 잘 진행된다면 그의 동시 전체에서 90년대 동시가 형성하는 의미망도 드러날 것이다.

2. 변하지 않는 것

그의 90년대 동시를 일람하면 변화보다는 연속성이 더 두드러진다. 한 시인이 자기 삶의 조건을 바꾸어 과작에서 다작의 동시쓰기를 행했다면, 기존 동시 세계를 흔들만한 특별한 시정신의 변화를 추측하기 마련이지만, 신현득은 이런 추측을 비켜선다. 그가 80년대까지 삼십 년 동안의 동시쓰기를 통해서 보여주었던 사상적 흐름이 90년대에도 일관되었다는 뜻이다. 그렇다면 시력 사십 년을 관통하는 그의 사상적 흐름이 무엇인지 먼저 짚어보자. 그것은 전통적 가족주의, 농경 정서적 자연주의, 겨레 사랑의 민족주의, 근면 검박의 정신으로 요약된다. 이러한 흐름들은 한 편의 동시에서 서로 교직되어 나타나는 경우가 빈번한데, 그만큼 신현득에게는 이들이 서로 상치되지 않고 자연스럽게 어울려 있다.

일찍 돌아가신 어머니는 그에게 완전한 형태의 가족에 대한 그리움을 간직하게 하는 내상을 남겼고, 산골에서 태어나 산골에서 잔뼈가 굵은 그에게 자연은 도시인들처럼 바라볼 수 있는 것이 아니었고, 식민시대에 어린 시절을 보냈던 그가 해방 이후 힘없는 민족이 겪는 비

애를 되풀이하지 않으려는 생각에서 민족의식을 각성하고, 조국과 개인의 역사가 어떤 상황이었던지 간에 가난은 늘 그의 곁에 있었다는 것을 염두에 둬보자. 간략하게 말해서 그의 삶은 그가 그러한 사상들을 체질화시킬 수밖에 없었다. 결국 이런 삶의 내력에서 형성된 정신은 그의 동시쓰기에 고스란히 담겼고, 이들은 결코 다른 어떤 것으로 바뀔 수 있는 내용물이 아니었던 것이다.

시는 시인의 생각과 감정에 복무한다. 생각과 감정이 바뀌지 않았는데, 시작에만 몰두한다고 해서 시의 내용들이 바뀌지는 않는다. 90년대의 동시가 많은 부분에 있어서 이전의 동시들과 연속선상에 놓이고 있는 것은 이 때문이다. 90년대의 동시가 보여준 이전 동시들과의 연속성은, 비교가 쉬운 제재를 살펴보면 뚜렷하게 알 수 있다. 많은 동시편에서 이전 제재가 반복해서 나타난다. 신현득이 즐겨 다루었던 것, 이를테면 가족 공동체, 민족과 역사, 활동력 넘치는 자연은 여전히 많은 분량을 이룬다. 한편 과거에 소외되었던 과학 물질 문명은 그대로 열외 상태이다. 90년대의 컴퓨터를 중심으로 한 기계 문명의 극심한 변화는 그의 동시에 아무런 영향을 미치지 못한 것이다. 또한 동일 제재에 대한 시선도 크게 달라져 있지 않다.

신현득의 가족과 자연은 더욱 한결같은 제재이다. 1968~1973년 사이에 쓴 것으로 익히 알려진 「엄마라는 나무」와 1992년에 쓴 「엄마와 바람」을 비교해서 읽어 보자.

엄마는
가지 많은 나무.

오빠의 일선 고지서
소총의 무게 절반을 오게 하여

가지에 단다.
오빠 대신
무거워 주고 싶다.

시집 간 언니 집에서
물동이 무게 절반을 오게 하여
가지에 단다.

그 무게는 무게대로
바람이 된다.
동생이 골목에서 울고 와도
그것이 엄마에겐
바람이 된다.

뼈마디를 에는 섣달 어느 밤
엄마는 오빠 대신 추워 주고 싶다.

그런 맘은 모두
폭풍이 된다.

—「엄마라는 나무」 전문

엄마가 한 그루 나무였을 때
아기는 가지에서 칭얼대는 열매.

"이건 개구쟁이, 말썽꾸러기"
엄마는 그런 생각 않는다

"이건 자질구레한 내 열매"
엄마는 그래 생각지 않는다

엄마가 무서운 건 바람뿐이다
비바람이 밀어젖힐 때
엄마는 엉겁결에 쫓기게 된다
―애들아, 애들아 꼭꼭 잡아라
급할 땐 나무도 달려야 한다

쫓기다, 쫓기다가
잠이 깨어도
닥치는 건 바람뿐이다

엄마를 마구 흔드는 건
아침마다 오르는 연탄 값이다.

―「엄마와 바람」 전문

　두 동시 모두, 엄마는 가지 많은 나무, 자식은 나무 가지에 달린 것들로 표현되어 있다. 그리고 그 자식들을 주렁주렁 매달고 있는 나뭇가지를 힘들게 하는 것은 바람이다. 엄마와 자식, 그리고 엄마를 고통스럽게 하는 것을 표현한 보조관념이 동일한 것이다. 누구나 공감하듯이, 엄마란, 나무의 가지처럼 자기에게 달린 것에게 양분을 주고 보살펴서 커 나가게 하는, 가이 없이 헌신하는 존재이며, 자식이란 그 엄마의 헌신으로 살아가는 열매나 잎새 같은 존재이다. 신현득에게서 엄마와 자식 간의 이러한 관계 설정은 영원할 듯싶다. 아마 그가 21세기 첫 십 년대에 또 엄마와 자식에 관한 동시를 쓴다고 해도, 이 포맷은 되풀이 될 가능성이 크다.

제12동시집의 「엄마와 아빠」는 가족 구성원 각자가 맡은 역할에 대한 신현득의 의식을 드러내는 전형적인 동시이다. 이 동시는, 엄마와 아빠가 서로 하는 일을 바꾼다면 일 솜씨가 "말이 아닐" 것이니, 역시 "엄마 일, 아빠 일이 따로 있"고 "그래서 엄마는 엄마, 아빠는 아빠"라는 전통적인 성역할을 굳건하게 지키고 있다. 신현득이 비록 90년대 이전에 아버지를 발견했으되, 그의 의식 속에서 아내와 남편은 전통적인 역할을 그대로 수행하는 존재들인 것이다. 그런데 제14동시집의 「식모 아빠」라는 시만은 예외이다. 아이엠에프 때문에 엄마가 돈을 벌러 바깥에 나가고, 대신 아버지가 집에서 가사 노동을 하고 있다. 그러나 이러한 역할 파괴는 이 동시에만 나타나는, 극히 이례적인 현상이다.

신현득은 90년대에 들어서서 동시의 엄청난 양적 폭발을 보이나, 많은 동시가 제재나 시선에 있어서 위에서 살펴 본 것처럼 기존과 동일한 양상을 보인다. 그렇다면 신현득이 왜 질에 있어서의 변화를 추구하지 않으면서 양적 팽창을 하고 있는지 물어야 한다. 이에 대한 답은 동시쓰기 전술의 변화에서 찾아야 할 것 같다. 즉 80년대까지의 동시쓰기 전술과 90년대의 그것이 다르다는 말이다.

여기서 잠시 80년대까지 신현득이 보여준 동시쓰기 양상을 돌이켜 보자. 그 양상은 나무가 키를 높이면서 사방을 향해 가지를 벋어 가면서 제 모습을 변모시키는 것 같다. 예컨대 '옥중이'의 생활 체험 공간이라는 가지에서 '고구려 아이'를 만나는 광활한 역사적 상상력이 펼쳐지는 가지로 벋어 나가며, 엄마라는 가지를 벋다가 키를 키우면서 어느덧 아버지라는 가지를 벋어 나갔다. 옥중이에서 고구려 아이로, 엄마에서 아버지로의 변화 관계는, 이전의 것을 부정하는 형태가 아니

라 이전의 것을 토대로 시선의 확대
내지는 인식의 확장으로 파악된다.
옥중이와 엄마에게 내장된 개인적
이고 가족적인 의식이, 고구려 아이
와 아버지에게 보여주는 민족과 역
사 그리고 사회에 대한 의식으로 확
대되고 있기 때문이다. 그래서 단절
과 새 것의 개입이 아니라 연속적이
며 점진적인 성격을 갖는다고 말할
수 있다. 이런 변화의 관계와 성격
때문에 그의 시적 변화 양상은 가지
를 벋으며 성장하는 나무처럼 보인
다.

동시선집 『일억오천만년 그 때 아이에게』 표지.

　80년대까지의 동시쓰기 전술이 가지 벋기라면, 90년대 동시쓰기 전
략은 이미 벋어난 가지에 잎새 달기이다. 앞 30년 긴 세월 동안 과작의
동시로도 새로운 가지를 벋어냈음은 위에서 잠시 지적해 보았다. 그러
나 90년대 동시쓰기는 기존 가지에 수많은 잎새를 단다는 새로운 전술
을 드러낸다. 그가 내용과 음조면에서 이전에 불렀던 것과 별 차이 없
는 노래를 부르고 또 부르고 있는 것은 이 전술의 실천이다. 신현득은
80년대까지 일련의 가지 벋기를 통해서 자신의 동시 세계를 노정시키
고, 90년대에는 벋어 있는 가지들에게 무수한 잎을 달고 있는 것이다.
앞 30년을 통해 자신의 사상적 흐름들을 분명하게 가닥 잡아왔다면,
90년대에는 그 가닥마다 잎새를 매다는 풍성함을 이루고 있는 것이다.

3. 변하는 것

3-1

우리는 신현득이 보여준 고구려, 우리 나라 첫날, 일억오천만 년 전으로 넘나드는 시간적 상상력을 기억한다. 그는 동시에서 보기 드물게 시간적 상상력을 발휘함으로써, 독자의 눈길을 붙잡았었다. 그것은 역사성을 탐지하려는 시인의 의도와 맞물려 있었다. 이러한 시간적 상상력이 90년대에 와서 공간적 상상력으로 바뀐다. 이것은 신현득이 90년대에 벋어낸 가지 중에서 가장 새롭다고 여겨진다. 신현득이 활보하고 있는 공간을 보자. 우리 고장, 나라, 지구 차원이 아니라 우주적이다. 신현득의 우주적 상상력의 출발은 지구의 위성인 달이다.

> 잘 보이는 쌍안경 하나 들고/달나라에서 지구를 쳐다보면/안 보이는 곳 없지요.//〔…중략…〕 서울이라 삼각산/인수봉 밑에/두고 온 우리 집/쌍문 1번지 //
>
> —「달나라에서 지구 구경」 일부

> 달나라에서/사과 하나 먹고 싶을 때/사과나무를 심기로 하는 거다. //지구별에서 물을 끌어다/지하수, 옹달샘이 솟을 만치/물을 대어 주면/별나라 사이에서/이끼 홀씨가 날아와 싹틀 테지
>
> —「달나라에서 사과나무 가꾸기」 일부

> 달나라에서 바라보면/지구가 틀림 없는 별인 걸./지구 사람 모두/별나라 사람인 걸.//〔…중략…〕 지구 사람 그걸 모르네./민들레 봉숭아는 /우주식물인 걸./금강산 돌멩이는/우주석인 걸,/지구별 사람 그걸 모르네 //
>
> —「지구 사람, 그걸 모르네」 부분

「달나라에서 지구 구경」은 신현득의 상상력이 우주로 출발했음을 알린다. 달로의 공간 이동은, 우주를 제 상상력의 공간으로 삼아서 떼놓는 첫걸음이다. 그러나 이 걸음은 다소 불안하여 「달나라에서 사과나무 가꾸기」에서 보듯이 일단은 지구의 확장으로 이해되기도 한다. 그러나 이내 상상력은 지구를 벗어나서 우주로의 유영을 시작한다. 「지구 사람, 그걸 모르네」는 이를 분명히 드러낸다. 이로써 지구는 드넓은 우주의 한 행성이 된다. 달이라는 교두보를 거쳐, 상상력은 태양계로 확대된다.

우리 콩으로 / 메주 쑤어 / 엄마 손으로 담근 장,/장독간에//수성·금성 지나서/해님의 손끝이 와 닿는다.//〔…중략…〕 따끈해서/된장맛이 든다./태양계에 놓인 장독에/고추장 맛이 든다.

—「태양계의 장독」 일부

수성·금성·지구 거느리고/해님의 그림자놀이.//일식이다, 월식이다/장난도 하고/지구별 밤낮을 열두 시간씩에 맞춘다.

—「해님의 그림자놀이」 부분

지구에서 쏘아올린/날개 하나가/별나라로 날고 있다/꽃씨봉지를 대롱대롱 달고.//〔…중략…〕 지구에서 건너간/우주 식물.

—「날개」 일부

태양계를 거쳐서 우주계라는 끝간 데 모를 공간을 탐색하는 신현득의 눈길이 보인다. 공간적 시야가 활짝 열려 있다. 발동이 걸린 이 우주적 상상력은 90년대의 마지막 동시집인 『우리 집 강아지는 아기 공룡이에요』에서도 나타난다. 강아지에서 개로 큰 다롱이가 컴퓨터 공부를 한 후 우주선을 만들어 우주로 떠나는 것이다. 우주적 상상력은 현실을 뛰어넘는다는 점에서 시간적 상상력과 상통한다. 그러나 이러한 신현득의 시선은 80년대까지의 동시에서는 보기 어려웠다는 점에서, 기존에 보기 드문 발상임은 분명하다. 따라서 신현득이 90년대에 새로 번은 가지라고 볼 수 있다. 이러한 새로운 영역의 개척에는 어떤 배경이 깔려있는지 궁금하다. 90년대라는 시대의 반영은 아닐까? 환경 문제나 핵무기 개발 등 지구 전체가 연루된 사안의 발생은, 그의 눈길을 한반도와 대륙 일부에서 벗어나 밖으로 돌리게 했을지도 모른다. 어쨌든 다음 동시는 아름답다. 우주적 상상력에 인간의 서정이 결합되어 있기 때문이다.

별만 있는 밤에
별이 하는 말.

여기 별나라에서 보면
너도 별이라꾸.

어린이는 어린이의 빛으로
반짝이고 있구나.

짐수레꾼은, 짐수레꾼의 빛으로
반짝인다꾸.

몰랐지?
가슴 따뜻한 사람끼리 모이면
별자리인 걸.

별나라에서 보면

5광년 쯤에서도

너의 반짝임이 잘 보이고 있어.

—「우리의 반짝임」 전문

따뜻한 가슴이 없다면, 우주 너머로까지 상상력이 확장된다는 것이 어떤 의미가 있으랴.

3-2

연작시의 강화는 동시의 형태면에서 신현득이 90년대에 보여준 변화 중의 하나이다. 착한 것들을 찾아 동시로 승화시키고, 번호를 매긴 것만 해도 22편에 이르는 '그릇' 연작시를 쓴 것은, 그가 동시를 새로운 그릇에 담고 있는 현장들이다. 물론 한 가지 게재나 장면을 놓고 일정량의 동시를 제작하는 것은 90년대 이전에서도 찾아진다. 예컨대 엄마나 아버지 그리고 교실 풍경에 관한 동시들이 그렇다. 그러나 90년대의 연작시는 일런 번호를 매기거나(연작 동시 「그릇」), 집중성을 갖추고 있어서(『착한 것 찾기』), 과거의 것들에 비해 연작 동시로서의 양태가 뚜렷하다. 이러한 연작 동시 쓰기는 마침내 『우리 집 강아지는 아기 공룡이에요』라는 이야기 시집을 펴내는 성과를 올린다.

연작 동시라는 형태는, 시인이 시선의 집중성을 갖추고 있음을 의미한다. 세상에서 착한 것을 집요하게 찾아내고 그릇이라는 용기 한 가지로 세상을 읽어내는 일은, 서로 방향은 다르지만 집중된 시선을 요한다는 점에서는 동일한 작업이다. 그가 이렇게 시선에 집중성을 높이고 있는 까닭은 무엇일까? '착한 것 찾기'와 '그릇' 연작 동시가 실린 것은 90년대 첫 동시집과 두 번째 동시집에서의 일이다. 90년대 초반

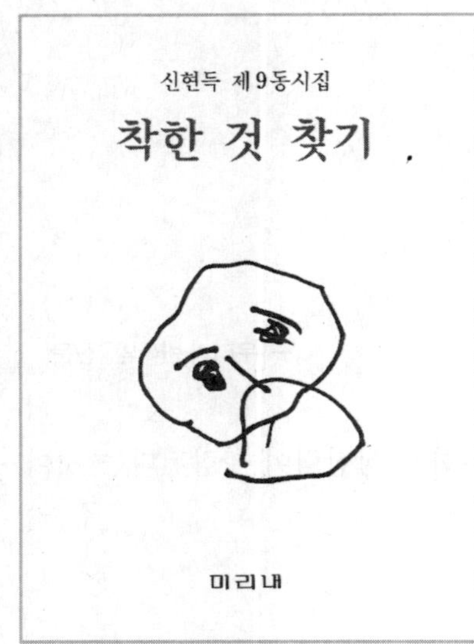

동시집 『착한 것 찾기』 표지.

에 이런 작업을 했다는 것은, 80년까지와는 다른 새로운 것을 모색하려는 의지의 발로가 아닐까? 그러나 동시집을 읽어 보면, 이 노회한 시인의 의중은 다른 곳에 있음을 알 수 있다.

시인으로서는 시작(詩作)에 몰두하기 위해 직장 생활을 청산하여 새로운 시쓰기의 장을 펼쳤으므로, 대상을 한 가지 정해 놓고 이에 대한 무수한 시적 상상력을 발휘할 수 있는 여유가 생긴 셈이다. 이 세상 모든 것이 화두가 될 수 있는데, 그가 주목하고 있는 것은 '착한 것 찾기'와 '그릇'이었다는 것은 무엇을 말하는 것인가? 특히 착한 것 찾기는 착한 것에 대한 시적 상상력의 발휘보다는, 착한 것을 찾아내는 일에 몰입하고 있다. 제9동시집 『착한 것 찾기』에서 '착한 것 찾기'라는 제목을 단 동시는 없다. 그러나 4, 5, 6부 대부분 동시의 제재는 '착한 것'이다. 신현득이 주목하고 있는 것들은, 하찮고 눈에 뜨이지 않는 것들, 자신의 쓰임대로 쓰이는 평범한 사물들이다. 그러나 그들은 신현득의 손길로, 제 몸을 아끼지 않고 일하는 근면한 존재들로 부각되고, 그러기에 새삼 없어서는 안 되는 소중한 존재들로 떠오른다. 이러한 '착한 것 찾기'는 시적 내공을 닦기보다는 시심을 닦음으로써, 새 시작(詩作)을 출발시키고 있음을 드러낸다.

'착한 것 찾기'로 시심을 닦았다면, 90년대 두 번째 동시집에서는 '그릇'을 통해서 시선의 깊이를 보여준다. 그릇이 무엇인가를 담는 것이라면, 신현득은 자신의 동시에 세상 모든 것을 거침없이 그리고 자유롭게 담아낸다. 그릇이 먹을 것이나 일상용품을 담는 고마운 용기임이, 구태여 시인의 입을 빌어 드러낼 일은 아니다. 신현득은 이러한 그릇의 쓰임에서 출발하여 제 시에 대한 공감을 얻은 후, 이내 만만치 않은 시적 통찰을 보인다. 몇 편을 읽어 보자.

「뒤웅박」은 이렇다. "첫추위 시작될 무렵/할머니가 우리 여럿 보는 앞에서/봄씨앗을 챙겨 넣으셔요./팥씨, 녹두씨, 호박씨, 박씨/봉숭아, 맨드라미……/따로 따로 헝겊에 옹쳐 싸서 넣으"시고, "씨앗은 소중하다./너희 모두도 씨앗이니까"라고 하신다. 손자는 "할머니 말씀 알아듣지 못"한다. "봄날 가까이서/할머니는 조상님 따라 좋은 세상/가시고", 엄마가 뒤웅박에서 봄씨앗을 꺼내며 "너희들은 할머니 씨앗이다" 하실 때야, 비로소 그 뜻을 안다. 내가 할머니에게 어떤 의미인지, 어떤 웅변이 이보다 힘있고 뭉클하게 전할 수 있을까? 「아빠의 가방」에서, 아빠 가방은 도시락하고 서류 뭉치를 운반하는 매체이다. 그러나 이것은 단순한 물건에서 끝나지 않는다. 신현득은 가방이 늘 아빠 곁에 있어야 할 요긴한 물건임을 밝혀두고서, "사무실 테이블에/가방을 놓고 아빠는/못다한 서류를 들고/계장님 앞에 서요.//―다 되었소?/그 말에 아빠는/깜짝 놀라요./깜짝, 같이 놀라는 가방./―다 못했어요./밤샘을 했죠./―그걸 못해!"라고 쓴다. 사람 주인과 사물 가방이 하나가 될 만큼 정을 나눈다는 것, 그 아름다움을 생각하게 한다. "얻은 것/주운 것을/모아 두는 그릇" 「호주머니」는 아이에게는 더할 나위 없이 소중한 그릇이다. 아이의 "앞가슴에 달린 그릇,/호주머니"에는 자질구레하지만 온갖 것이 들어가는지 보여주는 장면은 재미있다. 예서 그치지 않고 3부에 그 주머니의 차고 비움에 따라 변하는 아이의 마음 무늬도 그려주어, 물건을 말하면서도 사람의 마음을 챙겨넣기를 잊지 않는다. 그릇이라는 용기에는 유형의 사물만 들어가질 않는다. 시인이라면 그릇을 단순히 물건을 담는 것으로만 파악하지 않고 여기서 진전된 시선을 보이기 마련이다. 신현득 역시 「일기장이란 그릇」과 「달력이라는 그릇」에 무형의 것, 추상적인 것을 담아낸다. 내 하루 이야기, 세상 일, 바람이 한 일, 그리고 날짜와 요일, 각종 행사일을 담는다. 「두 개, 산이 물그릇을 이고」에서는 백두의 천지, 한라의 백록이라는 그릇에 통일 염원을 담는다. 그러나 신현득이 보기에 이 세상에서 가장 큰 그릇은 「사람이라는 그릇」이다. "우주를 담고 나면/"나는 우주다."/깨닫게 되죠."

두 가지 연작 동시는 새로운 것을 모색하려는 의지를 담기보다, 시심을 닦거나 시의 내공을 닦는 일에 활용되었다. 연작 동시 쓰기는 『우리 집 강아지는 아기 공룡이에요』라는 이야기 동시집으로까지 확대 발전되었다. 이야기 동시란 단순히 여러 편을 모은다고 만들어지는 것이 아니다. 한 편마다 시이어야 하며 이것이 서로 연결될 때 하나의 이야기로 성립해서 서사가 주는 효과들을 발산해야 하기 때문에 무척 어려운 작업이다. 이야기 동시 쓰기가 얼마만큼의 공력을 필요로 하든 간에, 이야기 동시는 본질적으로 하나의 테마를 놓고 여러 편의 동시를 산출하는 행위이다.

연작 동시란 가지 하나에 다닥다닥 붙어 순을 돋아내는 나뭇잎, 잎잎들이다. 이런 의미에서 앞서 살핀 연속성을 가진 동시들의 대량생산과 같은 맥락으로 볼 수 있다. 연작시로 90년대 동시를 출발시키고 또 이야기 동시집으로 90년대 말을 마감시킨 것은, 90년대 동시쓰기 전술을 다시 한 번 드러낸다. 그러나 위에서 보았듯이, 연작 동시의 강화는 분명 90년대가 보인 하나의 변화이다. 그렇다면 연작 동시 강화는, 90년대 신현득이 보여준 연속성과 변화성을 동시에 확인할 수 있는 예이다. 이것은, 연속성보다는 변화성이 강한 앞서의 공간적 상상력과 구별된다. 또한 백두산이라는 소재의 등장이 가져온 작은 변화, 연속성 속에서 호흡의 변화를 드러내는 동시들과도 구별된다.

민족의식이 강하게 발산된 동시들은 90년대에도 여전하다. 특히 분단의 쓰라림과 통일의 환희에 대한 동시는 시종일관하다. 그런데 겨레와 관련된 동시들은 가족이나 자연과 달리 일정한 감정의 변화를 읽을 수 있다. 백두산이 본격적인 소재로 등장하면서 뚜렷한 감정의 파고가 나타났다. 신현득의 민족의식 구축은 「이 이야기를 하지 않고는 견딜 수 없구나」, 「나는 보

동시집 『독도에 나무심기』 표지.

았다」 등의 일제 강점기에 대한 반성, 「우리 나라 첫날」, 「고구려 아이」, 「부여에서」, 「경주」 등의 역사읽기를 통한 민족정신 고취, 「휴전선에 선 감나무」, 「통일이 되는 날의 교실」 등 민족 분단의 아픔과 통일 의지의 끊임없는 확인을 통해 진행되어 왔었다. 그러나 이후 새로운 소재나 시선을 가다듬지 못한 채 다소 답보 상태에 빠진 느낌을 주었다. 94년 『독도에 나무심기』에서 국토의 재발견 즉 독도와 백두산을 소재로 시심을 가다듬었지만 그리 활발하지는 않았다.

신현득은, 중국을 통한 백두산 자유 여행이 허용되자, 흰 두루마기를 입고 민족의 영산을 밟은 시인이었다. 그의 백두산 밟기는 유난한 감격을 동반한 것이었다. 그랬기에 백두산 오르기는 민족의식을 다시한 번 강렬하게 살려내는 기회가 되었다. 하여 그의 동시에서 백두산은, 다양한 얼개를 가진 신현득 민족주의를 망라하는 거대한 상징체가 된다.

백두산 절반쯤 오르다니까/신의 도시 열렸던 주춧돌 곁에/개상반 놓고 된 장국/뜨끈할 때 맛보자.//그때, 신의 도시 할아버님이/슬기의 곰에게 내린/마늘 스무 개./그런 마늘 콩콩 찧어 된장에 넣고/발해바다 며르치도 몇 마리 넣고/보글보글 끓인 된장/자, 맛보자.

―「백두산 마을 된장국」 일부

백두산에 올라와 봐야 그것을 안다./우리 앞들이 백두산 흙임을./마을 앞 냇물이 백두산 물임을./백두산에 올라와 봐야 그것을 안다./우리 나라가 백두산임을./우리 하나씩 백두산 봉우리임을.

―「백두산에 올라」 일부

약쑥을 씹어 먹었지./세상에서 제일 쓴 것./백두산 여자곰이/눈 질끈 감고/쓰운 걸 견디었지.

―「마늘 먹고 참기」 일부

백두산 자락이 펼쳐진 곳/저, 하얼삔에서도/청산리서도,/"참으며, 싸우자"/우리 끈질김./마늘 먹고 참는 맘으로/도적 무리와 싸웠지.

백두산 풀꽃이/서릿발 눈으로 노려보며/퉤퉤퉤!/도적을 향해 침을 뱉았지.

―「백두산 수풀까지」 일부

백두산 천지가/한 개 그릇이다.//들여다보던 봉우리도/물그림자로 고여 있고/요동벌 흰구름도 지나다 잠기는/그릇.//호랑이도/곰도/사슴도 와서/마시고 가는 물그릇./재미있는 찻잔이군 그래.//고여 있기만 하면 뭘 해/들판을 적셔 고루 물 마시게 해야지./이 커다란 찻잔을 따르는 손은/우리 큰할아버지 큰 손이야.//한 손으로 찻잔을 잡고/달문쪽으로 약간만 기울이면/쫄

쫄쫄쫄/개울이 돼 흐르다가/장백폭포에서/소리치며 내리뛴다.//─강이 되
는군/고구려 땅 송화강이 되거라.//할아버지 말씀.

─「천지라는 찻잔」 전문

그가 면면히 써온 민족에 관련된 모든 시편들은, 1996년, 백두산 하
나로, 새롭고 장엄하고 실제적이고 통합적으로 다시 쓰여졌다. 이 동
시들은 75년에 백두산을 소재로 쓴 「걸어오는 산」이 보여준 관념성과
는 달리, 구체적이고 생동감이 있고 흥이 넘친다. 온 겨레의 살을 찌우
는 된장찌개도 백두산의 콩과 물로 끓이면 거기에 넣는 마늘 한 쪽 멸
치 한 마리에도 역사가 숨쉬고(「백두산 마을 된장국」), 국토의 원천지도
백두산이고(「백두산에 올라」), 한겨레 시작의 전설도 백두산에 있으며
(「마늘 먹고 참기」), 백두산 정기가 있는 한 외세에 대한 끈질긴 저항 정
신도 이어진다(「백두산 수풀까지」). 민족의 출발, 역사, 삶 그리고 전통
과 소원이 백두산 안에서 일거에 합쳐지는 것은 백두산이 민족의 영산
이기 때문이다. 백두산 하나면 민족에 얽힌 시공간적 요소와 기가 모
두 하나로 녹아 장쾌한 노래가 된다. 「천지라는 찻잔」은 겨레의 삶, 역
사, 전설, 생명줄이 모두 백두산에서 비롯된 것이라는 믿음을 형상화
했다. 여기서 천지의 흐름은 단순한 물의 흐름이 아니라, 신현득이 백
두산으로 표상하는 모든 민족적인 것이 응축되어 민족의 기가 되고 이
것이 조국 강산을 적시고 있음을 뜻한다.

풍요로운 동시의 생산을 통해 이전부터 구축해 왔던 시정신을 더욱
명료하게 가꾸려는 90년대 동시쓰기 전술에서 볼 때, 백두산은 놓칠
수 없는 소재였다. 뿐만 아니라 그의 민족주의는 백두산을 만나 생동
감과 집약성을 얻을 수 있었다. 즉 잠시 소강 상태로 접어든 듯한 겨레
의 역사와 소망에 대한 의지는 기운차게 피워 올랐던 것이다. 같은 동
시집에 있는 무궁화 예찬(「무궁화의 노래」, 「무궁화 이파리는」)이나, 사라

져 가는 전통 사물에 대한 새로운 발견과 애착은 민족 정신과 정서를 고취시키는 한 방편인 것이다. 따라서 「우리 간장, 구름 맛」, 「가마솥 누룽지」, 「옹기 가게」, 「회초리」, 「새끼 감은 공」, 「옛날의 가마솥」 등 한 무리의 동시는, 회고조의 힘없는 음성으로만 보기는 어렵다.

그러나 그의 감정은 다시 변한다. 99년에 펴낸 제14동시집에 실린 「어느 들꽃」과 「사꾸라족 웃기네」에 배인 개탄을 들어보자. 「어느 들꽃」은 무궁화의 신산스러운 처지를 들려준다. 겨레의 꽃이 식민치하에서는 침략자들에 의해서 뽑히더니, 해방 후에는 외래종과 외래꽃에 밀려 "응달진 구석/잡초 사이에 서" 있는 '어느 들꽃'에 불과하다는 것이다. 반면 일제가 우리를 지배하면서 심은 사꾸라는, 그런 역사적 사실을 감춘 채 "이 나라 봄소식이 사꾸라 소식이" 되는 영화를 누린다(「사꾸라족 웃기네」). 신현득은 민족의 중요성을 깨달아, 역사 공부를 하고 일제에게 당한 치욕을 반성하고, 백두산에 올라 민족의 기상을 소리쳤건만, 현실 모습은 시인의 뜻과는 달랐던 것이다.

이상을 통해서 신현득의 투철한 민족주의 정신이 어떤 숨결을 내보이는지 더듬어 보았다. 이를 간략하게 추려보면 다음과 같이 정리된다. 90년대 이전까지 앞서 자기 고백, 역사의 발견, 분단의 아픔과 통일의 환희라는 다양한 무늬를 그려왔다. 90년대로 넘어오면서 약간의 소강상태를 보이다가, 백두산을 만나면서 다시 타올랐다. 이때의 시들은 민족주의의 도저한 발로로써 기존 동시 세계의 연속이지만 그 호흡에 있어서는 이 앞뒤와 구별된다. 이때 시인의 민족의식은 한층 공고해졌으나 이후 전개되는 현실 세태는 그렇지 않았다. 이것이 90년대 후반, 시인의 목소리에 자조와 한탄이 섞인 이유이다.

4. 90년대 신현득 동시의 의미

한 시인의 시력을 구분하여 특정 시기의 자취를 더듬을 때는, 그가 보인 변화에 유난한 관심을 쏟기 마련이다. 90년대 신현득의 경우, 엄청난 동시의 양산 때문에 특별한 동시 세계의 변화를 기대할 수 있었다. 그러나 양적 폭발에 비해 질의 변화는 두드러지지 않았다. 그가 보인 변화는 새로운 상상력의 돋음, 동시 양태에 있어서 연작동시의 활발한 전개, 그리고 새로운 소재의 등장에 연루된 민족주의 동시들의 호흡 변화로 정리해 볼 수 있다. 이들 변화의 의미는, 그가 오랜 세월 공고하게 구축해 온 사상과 정서에 기대어 밝혀보았다. 그가 간직한 새로움은 그의 신념의 변화에서 출발한 것이라고 보기 어려웠기 때문이다. 이 과정에서 그의 동시쓰기 사십 년을 지배해 온 신념의 내용을 잠시 언급했다. 그리고 이에 붙여서 신념이 흐트러짐 없이 간직된 90년대 동시들을 살펴, 그 연속성을 확인해 두었다. 한편 변화된 동시들을 살피면, 동시 세계의 뚜렷한 전환이 아니라 일정한 연속성을 띠고 있음을 지적하고자 한다. 백두산이라는 새로운 소재는, 민족 정신의 고취에 있어서 역동성과 생생한 상징성 확보라는 역할을 담당한 것이지 시적 전환을 형성한 것은 아니었다. 연작 동시의 강화는 변화로 지목되지만, 실은 그 안에 담긴 신현득의 시선이 80년대까지의 그것과 큰 차이가 없다는 점에서 연속적인 부분도 가지고 있다. 90년대의 가장 새로움으로 지목되는 것은 우주적 상상력이다. 이것은 자신의 사상적 신념을 양적으로 발산시키면서 확보되는 여유를 바탕으로, 과거 펼쳐 보았던 시간적 상상력의 방향을 바꿔본 결과이다. 그러나 이 새로운 변화는 하나의 동시 세계로 구축될 만큼 활기차고 융성하지 못했다.

전체적으로 볼 때 이러한 변화 양상은 과거 삼십 년 동안 신현득이 보여준 점진적인 변화 양상과 동일하다. 즉 그의 90년대 변화 양상은 변하지 않는 부분과 단절된 어떤 것을 제시하는 것이 아니라, 기존의 시선을 유지하면서도 새로운 소재에 이를 대입하거나 집중성을 길러 보거나, 기존의 것을 토대로 상상력을 확장시킨 결과이다. 이것은 신현득이 90년대 시 생활의 초점을 상승적 변화나 성장보다는 공고화 혹은 확대 생산 쪽에 겨누고 있음을 의미한다.

변화 부문의 이러한 성향은, 연속성을 보이는 수많은 동시들과 어울려 90년대 동시쓰기의 전체 전략이 잎새달기였음을 다시 한 번 드러낸다. 잎새를 단다는 것은 자신이 정비해 오면서 하나씩 벋어낸 신념을 활발하게 발현시키고 있음을 뜻한다. 이것이 바로 양적 팽창을 일으키면서도 낯선 가지가 드문 90년대 동시가 현상이 갖는 의미이다. 90년대 동시쓰기가 보여주는 양상을 그의 전체 시력과 연관해 보자. 과거 삼십 년 동안에 자신의 사상을 노정시키며 가지들을 벋어냈고, 양산의 시대인 십 년 동안에는 그 가지들에 무수한 잎새를 달았다라는 구도가 잡혀진다.

90년대에 벋은 새 가지는 적었다. 반면 기존의 가지에는 잎들이 무성하게 피어났다. 이러한 십 년 동안의 동시쓰기는 그가 오랫동안 보여준 자신의 동시쓰기 법칙과는 다르다. 그러나 그의 사십 년 동시쓰기에서 보여준 맥을 짚어볼 때, 십 년의 동시쓰기는 그다운 시쓰기이다. 그가 짧은 기간에 변화를 도모하는 시인이 아니라, 반복하고 반복하면서 점진적으로 자신의 세계를 넓혀 갔던 시인이기 때문이다. 새로운 천년에 펼쳐질 그의 동시쓰기가 기대된다. 그것은 90년대의 양적 팽창이 가져올 그 무엇이 나타날 시간이 되었을지도 모르기 때문이다. 아니면 긴 세월 동안 닦아온 유장한 동시 세계를 일관되게 지켜 나갈지도 모른다. 그럴지라도 독자로서는 그가 어떻게 그 세계를 연출해낼지 궁금증을 떨쳐 버릴 수 없다. 한국 동시문학사에는 그만큼 오래도록 활발하게 동시를 쓰는 노련한 시인을 가진 적이 아직 없기 때문이다.

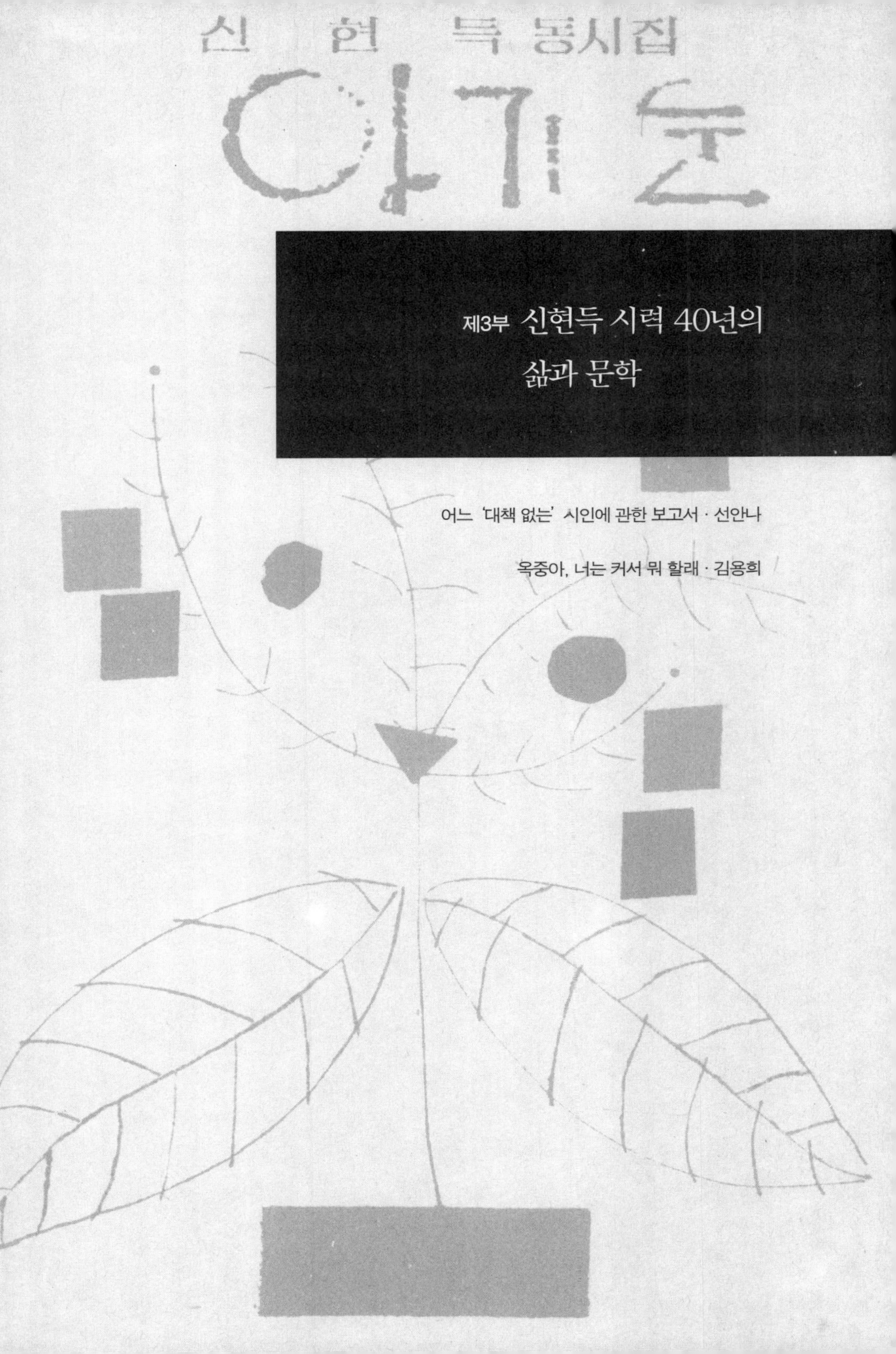

신 현 득 동시집
이기슭
제3부 신현득 시력 40년의
삶과 문학
어느 '대책 없는' 시인에 관한 보고서 · 선안나
옥중아, 너는 커서 뭐 할래 · 김용희

어느 '대책 없는' 시인에 관한 보고서

선안나

1. 아이를 닮은 시인

　　—남을 데우려면
　　　내 몸부터 데워야 하느니라.
　　　그 이치를 알아, 우리
　　　시루를 건다.

　신현득 시인의 「시루」라는 동시의 한 연이다.

　그렇다. 내가 데워지지 않고 어떻게 남을 덥히랴. 또한, 내가 어린 아이 같지 않고서 어찌 어린 아이 마음을 움직이랴.

　그런 점에서 신현득 시인은 천상 동시인일 수밖에 없다. 차면 넘치는 것이 어디 물뿐일까. 선생 자체가 동시니 저절로 노래로 넘쳐 흐를 수밖에.

　예의가 아닌 줄은 알지만 이렇게 말하지 않을 수 없다. 신현득 시인은 통 어른답지가 못하다고. 어른들의 전유물인 권위, 위엄, 체통 같은 단어들과 신현득 시인은 먼 사이인 것이다.

이를테면 적잖은 나이의 대학 교수님이 시상이 떠오른다고 아무 데서나 시를 쓴다. 선생의 트레이드 마크인 커다란 양철 필통 속 몽당연필과 지우개만 있으면 온 천지가 집필실이다. 전철에서도 쓰고, 길바닥도 좋다. 논둑 밭둑이면 더더욱 근사하다(선생이 교외선을 타자고 무작정 호출하는 바람에 꼼짝없이 잡혀가서 몇 시간 빈 들판에서 떨다 온 후배 시인·작가들의 수가 적지 않다).

어른들은 '해야 되는 것'을 하고, 어린이들은 '하고 싶은 것'을 한다. 어른 마음만을 가진 시인·작가들은 전철 바닥에 쪼그리고 앉아, 더구나 '애들이나 읽는' 시를 쓰는 짓 같은 건 안 한다. 하고 싶어도 체면 때문에 못 할 것이다.

하지만 어린 아이 마음을 가진 신현득 시인은 하고 싶으면 마음이 시키는 대로 한다. 그건 용기도 무엇도 아닌 자연스러움이다. 온갖 규범과 제도와 습속의 굴레를 알지 못하는 자유로운 어린 아이의 천성, 신 시인은 그것을 지녔다. 세인들이 뭐라고 하거나 말거나, 신현득 시인의 시의 힘은 거기서 나온다. 부디 영원히 어른답지 말기를!

선생을 개인적으로 가까이서 뵌 것은 1996년 쌍문동 자택에서였다. 오후였는데, 창으로 쏟아지는 햇살이 유난히 맑고 푸짐하였다. 그래서 "햇살이 참 좋으네요" 그렇게 인사를 했다.

부인은 시장에 갔고, 선생 혼자 있었다.

"내가 선 선생 커피 한 잔 타 주지. 나 커피 아주 잘 타요."

차 주전자를 가스렌지에 올리고 불을 켜는 시인의 익숙한 솜씨를, 뜻밖에도 맛있던 커피를, 그땐 그저 신선하게만 받아들였다. 참 소탈한 분이구나, 그렇게만 여겼다. 커피가 맛있을 수밖에 없던 이유를 알게 된 것은 그로부터 일 년이 훨씬 넘어서였다. 만약 그때 그 이유를 알았더라면, 나는 커피를 그렇게 달게 마시지만은 않았을 것이다.

2. '대책 없는' 시인을 좋아하는, '대책 없는' 사람들

일 년 뒤 한국아동문학인협회 광주 세미나를 다녀오던 길이었다. 서울 오는 버스 안에서, 신현득 시인과 나란히 앉아 긴 시간 이야기를 나누었다. 뒤쪽에 앉았던 분들이 나중에 말하길, 무슨 얘길 저렇게 오래하나 이상하기도 궁금하기도 했다 한다.

선생의 살아온 삶 이야기를 들었다. 치부는 감추고 아름다운 것만 보여주려는 것이 보통 사람들의 심리련만, 삶의 가파른 굽이굽이를 지나온 시인에겐 헐벗음마저 정든 식구 같은가. 솔직하게, 지나치게 솔직하게 털어놓는 삶 이야기에 눈시울을 적셨다. 있었던 얘기라고 어찌 다 하리.

선생의 삶을 켜켜이 알고 있는 분들이 많겠지만, 모르는 분들을 위해 간단히 그의 어린 날을 소개한다.

신현득 선생은 경북 의성군 신평면 산골 마을에서 태어났다. 일제 말기, 가뜩이나 어려운 형편에 일제의 수탈까지 겹쳤다. 선생이 4살 되던 해 가족들은 중국 길림성으로 이주하였다. 그러나 그곳에서도 살 방도가 막막하여 4년 만에 다시 고국으로 돌아온다.

그런데 4학년이 되던 해 어머니가 병으로 세상을 떠나고 말았다. 어머니가 돌아가신 날의 여러 광경을 선생은 아직 기억하고 있었다. 모진 추위 속에서 땅 속의 어머니가 춥지 않을까 근심하던 어린날의 마음 역시 잊지 않고 있었다.

그의 곁을 떠났던 이는 어머니뿐만 아니었다. 9남매 가운데 앞서거니 뒤서거니 떠난 4남매. 그 중에서도 세 살 나이에 먼 곳으로 떠나 버

중국에서 고국을 찾아온 작은누님(왼쪽)과 함께한 큰누님(오른족).

린 여동생의 죽음은 까마득하지만 서러운 기억으로 남아 있다고 했다.

나이 차이가 있는 두 누님은 이미 남의 식구가 되었고, 형님은 만주에서 공부 중이었다 한다. 동생을 돌보며 생계를 꾸려가는 일은 그의 몫이 되었다.

밥하고 빨래하는 일과, 동네 여인들 틈에 끼여 물동이를 이고, 나물 뜯어 반찬하고, 쑥 뜯어 쑥떡을 빚고, 명절에는 차례상 차리고, 제사도 지냈다 한다. 동지엔 팥죽 끓이고, 키질, 방아질, 신 삼기 등 주부나 하는 일, 남자가 하는 일을 다 했다. 열여덟이 되도록 그렇게 살았으니, 커피 한 잔 맛있게 타는 일이 무에 대수랴.

누구나 헐벗었던 시절이었지만, 움막 같은 집에서 삼부자 엔간히 궁상맞게 살았던 모양이다. 선생의 어린 시절을 알고 있는 대구의 김선주 시인이 "말도 못하게 고생 많이 하고 컸지요"라고 한마디로 표현하는 걸 보면.

5학년이 될 때까지 일제 치하에서 공부하였다. 물론 일본 말, 일본 글을 사용하였는데, 한번은 「눈사람」이라는 글을 써서 담임 선생님으로부터 칭찬을 받았다. 시를 업으로 삼게 되리라는 상상 같은 건 꿈에도 하지 못했겠지만, 어쨌든 돌아보면 그 일은 앞으로 그가 걸어갈 징검다리를 위해 놓인 첫 디딤돌 같은 거였다.

그리고 선생의 가장 굵은 줄기가 되는 정신을 결정짓게 한 시절도 바로 그 즈음이었다. 자신이 누구인지 몰랐던 철없는 시절, 어려서 어리석음이 어찌 흠이랴만, 식민지 피지배자로서의 자신을 알지 못했음을 선생은 뼈아프게 통회하는 것이었다.

너희들이 나를 선생님이라 부를 때마다
나는 죄를 지은 사람이라 생각는다.
너희들이 나를 선생님이라고 믿는 것을 볼 때
꼭 이 이야기를 해야겠다.
그렇지 않고서는 견딜 수 없구나.

〔…중략…〕

왜놈처럼 성을 갈았을 때
이젠 정말 일본 사람이 되어
참 좋구나 했지.
일본말 하는 것을 자랑으로 여겼지.
일본글 배우는 것을 대단한 것으로 여겼지.
물론 단군도, 이순신도,
대한도, 태극기도, 무궁화도,
애국가도 다 몰랐댔지.
참 어처구니 없는 바보였다.
지금엔 이렇게도
부끄러운 일을

—「이 이야기를 하지 않고는 견딜 수 없구나」 일부

어느 깨어 있는 이의 일깨움 없이, 겨우 국민학생인 어린 아이에게 당대를 응시하고 자각하기를 바라는 것은 과도한 요구이다. 스스로에게 가혹하지 않아도 충분히 좋을 일을, 시인의 투명한 양심은 끝내 고해를 하게 한 것이다.

신현득 시인이 시인일 수밖에 없는 이유를 여기에서 본다. 게오르규가 말하였던, 잠수함의 공기 측정의 바로미터인 토끼처럼, 사람 사는 땅의 맑음이 흐려지면 맨 먼저 헐떡이는 사람—시인.

동족을 팔고, 핏줄의 가슴에 대못을 치고, 그래서 잘 먹고 잘 사는 사람들이 우글우글하고, 눈 딱 감고 입 꽉 다물고 한 시대 잘 넘어가는 사람이 득실득실한데, 시인은 어째서 그 흔한 청동으로 된 심장 하나 못 가졌을까. 녹은 슬 망정 깨어지지 않는, 한 생애 펄떡펄떡 문제 없이 뛰어 주는 싸구려 양심이 도처에 흔하건만.

딱한 일이다. 그러니 평생 가난이나 벗하고, 잘난 사람들 외면하는 어린 아이들을 위해 글을 쓰고, 밤낮으로 시를 썼다. 열다섯 권의 책 중에서 겨우 한 권만 인세 계약을 하고 나머지는 자비 출판하는 '대책 없는' 삶을 살밖에.

그런데 이 '대책 없는' 시인을 좋아하는 사람이 '대책 없이' 많으니 이건 또 무슨 일일까.『아동문학평론』창간 20주년 특집「손꼽히는 아동문학가는 누구인가?」(96년 여름호)라는 아동문학인 대상 설문 조사에서, 존경하는 선배·훌륭한 동년배 시인으로 신현득 시인이 각각 첫 손가락에 꼽혔으니 말이다. 아무래도 아동문학을 하는 사람들 자체가 '대책 없는' 사람들이지 싶다. 이 '대책 없는' 사람들이 갈수록 좋아지니, 아무래도 나도 큰일났지 싶다.

3. 이런 선생님, 어디 계시나요?

선생은 국민학교를 졸업하고 면사무소에서 급사로 일하다 2년 뒤 중학교에 들어갔다. 그 이듬해 열여덟 이른 나이에 결혼도 했다. 6·25가 나던 해였다.

스물세 살에 안동사범학교 본과를 졸업하고, 경북 의성군 중률 국민학교를 비롯해 상주 지방에서 오래 교사 생활을 하였다. 그때 '상주아동문학회'에서 활동했던 회원들이 한국 동시 문단의 든든한 줄기로 자리잡고 있는 김종상, 최춘해, 하청호, 김재수, 이오덕, 박두순 시인 등이다.

본격적인 습작과 등단 이후 활발한 문학 활동이 이 시기에 이루어졌다. 1959년 『조선일보』 신춘문예에 「문구멍」이 가작 입선되고, 이듬해에 같은 지면 신춘문예에 「산」이 당선되었으며, 1961년에는 첫 동시집 『아기눈』을 펴냈다. 같은 해 『소년한국일보』에서 제정한 '소년한국 신인문학상'을 받기도 했다.

어디 어디에 당선되고 무슨 무슨 상을 받는다는 것은 그의 능력과 성과에 대한 응답이자, 더 좋은 글을 쓰는 데 힘이 되고 부추김이 된다. 그런 의미에서 시인은, 본질 바깥 것에 연연하지 않았다. '문학'이라는 본질 앞에서는 외부의 인정이란 부차적인 것이었고, '어린이'라는 본질 앞에서는 문학 또한 하나의 기호에 불과하였다.

1964년 발행된 두 번째 동시집 『고구려의 아이』 후기에 보면, 이미 시인이면서도 시인 자신은 예술을 하는 사람이 아니라 하였다. 알뜰히 작가이고 싶지 않다 하였다. 교실의 아이들이 좋아하고, 그 좋아하는 것을 보고 만족하면 그만이라 하였다. 예술성을 가벼이 여겨서가 아니라, 그만치 아이들 곁에 가까이 있고자 하는 마음으로 받아들일 수 있다. 그리하여 초기의 동시들은 구조의 단단함을 갖추지 못한 점은 있

으나, 아이들의 천성에 보다 가까이 다가가는 '구체적 이미지의 쉬운
시'라는 시인의 시적 특성을 명료하게 드러내며 출발하고 있는 것이
다.

> 앞 뒤 밭에 냉이가 돋아나면,
> 엄마는 예쁜 아기를 낳는다 하고.
>
> 〔…중략…〕
>
> 아버지는
> 앞들에서 제일 좋다는
> 선돌 옆 두 마지기 논을 산다 하고,
>
> 오빠는
> 이층집 읍내 중학교에
> 까만 양복에 까만 모자 쓴
> 중학생이 된다 하고

—「기다려지는 봄」 일부

꽃 피고 새 우는 봄이 아니라, 엄마가 아기를 낳고 아버지가 논을 사
고 오빠가 중학생이 되는 봄—얼마나 구체적인 희망으로 다가오는가.
시라는 도구를 통하여 선생이 어린이들에게 주고 싶었던 가장 큰 것
이 우리 것을 아끼는 마음과 올바른 역사 의식이었지만, 그러나 그 이
전에 어린이들과 혼연히 하나로 어울리는 순수함과 한없이 푸근하고
자애로운 시인의 성품을 느끼게 하는 동시들이 내겐 먼저 가슴에 닿아
온다.

아이들 손톱에는
까만 때가 낀다.
어째서?

그걸 알기 위해
선생님은
손톱을 검사한다.
〔…중략…〕

선생님은 안다.
아이들 손이 가는 곳마다 그 빛깔이
손이 닿는 곳마다 그 빛깔이
손가락을 타고 와
손톱 끝에 모인다는 걸.

그래서 까만
손톱의 때.

"그렇지만 손톱은 깎아야 한다."
이렇게 말하고 선생님은 웃는다.

—「손톱」일부

　디테일은 흐려지고 이미지만 남아 있는 기억이긴 하지만, 어렸던 내게 있어 용의검사란 그리 즐거운 것은 못 되었다. 손등에 때가 있거나 손톱이 긴 아이들 손등을 회초리로 찰싹찰싹 내리치는 선생님도 있었고, 머리카락을 헤쳐 보거나 목덜미를 살펴볼 때는 깨끗하고 안 하고를 떠나 어떤 수치심을 느꼈던 것 같다. 그땐 그것이 무슨 감정인지 몰랐지만, 지금 생각해 보면 프라이버시 침해에 대한 반발심이 아니었는지.

그러나 "어째서 까만 때가 끼는지" 알고 싶어서 손톱 검사를 하는 선생님이 있었다면, 까맣게 때 낀 손톱을 기쁘게 내 놓았으리라. "그렇지만 손톱은 깎아야 한다." 선생님이 이렇게 웃어 주었다면, 누런 이를 드러내며 수줍게 마주 웃었으리라.

문제는 때가 낀 손톱이 아니다. 때 낀 손톱을 바라보는 선생님의 눈이다. 아이들은 선생님 눈만 보면 안다. "어째서 까만 때가 끼는지" 알고 싶어서 손톱 검사를 하는 선생님이 또 어디 있을까?

4. 이 땅의 잘 썩은 거름으로

평론가 최지훈은 신현득 시인을 일컬어 '작은 거인'이라 하였다(『아동문학평론』 58호, 「옥중이의 겨레 인식」). 시인의 시를 읽을수록 그리고 시인을 가까이 알수록 참으로 적절한 표현이라는 생각이 든다.

키가 유난히 작으니 '작은'이라는 형용사가 쓰이는 것이 당연하지만, 선생의 시세계나 인품의 단순 소박함도, 누구나 그를 가까이 할 수 있다는 뜻에서 '작다'라는 말로 표현할 수 있겠다.

그러나 해와 달이 '작아' 보여도 실상 지구보다 크듯, 단순화시키지 않고서 어찌 큰 것을 통째로 보여줄 수 있을 것인가. 작은 그릇이라야 큰 그릇을 담을 수 있음을 선생은 동시로, 인품으로 증명해 보인다.

하지만 단순 소박하게 핵심을 꿰뚫기가 어디 쉽던가. 시인의 창작관을 들어 보았다.

"어떤 식으로 표현할 것인가, 방법은 그 때마다 새롭게 찾아내야죠.

그러나 어쨌든 읽는 이한테 '전달'이 잘 되도록 해야겠고, 그에 앞서 '문장'이 제대로 되어야겠고, '이미지'가 분명해야 된다고 생각하지요."

시 쓰는 습관은 시상이 떠오르면 즉석에서 메모를 하되, 날짜와 장소를 잘 기록한다. 며칠 동안 그렇게 메모를 모아, 잠들기 전에 차분히 다듬어 정리한다고 했다.

선생의 시세계에서 그 많은 특성 가운데, 나는 세 가지 측면을 주목하였다.

첫째 동심적 상상력이다. 같은 사물을 새롭게 바로보는 사람이 시인이거니와, 아이 마음에 가까우니 사물이 더더욱 선명하게 다가온다. 과거·현재·미래가 공존하고, 지구와 우주가 경계 없이 열려 있는 세계—아이들의 특성인 무한한 상상력이 선생의 시세계를 남달리 트여 있게 한다.

두 번째 특성은 역시 각별한 '우리 것' 의식이다. 그것은 우리 자신을 올바로 알고 아끼는 일이다. 예나 지금이나 선생의 사상에서 가장 중심되는 줄기는 바로 '우리 것' 의식이다.

세 번째는 화해적이며 희망적인 세계관이다. 선생의 동시에서 원망, 노여움, 체념 등의 부정적 정서는 거의 찾아볼 수 없다. 아름다운 꿈같은 현실과는 내내 거리가 멀었던 선생의 힘겨웠던 삶 그대로, 동시에 나타난 현실 역시 소박한 풍경들이다. 그러나 그런 속에서 시인은 사람과 살이의 아름다움을 읽어낸다.

조밭을 솎다가
허리를 쉬실 때
"어머니 허리 아파요?" 물으면
"괜찮다." 하신다.

"주름살 위로
고단한 빛이 보이네요."
"괜찮다."
"밤에는 헛소리도 하시던데요?"
"괜찮다."

내가 이 말씀을
알아들은 것은
참으로 며칠 되지 않는다.
그래서 나도
"괜찮아요." 한다.

"애야, 괴로우냐?"
"괜찮아요."
"시장하지 않니?"
"괜찮아요, 어머니."

콱, 목이 메인다.

—「괜찮다, 괜찮아요」 전문

"괜찮니?" "괜찮아요?" 서로 걱정하고, "괜찮아요" "괜찮다" 다시 서로를 염려하는 마음이 있기에 사람살이는 어떤 모양새로든 아름다울 수 있다. 비록 삶은 언제나 약육강식의 치열한 투쟁의 장일 수밖에 없지만, 생존 본능에만 충실한 다른 동식물과는 달리 타인을 배려하고 자신을 내어 주는 고귀한 품성이 있기에 인간이 인간일 수 있는 것.

어쩌다 보니 차례 지키고 원칙 지키면 손해 보는 세상이 되어 버려, 양보나 희생을 말할 엄두도 나지 않는 시대가 되었지만, 그래도 애써 사람다움을 지향하지 않고 어쩌겠는가.

"야단스럽게 사는 것 조금도 부럽지 않아요. 나를 아끼는 몇 사람 있어, 나를 따뜻하게 묻어 주었으면 싶을 뿐이죠. 죽어서 아버지 어머니 발끝에 묻히고 싶어요."

그 흔한 내세움 없이, 너무 소박하여 듣는 이의 가슴이 오히려 알싸해지는 선생의 소망.

수십 년 순정을 바쳤건만 자비(自費)가 아니면 책 한 권도 낼 수 없는 영악한 시대를 향해 불만도 터뜨리고 흉도 볼 법하건만, 선생은 오히려 반문한다. "아동문학을 안 했으면, 내가 어떻게 살아왔겠어요. 그 덕분에 다른 책도 쓰고, 애들도 가르치고, 심사도 하고, 그래서 지금까지 이렇게 밥 먹고 식구들 거느리고 살아올 수 있었지요. 고마운 일이에요."

선생의 진솔함이 죽비가 되어 내 어깨를 내려쳤다.

할!

시나 사람이나 인위적인 구석이라곤 없어, '대책 없이' 썩기나 하는 거름을 닮은 신현득 시인. 메마르고 수상쩍고 위악이 기승부리는 시대, 저마다 차디찬 금속성으로 번쩍이며 썩기를 거부하는 시대에, 고이 잘 썩는 일이야말로 얼마나 절실한 일인지.

앞으로의 나날도 여일히 순하게 썩어, 아이들을 밝고 맑게 꽃 피우는 자양분으로, 선생이 그리도 사랑했던 이 땅에 천년 만년 스미시기를……

옥중아, 너는 커서 뭐 할래

김용희

1. 삶의 진로를 바꾸어 준 한 편의 동시

우리는 하루에도 수많은 글들이 쉴사이 없이 쏟아져 나오는 세상을 살고 있다. 그 중 알게 모르게 정신의 양식이 되어 우리 삶의 진로에 영향을 미치는 글들도 많다. 그 하고많은 글들 중에, 하필 단순하기 짝이 없는 한 편의 동시가 삶의 진로에 영향을 주었다면, 그것도 어른이 되어서 아이들이나 읽는다는 동시로 삶의 진로를 바꾸었다고 한다면 믿을 사람이 얼마나 될까. 하지만 분명 나는 그랬다. 망각의 저편에 존재하던 어릴 적 읽었을 법한 동시가 새삼스레 신선한 감동으로 다가왔다. 그것은 전적으로 다시 떠올리고 싶지 않은 1980년이란 시대적 영향 탓이었다.

1980년 초, 군부의 무지한 권력이 세상의 질서를 한 순간에 무너뜨리던, 세상이 온통 뒤숭숭하던 때 뜻하지 않게 만난 것이 신현득 시인의 「옥중이」라는 한 편의 동시였다. 단순하기 짝이 없는 이 동시는 불

현듯 신선한 충격으로 다가왔고, 그 충격은 이내 감동이 되어 망각의
저편 아스라이 잠들어 있던 동심을 새롭게 떠올리는 힘이 되었다.

옥중아 옥중아
너는 커서 뭐 할래?

보리밥 수북이 먹고
고추장 수북이 먹고

나무 한 짐
쾅당! 해 오지.

—「옥중이」 전문

　전체 2연 6행으로 짜여진 단순한 이 동시가 그때 왜 그토록 신선한
감동으로 다가왔을까. 아마도 내게 「옥중이」는 그 당시 무지한 권력과
비교되는 전범이 되었던 까닭으로 여겨진다. 곧 '옥중이'의 순수 앞에
서 권력이란 미망 속을 헤매는 허욕임을 새삼 깨닫게 해 주었던 셈이
다. 그리고 동시 「옥중이」는 나에게 순수한 다음의 새 세대에 대한 관
심을 환기시켜 주었고, 문학의 언저리를 서성이던 내게 아동문학으로
진로를 바꾸게 한 결정적 계기가 되었다.
　세상의 또 다른 질서가 어느 정도 자리잡혀 가던 그 이듬해 가을, 나
는 소년한국일보 편집국에서 신현득 시인을 처음 만났다. 내가 아동문
학 평론에 막 손 댈 무렵, 그의 자료를 구하러 들렀던 참이었다. 그는
1975년, 지방의 국민학교 교직 생활을 그만두고 서울로 올라와 소년한
국일보 기자로 근무하고 있었다. 첫눈에도 꾸밈이 없는 그가 어린 아
이 같은 순수함으로 내 손을 잡아 주었다. 그리고 헌책방에서 방금 구

해 온 듯한 손때 묻어 정겨운 동시집 몇 권을 내게 건네 주며 "책이 한 권씩뿐이니까 꼭 돌려줘야 해요, 김 선생" 하며 겸연쩍어 했다. 나는 그의 손때 묻어 더욱 정겨운 동시집에서 '옥중이'와 같은 수많은 순수를 만났다.

　실상 이담에 "너는 커서 뭐 할래?"라는 물음엔 으레 상투적 유형의 답변이 따르기 십상이다. 그 상투성의 답변이란 대개 막연한 자신의 미래에 대한 욕망의 한켠일 터이다. '옥중이'의 답변은 그런 욕망과 확연히 구별된다. 가장 진실된 현재의 본디 마음을 드러낸 촌스러울 정도의 진솔함 때문이다. 그런 옥중이는 실제 9살 때까지 불리워진 신현득 시인의 아명이다. 자손이 귀했던 그의 집안에서 "옥같이 중한 아들"이란 뜻으로 지어졌다는 이름임을 그의 첫 동시집 『아기 눈』의 「책 끝에」서 밝히고 있다. 당시 옥중이의 삶이란 산골에서 자라나 할 줄 아는 것이라고는 나무 한 짐 해오고, 물 길어오는 일에 이골이 난 산골 체험뿐이다. 바로 옥중이의 답변은 막연한 미래에 대한 잠재된 욕망이 아니라 현실 체험에 대한 가식 없는 순수 의지이다. 그 의지를 보다 진솔하게 발현시킨 것이 "쾅당!"이라는 특정 부사이다. 문맥적으로 '쾅당!'은 서슴없이, 지체 없이, 망설임 없이라는 의미를 띤 특정 부사지만, 이 동시에서 옥중이라는 산골 아이의 순수 의지를 확인하는 데 더없이 중요한 발화법이 되었다. 곧 "보리밥 수북이 먹고/고추장 수북이 먹고" 힘이 나면 "나무 한 짐" 마음껏 해오겠다는 진솔한 의지가 '쾅당!'이라는 특정 부사를 통해 쾌쾌히 발현되었던 것이다. 이것이 남이야 어찌 되든 개의치 않는 권력의 허욕과 비교되는 전범이 되었을 터이다. 분명 그 때문지 않은 옥중이의 순수 의지는 의미로움을 넘어 자못 신성하기조차 하다. 동시가 동심의 순진무구 상태에 단순·간결·명쾌의 등식이 상호보완적으로 성립되어야 하는 문학 양식이면서 그 안에 진실된 시 정신이 담겨야 한다는 것을 깨달은 것도 이 「옥중이」를 통해서였다.

동시문학에서 시인의 시적 관점은 이렇듯 중대한 일이 된다. 그 관점은 시인이 하나의 작품을 창작하기에 앞서 선행되어야 할 보다 높은 아동관과 세계관에 대한 시 의식이다. 바른 시 의식은 창작 윤리를 저버리지 않는다. 예술의 창작 윤리는 시인의 바른 식견에서만 기대되는 까닭이다. 하지만 동시문학에서 우리가 만나기 쉬운 시인의 관점은 대개의 경우, 아이들과 그 삶 체험이기보다 아이들에 관련된 이야기의 총체이다. 다시 말하면, 아이들을 감싸 안고 있는 그 무엇들, 이를테면 교육적 모럴(당위)일 수 있고, 사회적·종교적 관념일 수 있다. 혹은 그들의 환심을 살 만한 일체의 주변일 수도 있다. 따라서 동시문학에서 일인칭 화자가 사용될 경우, 시인과 시적 화자를 어느 정도 동일시해야 하는가 하는 점이 문제가 된다. 실제로 동시는 시적 화자를 시인과 동일시할 수 없는 특성을 지닌 문학이다. 동시를 쓰는 시인은 어른이고 시적 화자는 어린 아이이기 때문이다. 그러므로 이런 간극을 극복하기 위해 주로 퍼소나(탈, persona)가 도입되지만, 항상 동시가 어린 아이를 내세워 시인이 전달하고자 하는 의미를 시적 상상력에 의존해 변용시켜야 하는 어려움이 따르기 마련이다. 결국 시적 상황을 의미화할 때, 시인의 삶 체험을 어떻게 어린 아이의 경험과 동일시해야 되는가 하는 문제는 동시에서 늘 과제로 남겨진다. 그러나 신현득 시인은 그런 과제를 누구보다 자연스럽게 극복한 동시인이다. 그것은 그의 삶과 문학이 따로 분리된 채 교섭된 것이 아니라 천성처럼 하나의 삶 체험으로 육화되어 있기 때문이다.

따라서 신현득 시인의 동시문학을 이해하는 데 간과할 수 없는 일은 동시 「옥중이」와 같은 그의 소중한 삶 체험이다. 신현득 시인의 동시 세계는 진솔한 삶의 체험으로 이루어진 두 의식 속에 내밀히 형성된다. 하나는 삶 체험의 진정성을 집단의 가장 기본 단위인 가족 원리 안으로 수렴하는 내향화한 의식이고, 다른 하나는 역사와 민족이라는 큰

이상으로 지향해 가는 외향화한 의식이다. 이 두 의식은 서로 분리될
수 없는, 가족으로 수렴되고 민족으로 확산하는 그의 일관된 의식 지
향 과정 속에 이루어진 신현득 시인의 동시 세계에 지니는 가치의 원
형이다. 그것은 가족이 사회를 유지하는 조직 원리의 근원이며 민족은
가족을 핵으로 구성하는 집단의 최고 단위라는 근본 인식에 기인한다.
결국 그의 동시는 이 두 의식의 상관성 속에 가족의 존재 의미를 새롭
게 각인시키고, 역사와 민족으로 향해 더 높은 삶의 가치를 고양해 나
가고자 하는 것이다. 그 두 의식은 "옥중아, 너는 커서 뭐 할래"에 발현
된 '옥중이'의 삶 체험에 모태가 되어 있다.

2. 가족간 끝없는 사랑의 노래

신현득 시인은 1933년 경북 의성군 신평면 중률동 164번지에서 6남
3녀 중 5남으로 태어났다. 조부 때까지만 해도 살림살이가 넉넉했지
만, 농군의 가업을 이었으면서도 경서, 불서 등을 가까이 하고 대신 농
사일에 무지한 아버지로 인해 그가 태어날 무렵에는 가산이 상당히 기
운 상태였다. 거기에다 일제의 극심한 수탈까지 겹쳐 어려운 가정을
더 이상 지탱할 길이 없게 되자, 그가 4살 되던 해 온 가족은 종조부가
계신 송화강 지류 마의하(馬蟻河)라는 마을로 이민을 떠난다. 하지만
그곳은 마적단이 들끓어 마을 둘레에 높은 토성을 쌓고 마을 사람들이
교대로 경비를 서야 하는 험한 곳이었고, 또 토성 안에서 농사를 짓고
살아야 하는 마을이었기 때문에 가족의 생계는 조금도 나아질 리가 없
었다. 2년여 동안 그럭저럭 버텨오다 아버지는 "이런 곳에서는 무서워
서 살 수가 없다. 딸아이 시집도 보낼 수 없다"며 마을 사람들이 말리
는 것도 뿌리치고 그곳을 떠나온다. 그 길로 길림 만고모집으로 와 곁

고향 전경
(경북 의성 신평).

방을 얻어 임시 거처로 삼고 지내지만, 아버지의 고집은 더 이상 만주 생활에 안주하지 못한 채 4년 만에 고향으로 돌아오고 만다. 신현득 시인은 그렇게 옛 고구려 땅인 만주에서 유년 시절을 보낸다. 하지만 떠돌며 유년을 보낸 그 광활한 고구려 옛땅은 훗날 그의 의식 세계를 형성하는데 지대한 영향을 미치게 된다. 시인 스스르 '고구려 아이'라 자처할 만큼 민족적 자긍심의 뿌리가 된 것이 바로 그 고단한 유년 체험이다.

고향인 경북 의성 신평은 그가 소년기와 청소년기를 보낸 곳이다. 만주에서 돌아온 그는 신평국민학교 1학년에 입학을 하게 된다. 의성에서도 골짜기로 유명한 신평은 온통 산으로 둘러싸여 30리 밖으로 나가야만 찻길을 볼 수 있는 깊은 산골이었다. 마을의 아이들은 문명의 혜택보다 천혜의 자연과 더불어 살아간다. 학교에서 돌아오는 길에 마을의 아이들과 물장구를 치곤 하던 그 고향의 산천은 훗날 그의 동시·동요의 중요한 제재가 되었다.

신현득 시인의 정신 세계에 영향을 준 것은 어린 시절 잇달아 일어난 가족들의 죽음이었다. 9남매 중 3남 1녀가 앞서거니 뒷서거니 꿈을 피우지도 못하고 먼저 세상을 떠나고 5남매만 남게 되었다. 그 중에서도

가장 커다란 영향을 끼친 것은 바로 어머니의 죽음이다. 그가 국민학
교 4학년 때인 1945년 2월, 모진 추위 속에 위장병을 앓던 어머니가
돌아가셨다. 어머니의 죽음으로 가사일과 어린 동생을 돌보는 일이 그
의 몫으로 고스란히 물려졌다. 그때 이미 누님 둘은 시집을 갔고, 형님
은 만주에서 공부하고 있던 터여서 고향집에는 아버지와 아직 국민학
교 입학도 하지 않은 어린 동생, 그렇게 삼부자만 살고 있었기 때문이
다. 자상하고 부지런하던 어머니의 죽음은 그의 삶에 뜻하지 않은 새
로운 시련을 부과해 준 셈이 되었다.

　　죽은 엄마는
　　터밭에 뙤를 쓰고

　　엄마 묏벌 둘레에
　　상추씨 갈고

　　보리갈이 마치고 아버지는
　　재 너머 마을에
　　새 엄마 얻으러 갔다.

　　아기를 업고
　　엄마 묏벌에서
　　종일 혼자 소꿉을 사는데

　　엄마는 죽어서
　　무슨 새가 되었노?

애타는 목소리로

비둘기가 운다.

─「비둘기」 전문

　신현득 시인의 동시는 대체로 맑고 건강한 이미지와 화해의 아름다움을 지닌다. 그러나 이「비둘기」는 구슬픈 주제를 담고 있는 몇 안 되는 그의 동시 중 하나이다. 그만큼 어머니의 죽음은 그에게 엄청난 삶의 시련을 감당케 했다는 뜻일 터이다. 어린 그는 이날부터 마을 앞 시내 건너에 있는 쪽박샘에서 물을 길어 나르고, 디딜방아에 겉보리를 찧어 밥을 짓고, 빨래와 바느질도 하며 서투른 엄마 노릇을 해내야 했다. 첫 동시집『아기 눈』의「책 끝에」서 엄마 노릇 중 가장 부끄러운 일이 마을에 갓 시집 온 새악씨들 틈에 끼어 물을 이는 일이었다고 고백할 정도이다. 그래서 그는 남들이 다 잠든 깊은 밤이 되어야 물을 이어 날랐다고 술회한다.

　가난에 쪼들려 청승스레 살다 어느 날 아버지 친구분의 중매로 신현득 시인은 새 어머니를 모시게 되는데, 그것도 하룻밤의 꿈 같은 일이었다. "보리갈이 마치고 아버지는/재 너머 마을에" 가서, 저녁상을 차릴 무렵 '새 엄마'를 데리고 오신다. 새 어머니는 집 부엌 구석구석을 둘러보고는 얼굴부터 찡그리다 그가 호박잎을 넣은 보리죽을 끓여 저녁상을 차릴 즈음엔 아예 혀를 차면서 집안 살림살이가 너무 서글퍼 살고 싶지 않은 눈치를 보인다. 그리곤 이내 "아이고, 내사 서거퍼 못 살시더. 이래 놓고 어찌 살니껴? 비댕이 조각 하나 성한 기 없으이 말이시더"라고 푸념을 늘어놓던 새 어머니는 이튿날 새벽, 온다 간다 말 한마디 남기지 않고 달아나 버리고 만다. 궁핍한 살림살이에 혀를 차며 하룻밤을 그렇게 지내다 도망간 새 어머니를 생각하면, 그의 어머니에 대한 그리움은 더욱 가슴에 사무칠 수밖에 없었을 것이다. "엄마

는 죽어서/무슨 새가 되었노?//애타는 목소리로/비둘기가 운다"라고
토로하듯이 비둘기의 울음소리가 당시 어린 그의 심경을 구슬프게 대
변해 주고 있음이 분명하다.

　신현득 시인의 이러한 어머니에 대한 가슴 아픈 체험은 가족에 대한
소중함을 다시금 일깨웠을 뿐 아니라 가족간 사랑의 유대와 가족의 존
재 의미를 구현하는 근본 동인이 되었을 터이다. 그가 소박하게 꿈꾸
던 가장 보편적인 가정의 모습은 「박꽃 피는 시간에」 잘 담겨 있다.

　　박꽃 피는 걸 보고
　　엄마는 저녁 쌀을 앉히고.

　　저녁 연기 나는 걸 보고
　　하늘은 빨간 노을을 펴고.

　　하늘의 노을을 보고
　　아빠는 들에서 연장을 챙기고.

　　아빠가 돌아오신 걸 보고
　　제비는 식구 끼리
　　제 집에 들고.

—「박꽃 피는 시간에」 전문

　이 동시에서 두드러진 것은 아주 평범하고 소박하기 짝이 없는 보편
적인 농가의 전경화이다. 신현득 시인은 '박꽃 피는 시간'에 펼쳐지는
전형적인 농가의 일상을 연쇄법으로 자연스럽게 부각시키고 있다. 엄
마가 저녁을 앉히면 아빠는 그 시간에 맞추어 하루의 일과를 마치고

돌아와, 가족이 오손도손 한 자리에 모여 시장기와 하루의 피곤함을 달랠 박꽃 피는 시간의 아름다운 정경, 그것이다. 이 지극히 평범한 농가의 일상이 보다 따뜻하고 아름답게 보이는 것은 주어진 자신의 몫을 다 하며 자연과 더불어 욕심 없이 살아가는 가족과 그 가족간에 보이지 않는 사랑의 유대 때문이다. '박꽃 피는 시간'의 소박하고 보편적인 농가의 정경도 어머니를 잃고 호박잎을 넣은 보리죽을 끓여 궁상스런 저녁상을 차려야 했던 시인에겐 꿈의 정경이었을 것은 당연할 터이다.

동시집 『박꽃 피는 시간에』 표지.

　신현득 동시의 독특한 특성은 화려하거나 특별하지 않고 그저 평범하고 소박한, 지극히 보편적인 것들 속에서 어떤 새로움을 찾아내는 것이다. 엄마가 하는 평범한 일도 그에 의해 신비스럽게 재발견된다. 엄마가 ""오늘쯤 병아리가 깨겠구나."/하던 날/병아리 열 마리가 깨"고, 신을 고를 때 ""이만한 크기면 될 테지."/하고 사 왔다는 신이/내 발에 맞"(「엄마가 아시는 것」)는 것이다. 엄마가 "대추나무 그늘이/외양간 지붕에 걸리면/방아일을 시작하고" "울타리 호박꽃에 벌이 모일 때/점심밥을 이고 들로 나간다./일하던 아빠 시장기가 들려던 그 참"(「엄마와 시계」)이기 때문이다. 이처럼 엄마에게 귀속된 집안일을 무엇이든 척척 알아 맞추고, 시계를 보지 않고도 자연의 빛과 소리로 식구들의 마음을 읽어내는 엄마는 사랑의 권화이다. 그러면서도 엄마는 마음 한 구석에 집안의 모든 근심 걱정을 남몰래 감추고 살아가는 그늘진 존재자이기도 하다. 군에 간 아들의 고생을 대신 해주고 싶어 하고, 시집간 딸의 걱정으로 잠을 못 이루는 엄마, 골목 어귀에서 친구들과 놀다 울고 들어오는 아이도 엄마에게는 근심이 된다. 늘 자식 걱정 집안 걱정으로 하루도 편히 쉴 날 없는 엄마의 마음은 "폭풍이 된다"(「엄마라는 나무」)고 한 것처럼 그가 재발견하는 모성애는 지극히 사실적이다.

  신현득 시인의 아버지 상도 평범하고 보편성 속에 재발견된다. 실제로 그는 자신의 아버지에 대해서 퍽이나 수다스러운 어른으로 기억하고 있다. 완고했던 그의 아버지는 동네 사람들에게 침을 놓고 사주나 길흉 날을 봐주는 등 만세력(萬歲曆)에 조예 있는 분으로 봉당에 짚신을 벗고 방으로 오를 때면 신을 잘 간추려 놓으라 이르고, 소꼴을 벨 때나, 호미질, 괭이질, 삽질, 도리깨질, 풍구질 등에도 일일이 간섭하신다. 일은 하지 않고 케케묵은 예법을 강요하며 잔소리꾼으로 일관하여 어머니와 자주 다투었다고도 한다. 그런 아버지의 간섭과 타이름이 그 당시는 모두 짜증을 불러내었지만, 그도 아버지만큼 나이가 들면서 잔소리꾼이 되어 가는 것을 보곤 문득 놀라곤 한다는 것이다. 자식에 대한 아버지의 간섭은 그야말로 가장 전형적인 사랑의 다른 표현이다. 부성애가 담긴 일종의 충고이자 가르침이기 때문이다. 신현득 시인의 아버지 재발견도 어머니 못지 않게 집요하게 추구되어 온 중심 제재 중 하나이다. 그의 시집 전 편에 편편이 그려지던 부성애가 제8동시집 『아버지의 젖꼭지』(대교문화, 1987)에 이르러서는 집중적으로 구현된다. 땔나무를 대어 주는 아버지에서부터 새벽길을 매만지거나 기계를 달래는 아버지의 모습에 이르기까지 일상의 아버지 존재가 '아버지의 손'을 통해 다양하게 형상화된다. 그의 아버지는 누군가 알아주지 않아도 우리 삶의 필요한 요소요소에서 부지런히 일하는 강인한 생활인으로 의미화되는 것이다. 신현득 시인은 "땀에 젖은" "아버지 가슴의 까만 젖꼭지"가 "엄마가 될 수 있는 흔적"임에도 "아버지는 왜 젖을 주지 않는가?"(「아버지의 젖꼭지」)라는 반문을 통해 아버지의 존재 의미를 부각한다. 바로 '아버지의 손'이 가정과 사회를 유지해 나가는 노동의 가치라면, 작업복 속에 감추어진 "땀에 젖은 아버지의 젖꼭지"는 그 가치의 근원이 되는 것이다. 곧 한 가정의 생계를 책임지는 가장이라는 무게감뿐 아니라 우리 사회를 유지하는 구심체라는 보편적 생활인으로서의 가치화인 것이다.

　이와 같은 모성애와 부성애가 다시 자식에게로 아름답게 전이되는 가족의 이상적인 관계 구도 속에서, 결국 신현득 시인이 추구하는 가족의 의미와 그 소중함이 확연히 드러난다.

　　조밭을 솎다가
　　허리를 쉬실 때
　　"어머니 허리 아파요?" 물으면
　　"괜찮다." 하신다.

　　〔…중략…〕

　　그래서 나도
　　"괜찮아요." 한다.

　　"애야, 괴로우냐?"
　　"괜찮아요"
　　"시장하지 않니?"
　　"괜찮아요. 어머니."

　　쫙, 목이 메인다.

—「괜찮다, 괜찮아요」 일부

웃음 잃은 아빠께
더 좋은 약이 있죠
초등학교 아니, 국민학교 때
예쁜 담임 선생님이
몰래 주머니에
넣어 주신 게 있을 거예요.
"이보다 더 좋은 약은 없다."
말씀으로 반짝이는
하얀 알약 하나

찾아보세요
'용기'라 불리는
그 알약 하나 드시고
물 한 모금 꿀꺽.

가슴 한 번
쓸어 보세요, 아빠!

—「용기라는 알약」 일부

이 두 동시는 자식에 대한 부모의 사랑이 부모에 대한 자식의 사랑으로 아름답게 전이된 대표적인 작품이다. 가족간에 서로 희생하고 신뢰하는 사랑의 나눔은 아름답기 그지없다. 가족 원리의 범주 안에서 가족 간에 유대를 강화하는 의사소통의 근간은 바로 사랑이기 때문이다. 어머니는 어머니대로 자신의 고통을 '괜찮다'로 참아내고, 자식은 자식대로 '괜찮아요'로 이겨내는 인고의 과정이나 아버지에게 용기를 불어넣어 주며 어려운 삶의 현실을 극복해 나가게 하는 힘, 그것이 곧 사랑의 힘이다.

실제 부모의 사랑을 제대로 받아보지 못한 채 곤고한 삶을 살아 온 신현득 시인이 이토록 가족간의 그 사랑의 전이를 아름답게 그려낼 수 있었던 동인은 무엇일까. 굶어 보지 않은 자가 배고픔을 모르듯, 평소 부모 덕에 호강하며 살아 온 사람은 가족에 대한 고마움과 그 사랑을 잊고 살 법한 일이다. 그야말로 신현득 시인이 추구하던 아버지와 어머니, 그리고 자식간의 이상적인 관계 구도는 그의 실제 체험한 삶의 질곡이 내면화되어 이룩한 시적 승화라 할 터이다. 가족간의 사랑과 아픔의 나눔은 현실의 어려움을 이겨내는 힘이며, 사회를 유지하는 조직 원리의 원동력이라는 사실을 다시 한 번 확인시켜 주고 있는 셈이다. 따라서 그는 폐광촌 아이들의 슬픔을 담은 「떠나는 교실」이나 섬마을 아이들의 아픔을 그린 「철수가 결석하던 날」과 같은 어쩔 수 없이 절망에 휩싸인 그늘진 가족에도 따뜻한 시선으로 자기화한 아픔을 견지한다. 바로 슬프면서도 꿋꿋하고 외로우면서도 따뜻한 가족에 대한 끝없는 사랑의 노래는 곤고한 삶을 살아 온 신현득 시인의 삶 체험이 내면화되어 발현시킨 가족의 소중함에 대한 일깨움이라 할 수 있다.

3. 민족에 대한 신념의 길

신현득 시인은 어머니를 잃은 그해 해방을 맞이한다. 해방 3년째 되는 해 가을, 그는 국민학교를 졸업하고 고향 면사무소에 급사로 사회의 첫 발을 내딛는다. 그때 그에게 맡겨진 일은 면장실 청소와 공문 등사, 그 밖의 잔심부름 등이었다. 그래도 그는 면직원들과 같이 지내는 것에 자부심을 느낀다. 그가 사환으로 취업한 지 석 달이 지날 무렵엔 이미 종이끈을 꼬는 일이나 공문을 등사하는 일 등에 능숙하게 되고,

청소를 잘한다고 칭찬도 받는다. 그가 사회에 대해 조금씩 눈을 뜰 수 있었던 것도 그 산골 면사무소에서의 일이다. 산골 면사무소에 사흘에 한 번씩 우편배달부가 갖다 주는 며칠 지난 신문 뭉치는 면직원들이 다 읽고 나면, 모두 그의 차지가 되었다. 그 신문 뭉치는 그가 세상사에 눈뜨며 시를 공부는 데 더 없는 교재가 되어 주었다. 그러나 사환으로 일하면서 면직원들에게 하대(下待)받는 수모만은 참지 못했다. 사환이란 면직원에 비해 한 등급 낮은 계급이라는 사실은 수긍하였지만, 그들의 가정일에까지 관노처럼 동원되어 일해야 하는 것에는 분노마저 느꼈다. 훗날 그가 사범학교를 나와 시골에서 교직 생활을 할 때, 사환이 교직원들의 하대를 받으며 교장댁 돼지 우리에 구정물을 부어 주는 일까지 맡아 하는 것을 보고 고민하지 않을 수 없었다는 술회도 면사무소 사환 때의 체험과 무관하지 않다.

신현득 시인은 약 2년간의 사환 생활을 그만두고 사범학교에 진학한다. 스물세 살 되던 해에 어려운 가정 형편 속에서도 안동사범학교 본과를 졸업하고, 6·25의 전쟁 상흔이 깊게 패인 휴전 직후 고향인 경북 의성 중률국민학교에 첫 부임하여 교직 생활을 시작한다. 그때 신경쇠약의 일종인 불안신경증을 앓으며 고생을 하지만, 글짓기 교육에 대한 열정으로 이를 극복해낸다. 그만큼 그는 20여 년간 상주와 대구 지방을 돌며 교직 생활을 하면서 글짓기 교육에 심혈을 기울였다. 그가 상주

상주 아동문학회 시절.

지방에서 교직 생활을 할 당시 어린이들에게 전쟁의 아픔을 달래고 정서를 심어 주는 데에는 글짓는 교육이 가장 중요하다고 생각하여 뜻맞는 이웃 학교 젊은 교사들과 순수한 열정으로 글짓기 모임을 만든 것이 그 시초다. 그들은 매주 일요일마다 등사판 프린트 연구물과 아동 작품을 가지고 모임을 가졌고, 교사의 박봉을 털어 문집을 만들며 글짓기 대회도 열었다. 이 글짓기 모임에 힘을 쏟던 신현득 시인은 1959년『조선일보』신춘문예에「문구멍」이 입선되고, 그 이듬해 다시『조선일보』신춘문예에「산」이 당선되면서 등단하였다. 그 이후 그들의 정열적인 글짓기 모임은 군단위, 도 단위 모임으로 계속 발전하여 전국 모임으로까지 널리 확대되었다. 그 결과 경북 상주군을 중심으로 동시를 잘 짓는 아이들이 많이 나와 이곳을 '동시의 마을'이라 칭송받기에 이르른다. 하지만 그가 글짓기 교육에 정열을 쏟을 때 무엇보다 깊이 고뇌에 빠뜨리게 하는 일이 있었다. 그것은 우리 나라가 분단국가이며 약소국가라는 사실이 우리 아이들에게는 민족적 열등감을 주었다는 점이다.

　나의 교육이념은 어떻게 하면 아이들의 뼈에까지 스민 민족적 열등감을 씻어주고, 제 나라와 제 조상을 업신여기지 않는 놈으로 키우느냐이다. 나는 여기서 열심히 조국과 조상을 변명해 본다. 그러나 이것은 변명이 아닐 것이다. 실지 우리는 얼마든지 많은 힘과 좋은 것들을 가지고 있지 않는가?

　내 교실에 머리카락이 노란아이가 있었다. "너 서양 아이 같구나" 했더니 그 아이의 말이, "내가 서양 아이라면 얼마나 좋게요" 하는 것이었다. 나는 그 아이의 말을 듣고 며칠 동안이나 잠을 못 잤다.

　제 아비가 힘이 모자라 남에게 두들겨 맞는 것을 보았을 때 아이들은 얼마나 낙심을 할까 상상해 본다. 아이들에게는 아비란 반드시 세상에서 제일 힘이 세어야 하기 때문이다.

　이런 제 아비처럼 든든히 믿어야 할 제 나라가 약소국가란 걸 아이들은 일학년 때부터 안다. 선생이 안 가르쳐도 다 알고 있다. 심각하게 생각할 문제다.

— 「후기」(『고구려의 아이』(형설출판사, 1964))

따라서 당시 신현득 시인에게 가장 중요한 교육이념으로 자리잡은 것은 약소국가란 민족 유산에 대한 우리 "아이들의 뼈에까지 스민 민족적 열등감"을 극복해 주는 일이었다. 그는 아이들에게 민족적 열등감을 씻어 주기 위해 먼저 자신의 어린 시절의 잘못된 일부터 뼈저리게 참회한다. "남을 데우려면/내 몸부터 데워야 하느니라"(「시루」)라고 한 '시루'의 이치처럼 남을 가르치기에 앞서 자신부터 참되어야 올바른 교육을 행할 수 있다는 교육적 각성이었던 셈이다.

너희들이 나를 선생님이라고 부를 때마다
나는 죄를 지은 사람이라 생각는다.
너희들이 나를 선생님이라 믿는 것을 볼 때
꼭 이 이야기를 해야겠다.
그러지 않고는 견딜 수 없구나.

〔…중략…〕

참으로 부끄러운 일이다만
마을 어른들이 만세를 부르다
왜놈에게 붙잡혀 가서,
두들겨 맞고
발길에 채어 병신이 되고
기둥에 머리를 박아

자결하는 것을 보고도,
왜 저렇게 병신이 되고
죽고들을 하는가 몰랐다.

왜놈처럼 성을 갈았을 때
이젠 정말 일본 사람이 되어
참 좋구나 했지.
일본말 하는 것을 자랑으로 여겼지.
일본글 배우는 것을 대단한 것으로 여겼지.
물론 단군도, 이순신도,
대한도, 태극기도, 무궁화도,
애국가도 다 몰랐댔지.
참 어처구니없는 바보였다.

—「이 이야기를 하지 않고는 견딜 수가 없구나」 일부

우리 아이들에게 자신의 "어처구니없는 바보" 시절의 이야기를 하지 않고는 견딜 수가 없다는 신현득 시인의 처절한 고백은 철 모르던 시인의 어린 시절에 대한 회한이자 투철한 교육적 신념에서 우러나온 참회였던 것이다. 그가 국민학교에 입학하던 시기는 우리 역사에서 가장 불행한 암흑기로 평가받던 1940년대이다. 이때는 이미 일제의 내선일체에 의한 조선민족말살정책의 일환으로 조선어 사용이 금지(1939)당하고, 창씨 개명도 강제되었을 뿐 아니라 이른바 황국신민화 운동이 전개되던 시기였다. 그 당시 어린 그가 왜 "마을 어른들이 만세를 부르다/왜놈에게 붙잡혀 가서,/두들겨 맞고/발길에 채어 병신이 되"었는지 몰랐던 것은 당연할 터이다. 학교 선생님 말씀이 오직 진리인 줄 알고 따르던 국민학교 저학년 시절, 학교에서 전적으로 배운 것이라곤 일제의 군가나 기지꾸 베이에이(鬼畜米英)—도깨비 짐승 같은 미국 영국 놈—등의 구호여서 서양 사람들이 뿔난 도깨비 얼굴을 하고 있는 줄로만 알았던 철부지 시절이었다. 당연히 누군가 가르쳐 주지 않았던 "단군도, 이순신도,//대한도, 태극기도, 무궁화도" 모르는 "어처구니없는 바보" 아이로 자랄 수밖에 없었다. 일제 말기가 점점 더 가까워질수록 학교는 방학도 없이 근로봉사만 시켰을 뿐 공부는 딴전이었다. 아이들이 보리를 베러 다니고 모를 심던 여가에도 그들에게 "베이에이 게끼메쓰(米英擊滅)"라는 전쟁 구호를 외치게 하고 또 전쟁을 찬양하는 군가를 가르쳤다. 작문에는 루우즈벨트나 처어칠의 욕을 많이 써야 갑(甲)을 맞았다. 그가 작문을 지어 일본인 선생에게 여러 번 칭찬을 받았다는 부끄러운 고백도 그 어린 시절의 이야기였다.

그의 산골 마을에서는 해방 소식도 사흘이나 늦게 전해졌다. 해방의 소식을 듣던 그날에도 학교는 방학조차 없이 아이들에게 근로봉사를 시켰다. 아이들은 늘 해온 대로 솔공이를 따기 위해 여럿이 다래끼와 손도끼를 준비해 가지고 줄을 서서 군가를 부르며 학교로 갈 때였다. 동네 어른들로부터 비로소 해방 소식을 듣게 되었다. "야들아, 소화(昭和)가 손들었다. 만세 불러라"고 하는 동네 어른들의 말에 무슨 영문인지도 모른 채 아이들은 만세를 불렀고, 학교에서는 해방이 되었다고 일찍 귀가시켰다. 집으로 돌아가는 길에 아이들은 일제히 메고 왔던 다래끼를 냇둑에 던져 놓고 "종일 멱이나 감고 놀자"며 신나게 물 속으로 뛰어들던 철 없던 시절이었다. 바로 이 동시 「이 이야기를 하지 않고는 견딜 수가 없구나」는 그러한 철없던 어린 시절에 대한 가슴 아픈 회한이자 슬픈 참회인 것이다. 이처럼 그는 철없던 어린 시절에까지 양심의 가책을 받을 만큼 결벽증에 가까운 순박한 사람이었다. 시인의 그 대오 각성은 아이들에게 그늘처럼 드리워진 약소국가란 민족적 열등의식 극복의 신념을 갖게 하는 원동력이 되었다.

　고구려의 엄마는
아이가 말을 배울 때면
맨 먼저
'고구려'라는 말을 가르쳤다.
다음으로
'송화강'이라는 말을 가르쳤다.

〔…중략…〕

아이가 커서
골목을 뜀박질하게 되면
고구려의 엄마는
요동성 이야기를 해 주었다.
고구려 사람은
겁내지 않고
물러서지 않는다는 걸 가르쳐 주었다.
그리고 엄마는
요동성을 지키다 목숨을 잃은
아버지의 이야기를 들려주었다.

—「고구려의 아이」 일부

　아이들에게 그늘처럼 드리워진 민족적 열등감 극복의 길로 시인은 가장 먼저 그가 유년 시절을 보냈던 고구려 옛 땅을 떠올렸다. 광활한 중원을 호령하던 고구려인의 옛 기상은 민족의 웅혼한 자긍심을 심어 주기에 가장 적절한 제재일 뿐더러 시인 스스로 '고구려의 아이'라 자처할 만큼 민족의 정신적 뿌리가 될 만하다고 판단했기 때문이다. 그리고 시인은 시공을 초월한 역사적 상상력을 통해 우리의 자랑스런 역사가 스민 곳을 찾아다니며 새롭게 각인시켜 주었다. 그는 '고구려의 아이'를 비롯하여 첨성대 돌들을 다듬고 쌓는 일을 자랑스럽게 바라보는 신라의 아이나, 백제 때의 아이도 동시에 등장시켰다. 그뿐 아니라 잊혀져 가는 우리 조상의 지혜와 손때 묻어 정겨운, 모든 삶의 도구나 우리의 산천을 이루는 모든 사물에 이르기까지 그 주어진 역할의 소중함을 새롭게 일깨워 주었다. 우리의 자랑스런 문화적 전통과 정신적 뿌리 찾기가 아이들을 압박하는 민족적 열등의식을 극복하는 데 진정한 성찰의 원형이 되리라는 시인의 시적 신념에 의한 것이다. 이렇듯 신현득 시인은 과거와 현재를 잇는 우리 역사의 공간을 자유자재로 넘나들며, 우리 아이들에게 자랑스런 역사와 민족의 삶을 정겹게 이야기하였다.

대추나무는
할아버지가 가르쳐 주는 모양으로
대추를 열기 시작하고,
도라지는
할아버지 가르치는 대로
남빛 꽃을 피우고
냇물은 흐르기 시작하고,
새들은 노래하기 시작하고.

우리 나라에 첫날이 저물어
첨으로, 첨으로
하얀 달이 뜰 적에.

할아버진 그런 것 생각하셨을까?
사천 몇 년 후에 있을 휴전선 같은 걸.

—「우리 나라 첫날」 일부

　　그러나 시공을 초월하는 신현득 시인의 역사적 상상력도 아이들에게 분단국가라는 민족적 열등감의 근원이 되었던 휴전선에서는 멈추고 만다. 그것은 「우리 나라 첫날」에서 쉽게 감지할 수 있는 일이다. 「우리 나라 첫날」은 한울님 아들인 우리 할아버지가 백두산 박달나무 아래에 내려와서 만물을 창조할 때 이미 "사천 몇 년 후에 있을 휴전선"을 "생각하셨을까"라고 반문하면서 분단의 비극을 새롭게 각인시켜 주고 있는 동시이다. 고구려 아이의 웅혼한 기상을 자랑스럽게 말하던 시인의 이야기가 지금까지 비극의 현장으로 남아 있는 휴전선에서 멈추었던 것은 분단국가라는 불행한 민족 유산이 우리 아이들에게 민족적 열등감을 드리워 준 가장 큰 동인이라는 사실의 재확인인 셈이다. 이런 사실의 재확인, 곧 신현득 시인의 분단 인식은 그의 시 의식의 또 새로운 시작을 의미하는 일이다. 그의 동시에 많이 등장하는 제재 중 또 하나가 이 같은 비극적인 현실 인식에 놓인다. 그가 인식한, 우리의 분단이 비극적이라는 것은 다름 아닌 우리 민족의 의도와는 전혀 무관하게 외세에 의해 결정되어 버린, 미국과 소련의 냉전에 의한 결과물이라는 사실에 기인한다.
　　따라서 그는 이 엄청난 민족적 수난에 대해,

언제
이 감나무 아래서
풋감을 줍다
포소리에 놀라

달아난 아기

지금
어디서
어른이 됐을 게다.

—「휴전선에 선 감나무」 일부

라며 아픔으로 내면화하기도 하고,

힘센 놈은 그런 짓 해도 된다.
만세 소리 나는 땅에 삼팔선 긋기.

〔…중략…〕

남의 나라야 나누어지거나 말거나
한 고을이 두쪽 나거나 말거나
한 마을이 두쪽 나거나 말거나
한 가족 앉은 자리가 나누어지거나 말거나
하나의 학교가 남북으로 쪼개져도
곧게만 그으면 돼.

—「삼팔선 긋기」 일부

라며 비장한 목소리로 분노하기도 한다. 민족의 아픔에 대한 내면화나
분노와 같은 외향화는 모두 그의 분단 극복 의지의 표명이다. 시인의
그 분단 극복 의지는 바로 "제 나라와 제 조상을 업신여기"는 놈으로
자라야 하는 아이들에게 가장 분명한 민족적 열등의식 극복에 대한 신

넘이며, 일제 강점기에 대해 처절하게
참회한 시인의 냉철한 역사의식에서
생성된 시정신인 것이다. 따라서 시인
의 신념은 우리 아이들에게 "동짓날에
/새알 수제비를 넣고/팥죽 끓여 먹는
나라"(「우리 나라」)와 "거기 작은 반도
에/삼 면 바닷물이 잔잔히 일고/휴전
선은 있지만 아름다운 나라"(「별나라에
서 새둥지까지」)가 "산과 산이 이어진/
하나의 나라"(「하나의 나라」)로 될 수
있으리라는 희망적 미래로 상승하게
된다. 결국 그의 동시는 민족의 역사에

동시집 『고향 솔잎』 표지.

대한 근원에의 탐구 과정을 거쳐, 우리 나라가 통일된 '하나의 나라'가
되리라는 확신과 그 고양감을 우리 아이들에게 희강차게 전해 주고자
한 것이다. 「고향 솔잎」, 「백두산에 올라」, 「핏줄」 등 많은 동시가 통일
에 대한 염원을 담고 있는 것도 그런 맥락에 맞닿아 있다.

　신현득 시인은 철저하게 과거의 역사적 현장을 단순한 과거의 현실
로서가 아니라 과거 사실에 대한 현재의 기억 경험으로서 조심스런 질
문 방식을 통해 이야기한다. 그것은 과거 사실이 연대기적 배열로서가
아니라 생각하게 하는 능력으로 배려하는, 기억의 재구성으로 환기시
켜 주고자 한 시적 방법일 수 있다. 동시라는 문학 양식에 역사를 접목
하는 이러한 시인의 시적 노력은 아이들에게 역사적 상상력을 불어넣
어 우리 역사에 대한 자긍심을 심어주고, 올바른 미래에로 지향해 갈
수 있도록 한 성찰의 예지인 것이다. 그것은 '고구려의 아이'를 이야기
하는 신현득 시인의 역사의식이 과거지향적 의지가 아니라 미래지향
적 의지임을 말해 주는 것이기도 하다. 곧 「통일이 되는 날의 교실」,

「별나라의 동무들에게」, 「세계에서 제일 큰 학교」 등의 일관된 방향성을 지닌 동시 제목 자체만을 보더라도 그의 지향적 의지가 어디로 향해 가는지를 쉽게 짐작할 수 있게 한다. 이렇듯 신현득 시인은 분단국가라는 약소국가의 유산을 물려받아 민족적 열등감에 사로잡힌 우리의 아이들에게 「세계에서 제일 큰 학교」를 가지고 있다는 자부심을 심어주고, 희망찬 미래에의 예지를 길러주고자 하였다. 그리하여 우리 아이들이 '세계 속의 나'임을 자각하는 고양된 의식을 갖게 하고 싶었던 것이다. 그것도 시인의 삶 체험에서 촉발된 시정신의 승화라 할 터이다.

4. 천성의 동시인, 하얀 이야기 할아버지

분명 신현득 시인의 동시 세계는 「옥중이」의 진솔한 삶 체험에서 촉발된 두 의식의 지향으로 구체화되었다. 하지만 그 의식의 원천은 타고난 그의 성정이다. 그는 누구보다 동시인의 천성을 타고난 사람이다. 곧 그는 천성이 아이이고 천성이 시인이다. 동시인으로서의 신현득 시인에게는 엄연한 형식이나 제도의 틀, 혹은 사치나 위선 따위는 아예 존재하지 않는다.

시는 빛깔이 아닌
글자다.

그래서
말짱한 종이가
아니어도 된다.

〔…중략…〕

길에
날려다니는
광고지 뒷면이나

쓰레기통을 뒤진
휴지나

나뭇잎,
납짝한 돌에도
쓸 수 있다.

마음 벽에
낙서해 두었다가도
오늘 아침에
꺼내 보는 것

그러나
그걸 기록할 깜둥 숯이나
볼펜은 있어야 한다.

마음 벽에
까만 자국을
낼 수 있는—.

—「몽당연필로 시 쓰기」 일부

그는 어느 곳에서나 아무렇지도 않게 남을 의식하는 법 없이 동시를
빚는다. 백일장에서 아무데나 아무렇지도 않게 쪼그리고 앉아 한창 시
상을 떠올리는 어린 아이처럼 그의 창작실은 전철 안이어도 좋고 버스
속이어도 괜찮다. 동시를 쓰는 원고지도 "말짱한 종이"가 아니라도 상
관없다. "길에/날려다니는/광고지 뒷면이나//쓰레기통을 뒤진/휴지나
//나뭇잎,/납작한 돌" 어느 것이나 버릴 것 없는 그의 원고지가 된다.
그의 양복 주머니에는 으레 지갑보다도 귀중한 낡은 양철필통이 들어
있다. 그 양철필통에는 "마음 벽에/까만 자국을/낼 수 있는" 갖가지 필
기도구들이 있다.

그에게는 남들이 좀처럼 흉내지 못하는, 사물들을 의인화하는 타고
난 버릇도 있다. 그는 몽당연필과 말을 나누고, 접시나 그릇과도 이야
기를 할 줄 안다. 모든 사물이 사람처럼 말하고 사람처럼 생각하고 사
람처럼 뛰어다닌다고 생각한다. 이순을 넘긴 지극한 나이에도 어린 아
이처럼 돌멩이와 말을 하고, 나무가 많은 팔을 달고 걸어다닐 수 있다
고 생각한다. 그것은 소위 물활론(物活論, Hylozoism)이라는 시적 사유
이다. 그의 작시(作詩)는 모든 사물들이 사람처럼 행동하고 사고한다
는 이런 시적 사유로부터 비롯된다. 그것은 나와 남이 다르지 않다는
생각이며, 세상의 만물을 하나로 보는 작업이다. 그가 사물을 의인화
하는 일은 마치 장자의 유명한 나비 우화처럼 자기와 타인, 인간과 자
연, 생과 사, 인격물과 비인격물, 과거와 현재, 교육과 예술 등 세상에
연유되는 모든 현상이 별개의 각각이 아니고, 하나의 현상으로 경유하
는 사유 원리이다. 이것은 동화적 상상력을 유발해내는 사유 원리이기
도 하다. 이러한 시인의 시적 사유는 새롭게 거듭나기를 위한 힘겨운
창조적 과정이기도 하지만, 누구도 흉내낼 수 없는 그의 타고난 성정
과 연관된다. 그의 성정은 동시인으로서 상상의 자유로움을 마음껏 향
유하는 원천이자 또 시적 능력이 되어 준다. 그 능력은 아득한 「우리

나라 첫날」부터 「고구려 아이」, 「일억오천만년 그 때 아이에게」에 이르
기까지 시공을 초월한 시적 상상력과, 「별나라에서 사과나무 가꾸기」,
「뉴튼과 사과나무」, 「별나라에서 새둥지까지」, 「지구 사람, 웃겨」 등
발상의 새로움을 구가하는 시인이 되게 하였고, 아울러 독특한 시적
재미성을 획득할 수 있게 하였다. 따라서 신현득 시인의 동시에서 우
리가 읽게 되는 것은 그의 삶 체험에 연유된 내밀한 의식 지향과 함께
그 참신한 재미성이다. 그것은 아마도 시의 서정성을 제약하는 요소가
되기는 하였지만, 참담하기 짝이 없었던 시인 스스로 실존의 버거움을
견뎌내게 해준 힘이 되었을는지 모른다.

　　달달달달
　　달달달달

　　새끼 꼬시다
　　늙으셨다.
　　하얀 할아버지.

　　그 길이는
　　어느 우주선보다 먼저
　　달나라에 갔다.
　　달의 둘레가 감긴다.
　　'2700킬로×3.14'

　　달달달달
　　달달달달……

—「새끼틀에서」 전문

시공을 초월하는 광활한 시적 상상력과 독특한 재미성으로 의미 세계를 구현하던 그가 어느덧 고희를 눈앞에 두고 있다. 60년대 젊은 시인으로 "새끼 꼬시다/늙으"신 "하얀 할아버지"를 노래하던 동시 「새끼 틀에서」는 이제 신현득 시인, 그 자신에게 보내는 찬가가 되었다. 새끼 꼬다 늙으신 하얀 할아버지처럼 그는 천성의 시인으로 동시 쓰다 늙은 하얀 이야기 할아버지가 되었기 때문이다. 평생을 한결같은 마음으로 일관되게 살아 온 그는 15권의 동시집을 비롯하여 3권의 동시선집, 2권의 동요집과 유년동시선집, 그리고 노랫말동요곡집, 시집 각 1권씩 상재하며 우리 나라에서 가장 많은 동시집을 보유한 시인이 되었고, 가장 많은 후배 시인에게 영향을 끼친 시인이 되었다. 그가 몽당연필로 쓴 글자들을 한 줄로 펴서 연결하면 그야말로 달의 둘레를 감고도 남을 일이다. 그 일관된 시인의 삶은 '옥중이'의 삶 체험과 타고난 성정 속에서 이룩된 결과이며 척박한 한국 동시단에 정신적 터주가 되기에 충분할 터이다.

옥중이라는
아이가 있었습니다.

보리밥
고추장을 먹고
나무꾼이 되겠다던
옥중이는

나무가 아니라
시를 쓰면서

그걸 부끄러워하며

살았습니다.

　　　　　　　　　　　—「책 머리에」(『옥중이』, 세종문화사, 1975)

　그는 유난히 부끄러움을 잘 타고 울기도 잘 하는, 감동도 잘하고 흥분도 잘하는 천성의 시인이다. 그만큼 그는 진솔하고 순수한 사람이며, 따뜻한 인간의 체온을 가진 시인이다. 이해타산적으로 따질 줄 모르는, 고지식할 정도로 순박한 사람이다. 그의 순수성과 진솔함은 그에게 신앙과도 같은 것으로, 순수하면 순수할수록 부끄러움으로 표출되고, 더욱 아이들에 대한 애정으로 심화된다. 그의 순수성과 진솔함은 "보리밥 수북이 먹고/고추장 수북이 먹고" 힘만 나면 "나무 한 짐/쾅당!" 해오겠다던 '옥중이'의 삶에서 지금껏 "마음 벽에/까만 자국을/낼 수 있는" '몽당연필' 하나로 동시를 쓰는 시인이 되었다는 부끄러움을 알게 했다. 어린 영혼을 위무하고 그들에게 희망을 일깨우는 시인이 된 것을 '부끄러워' 하는 순결한 삶, 그것은 그대로 그의 시심이 되었다. 신현득 시인의 동시문학은 그래서 자신의 삶 체험을 육화하여 승화시킨 삶의 무게만큼 그만한 깊이를 지닌다.

　나는 아직도 20여 년 전 처음 「옥중이」를 만났을 때의 그 신선한 감동을 잊지 못한다. "옥중아, 너는 커서 뭐 할래?"라고 물으면 "나무 한 짐/쾅당!" 해온다던 옥중이의 순수 의지가 지금 시인의 업으로 부끄러워할지라도 그에 대한 감동은 여전히 새롭다. 아직도 나에겐 동시를 쓰며 부끄러워하는 옥중이의 때묻지 않은 진솔함을, 오늘날 우리의 허욕과 비교해 보는 일이 의미로움을 넘어 자못 신성감마저 들기 때문이다.

1933년 : 1세

계유생, 필명:옥중이(아명) · 고구려의 아이(작품명), 아호:중리(中里), 법명:선행거사(善行居士). 음력 8월 10일, 경북 의성군 신평면 중률동 164번지, 산골 마을에서 평산 신씨(제정공파) 32대손인 아버지 申佑均(36세)과 어머니 평해 황씨 黃粉禮(37세)의 5남(호적은 4남)으로 출생. 맏누님(18세 · 鉉伊)은 결혼하였고, 14살의 둘째누님이 있었으며, 형님 鉉鑽(10살)은 보통학교 2학년이었다. 위로 셋 형은 유아시에 사망. 우균의 8대조가 병자호란 때에 강원도 철원에서 피난차 낙남(落南)한 노론가계(老論家系)의 집안으로, 증조부(錫璉) 대에 예천군 지보면 대죽리에서 피난처를 구해 산협한 이곳으로 이주하였다. 증조부 대에는 벼 100석을 하는 부농이었고, 조부 泰舜은 區長(동장) 일을 보면서 기민(饑民)을 먹였으며, 인품이 어질고 인심이 있어서 면민들로부터 '앉은 면장(面長)'이라는 칭호를 받았다. 아버지 우균은 독사장(獨師長) 밑에서 사서삼경을 공부한 분으로 구학에는 능했으나 신학문에는 능통하지 못했다. 아버지도 구장을 하였으나 가사에 통제력이 없어 집안이 몰락하고 있었다. 아버지 우균은 20대에 선객(禪客)으로 나서서 상주(尙州) 남장사(南長寺)에서 득도(법명:白雲庵居士), 한평생 유불(儒佛)을 겸한 거사행(居士行)을 하였는데, 염주를 걸고 다니면서 독경과 기도를 하였다. 집안 사람이 이를 싫어하여 협조하지 않았다. 현득은 몰락하는 집안에 만득으로 얻은 아들이었으며 위로 아이 셋을 잃었으므로, 옥(玉)같이 중(重)하다 하여 아명을 玉重이라 하였다. 9세까지 이 이름으로 불리었다. 옥중이는 비교적 일찍이 말을 배웠는데 "옥중이, 커서 뭐하노?" 하고 물을 때마다 "보리밥 수북이 먹고, 꼬치장 수북이 먹고, 나무 한 짐 쾅당 해오지" 하고 대답했다 한다.

1936~37년 : 4~5세

동생 鉉德 출생. 36년 봄에 만주에 먼저 이민했던 종조부(泰逸)의 권유로 집을 팔고 가사를 정리하여, 길림성(吉林省) 화전현(華甸縣) 마의하(馬蟻河) 이십가자(二十家子 · 얼스저자)로 이주, 2년간 농사를 지었다. 농사에 능력이 없고, 염불에만 열성이 있는 아버지와 이를 못마땅하게 여긴 종조부가 자주 다투었다.

1938년 : 6세

종조부와의 갈등 때문에 길림에 사는 고모댁(박씨)으로 와 곁방을 얻어 살았다. 누님 차현이 결혼. 형님 현찬이, 소풍만(小豊滿) 송화강 댐 현장사무소 급사로 취직.

1939~40년 : 7~8세

길림에서 기차로 두어 시간 거리인 고태구(高台溝·고태지거우)라는 개척지 외딴 집에 이주, 2년간 농사를 지었다. 여동생 鉉月이 출생.

1941년 : 9세

한겨울인 정월에 시집간 둘째 누님 내외가 와서 아버지를 믿다가는 안 되겠으니 식구를 조선으로 보내자는 의견을 내어, 길림 고모댁으로 와 고향으로 갈 준비를 했다. 아버지는 만주에 남기로 함. 이른 봄 고향으로 와서 서조모의 유산인 3간 오막살이에 거주했다.

신평국민학교에 입학, 일본말과 글로 교육을 받았다. 일본 이름 竹原永喜(다께하라 에이끼)로 불리었다. 처음에는 공부를 잘 못해, 노꼬리벵쿄(남아서 하는 공부)도 했으나 성적이 향상돼 학년말에는 우등상을 받았다. 2학기 때 「유끼다루마(눈사람)」라는 글(산문)을 지어 동그라미 다섯을 맞았다. 여동생 현월이 사망. 12월, 대동아전쟁(태평양전쟁) 발발.

1942~44년 : 10~12세

전시체제 돌입. 짚신, 게다나 맨발로 학교에 다님. 학교어 特別鍊成所(훈련소) 병설. 훈련과 근로봉사, 솔공이 따기에 동원되었다. 아버지, 만주에서 돌아와 압록강 의주댐 공사에 보국대로 징발됨(1년간). 4학년 때, 학급대표(부급장)로 여름방학 학습훈련에 동원됨(3주간). 형님 현찬이, 만주 길림 국민고등학교 급사로 있다가 학력 검정을 거쳐 師道대학 진학.

1945년 : 13세

2월(음력 44년 섣달 그믐)에 어머니 황씨 위장병으로 별세. 주부가 없었으므로 동생(9살)과 같이 밥짓기, 방아질, 물이기, 바느질, 빨래, 제사 차리기 등 여자의 일을 하게 되었다. 땔나무를 해 가며 학교에 다님. 우등상을 받지 못하게 됨. 죽는 것이 낫다는 생각을 했다. 여동생은 잘 죽었다, 살았더라면 같이 고생을 할 텐데, 하는 생각이 들었다. 8·15 해방으로 한글 공부 시작, 일본 교육에 속은 것을 알았다. 늦게 배우는 한글 공부가 재미있었다. 우리 나라 역사 공부는 더욱 재미있었다.『용득이 松竹』·『新月淚』 등 신소설을 읽음. 형님 내외 만주에서 월남. 춘천사범학교 생물과 교사로 부임. 이듬해에 대구 사범대학 부속중학교 교사로 전근.

1946년 : 14세

아버지가 남장사를 향해 독경을 할 때면 같이 「천수경」을 외우라 해서 아주 싫었다. 마을 아이들이 '사바하 사바하' 하고 흉내를 내면서 놀리기 때문에 더욱 독경이 싫었다. 동생 현덕이 국민학교에 입학. 가을 운동회날에 10 · 1사건 발발.

1947~48년 : 15~16세

형님이 근무하는 대구 사대부중에 응시했으나 낙방, 신평면사무소 급사로 취직(2년간). 경비와 청소, 공문 등사, 공문 배달의 일을 함. 좌익배에 의해 면내의 안사경찰관 출장소, 의성 경찰서 전소됨. 한설야의『탑』, 박종화의『임진왜란』등 읽음.

1949년 : 17세

9월에 안동군 풍산면 소재(집에서 30리) 병산중학교 입학(김종상과는 동기, 권태문은 1년 후배). 매곡동(병걸)에서 유학 온 동급생들과 자취를 함.『내가 넘은 삼팔선』· 선우 혁 저『민족의 수난』· 김동명의 시집『삼팔선』등을 읽음. 노트에 습작시를 써서 국어담당 선생께 드려 평을 부탁했으나 노트를 돌려 주지 않았다. 공연히 슬프고 우울했다. 인생이 무엇인가를 생각했다.

1950~51년 : 18~19세

6 · 25 발발로 휴교. 겨울에 복교. 은사들 다수 월북. 이용해 선생의 서양사 시간에 독일 · 오스트리아 · 러시아가 3차에 걸쳐 폴란드를 분할한 것이 18세기의 죄악이라는 말을 듣고, 한국의 분할을 미 · 소 양국에 의한 20세기의 죄악으로 정의함. 겨울에 동갑인 같은 마을 아가씨 金汝東(법명 慈光心, 안동 김씨)와 결혼, 가정에 주부가 생김. 학생을 남편으로 둔 아내는 물레질을 하고 베를 짰다.

1952~54년 : 20~22세

안동사범학교 본과 진학. 같은 마을에서 유학 온 학생들과 자취를 함. 학비가 모자라 장사를 했다. 연필 장사, 빵 장사, 엿장사, 막노동을 했다. 학교 성적이 좋지 않았다. 여식 法順이 출생(52년). 도서대여점에서 책을 빌려다 많은 책을 읽었다(소설과 시). 김래성의『청춘극장』이 제일 재미있었다. 괴딴 생각, 이상한 짓을 했다. 아호를 '白虎'라 지었다가 '始宇'라 고쳤다. 내가 우주의 시발이라는 뜻이었다. 모든 것을 일단 거꾸로 생각하는 버릇이 생겼다. 머리가 돈 사람이 멋있어 보였다. 안동 태화동 교회에 다니며 찬송가, 성경요절을 열심히 익혔다. 교회지에 「주님의 마을」이라는 단편을 내어 칭찬을 받았다. 단편을 또 써서 국어담당 이용훈 선생께 드렸더니 국어 시간에 칭찬을 했다. 「어머니 젖꼭지」라는 시를 성호운(필명 : 鶴園 · 소설가) 선생이 칭찬을 했다. 학우들로부터 문학에 머리를 동이라는 격려를 받았다. 안동 옥동국민학교에서 교생 실습(54년).

1955년 : 23세

안동사범학교 본과 졸업(1955. 3. 21). 학교 성적이 좋지 않아 2차로 발령이 났다. 고향 마을 중률국민학교에 부임했다(1955. 5. 10). 병역법 63조(사범학교 출신 33년생 이상)에 의해 병역 면제 혜택을 받음. 교복을 입고 1년간 근무. 신경쇠약증 발증, 이후 3년간 불안신경증으로 고생했다. 『의성교육』지에 제목 「칡뿌리」라는 단편과 시가 발표되었다.

1956년 : 24세

신경쇠약증 치료를 위해 객지 전출을 희망, 아내는 아버지를 모시게 두고 상주군 청동국민학교로 전근을 했다. 글짓기 지도를 하였다. 김청자라는 어린이가 상주군 예술제에서 1등을 하고 대구 행사에 나가서 3등을 했다. 이것이 상주 글짓기의 효시가 되었다. 음력 5월 19일에 아버지 뇌졸중으로 급서했다는 전보를 받았다. 경북대 의과대학 생물과 교수로 있던 형님 그리고 동생 등, 온 가족이 모였다. 아버지는 안으로 대단한 신앙과 철학을 가졌던 자유인이며 선객으로 세상이 알아주지는 않았지만 그의 일생이 멋있고 좋았음을 알았다. 아버지를 닮아야겠다는 생각을 했다.

1957~58년 : 25~26세

장남 元澈이 출생(57년). 글짓기를 계속하였다. 지도한 아동이 계성중·고등 글짓기대회, 영남일보·대구일보 신춘 글짓기 현상 모집, 새싹회 글짓기내기 등에 입상을 하자 그것이 가점이 돼, 중심교 상주국민학교로 전근이 되었다(1958. 5. 10). 이웃 외남국민학교 박로익 교장과 사범학교 동기인 김종상 교사 등과 힘을 합쳐 글짓기 운동을 펴나갔다. 그러자 상주를 '동시의 마을'이라 부르게 되었다. 상주포교당에서 불교어린이회를 조직, 일요법회를 계속했다. 동시를 습작했다.

1959년 : 27세

조선일보 신춘문예 동요부에 동시 「문구멍」이 당선작 없는 가작으로 입선되었다(윤석중 선). 대구일보 주최 '동시의 마을 어린이 시화전'이 대구일보 화랑에서 마련되었다. 2차는 새싹회 주최로 서울 중앙공보관에서 전시되었다.

1960~61년 : 28~29세

60년 조선일보 신춘문예에 동시 「산」 당선(윤석중 선). 61년 동시 「이상한 별자리」로 제1회 소년한국 신인문학상 수상(주최:소년한국 일보). 첫 동시집 『아기 눈』 출간(「옥중이」 등 34편, 사륙판, 70쪽, 1960. 12. 20, 형설출판사). 오자 탈자가 많았으나 선배가 관여했으므로 항의를 하지 못함.

1962~63년 : 30~31세

대구칠성국민학교로 전근(1962. 8. 31). 전 재산 2천 원으로 산격동 1구에 2평짜리 토싯방을 세 얻어 4식구가 살았다. 대구아동문학회(회장:이응창) 멤버로 활동. 종교 · 역사 서적을 닥치는 대로 읽었다. 종교가 좋은 교리와는 관계 없이 강대국의 약소국 침략에 이용당했으며, 전쟁의 원인이 되었음을 정의하였다. 특히 서양 역사에서 그러했고, 2차세계대전 때 히틀러에 의한 유태인 학살도 일종의 종교전쟁이었으며 그러한 종교전쟁은 지금도 중동 등에서 계속되고 있다는 사실을 알았다. 종교가 살린 사람보다 죽인 사람이 많은 것으로 결론을 지었다. 2남 亨澈이 출생(63년).

1964~67년 : 32~35세

제2동시집 『고구려의 아이』(「사과가 익기까지」 등 46편, 사륙판, 133쪽, 1964. 8. 15, 형설출판사) 출간으로 역사 참여 시작. 왜색 종교 創價學會(日蓮正宗)의 한국 침투 반대 운동에서 간사의 일을 보았다(1964. 1). 대구의 중심 학교인 대구국민학교로 전근(1966. 9. 1). 대구의 변두리 산격 3구 1355의 2번지에 4간 집을 지음. 전기가 들어오지 않아 호롱불을 켰다(1975년 토지수용령으로 경북대 부지로 편입됨).

1968년~67 : 32~35세

제3동시집 『바다는 한 숟갈씩』 출간(「이름표」 등 38편, 사륙판, 110쪽, 1968. 9. 10, 배영사). 대구교육대학 부설 교원교육원 계절제 입학. 최춘해 · 권기환 · 권태문과 같이 다님.

1971~72년 : 30~40세

전기 근무지인 대구칠성국민학교로 전근(1971. 3. 1). 동시 「엄마라는 나무」로 제4회 세종아동문학상 수상(1971. 10. 9, 주최 : 소년한국일보). 대구교대 부설 교원교육원 수료(1971. 8. 30). 대구 교원대학(2년제) 편입(1972. 3. 1). 최춘해 · 권기환 · 김선주 등 같은 또래들이 선배 김성도를 모시고 선술집에서 자주 막걸리를 마심.

1973년 : 41세

문인협회 경북지부 부회장 피선. 대구 교육대학 졸업(1973. 2. 15). 순환 근무제에 의한 영천군 화북면 자천국민학교로 전근(19736. 3. 1). 당지에서 자취를 함. 제4동시집 『엄마라는 나무』 출간(「가을날 하루 경부선을 타면」 등 43편, 사륙판, 100쪽, 1943. 4. 25, 도서출판 일심사).

1974년 : 42세

한국사회사업대학(현 대구대학) 특수교육과 3학년 편입(1974. 3. 6). 영천군 금호국민학교로 전근(1974. 4. 11). 제5동시집『박꽃 피는 시간에』출간(「산골놀이터」 등 43편, 사륙판, 100쪽, 1974. 9. 15, 대학출판사).

1975년 : 43세

한국일보사 소년한국일보 학습부 기자로 전직. 서울 생활 시작됨(발령은 8. 1). 20년 1개월의 교직에서 물러남. 퇴직금으로 서울 성북구 종암동 79-8번지에 집을 마련하여 정착함(75. 10. 27~80. 3. 31). 동시선집『옥중이』출간(세종문화사).

1976년 : 44세

동화 창작을 시작함. 첫 작품은 「키다리 면장님」. 한국 사회사업대학 특수교육과 졸업(1976. 2. 21).

1977년 : 45세

『아동문학평론』지에 연작시 「교실을 노래한 이야기 시」 연재(12회), 『소년한국일보』에 장편동화 「거꾸로 나라 여행」 연재(120회). 월간『소년』지에 중편동화 「나무의 열두 달」 연재(12회).

1978년 : 46세

『아동문학평론』지에 「동시 창작법」 연재(78년 가을호부터 12회). 동시선집, 김녹촌과 공저『교학사 소년문고 동시선집 · 1』(신현득편은 「이름표」 등 52편, 국판, 170쪽, 1978. 11. 20, 교학사).

1979년 : 47세

동시 「교실을 노래한 이야기시」로 제1회 대한민국 아동문학상(우수상) 수상(1979. 5. 30, 주최:한국문화예술진흥원). 소년한국일보 편집국 학습부 차장 승진(1979. 7. 1). 여식 법순이 결혼(사위:김용덕).

1980년 : 48세

『소년한국일보』에 「동시의 세계」 연재(121회). 단국대학교 대학원 국어국문학과 석사과정 입학(1980. 3. 1). 동대문구 장안동 시영아파트 41동 105호로 이주(1980. 3. 31~84. 10. 15). 동화집『나무의 열두 달』출간(「나와 내 그림자」 등 단편 4편과 중편 1편, 국판, 169쪽, 1980. 1. 30, 교학사). 동화집『도깨비 이야기』출간(삼성당). 외손녀 智妍이 출생.

1981년 : 49세

월간 『소년』지에 연작시 「어머니 그리고 어머니」 연재(12회). 제1동요집 『아가 손에, 아가 발에』 출간(「학교길」 등 46편, 국판, 107쪽, 1981. 10. 31, 도서출판 명성사). 제6동시집 『통일이 되는 날의 교실』 출간(「세계에서 제일 큰 학교」 등 47편, 국판, 125쪽, 1981. 12. 5, 교음사). 동요문학동인회 창립(1981. 3. 1), 「동요문학 선언」을 초안했다. 팜플렛 「동요문학」을 작곡자들에게 제공했다(76호까지).

1982년 : 50세

동시집 『통일이 되는 날의 교실』로 제17회 소천아동문학상 수상(1982. 9. 16. 주최:소천아동문학상 운영위원회). 동시선집 『참새네 말, 참새네 글』 출간(「아들일까, 딸일까」 등 115편, 사륙판, 250쪽, 1984. 5. 25 창작과비평사). 한국불교아동문학회 창립 멤버가 됨(창립:1982. 6. 24, 회장 김동리. 취지문 작성. 총무이사. 불교아동문학상 시상 등 실무자로 일함(1990년까지).

1983년 : 51세

단국대학교 대학원 국어국문학과 석사과정 수료(1983. 8 . 27, 학위등록번호 82석8569, 학위논문「한국 동요문학의 연구」). 외손녀 昭姸이 출생(10월).

1984년 : 52세

강동구 둔촌동 주공아파트 507호로 이주(1984. 10. 16~86. 4. 1). 제7동시집 『해바라기 씨 하나』 출간(「아가손」 등 56편, 국판, 128쪽, 1984. 12. 30, 진영출판사).

1985년 : 53세

강남사회복지학교(현 강남대학교) 출강(시간강사, 「아동문학론」 1985. 3. 1~87. 8. 31). 동시집 『해바라기 씨 하나』로 제5회 해강아동문학상 수상(1985. 5. 4. 주최:해강아동문학상 운영위원회). 百想기자대상 동상 수상(주최:한국일보사). 제2동요집 『아가 것은 예뻐요』 출간(「구름봉우리」 등 85편, 국판, 97쪽, 1985. 12. 20, 동요문학동인회 발행, 비매품). 3년에 걸쳐 『팔만대장경』 전질을 독파, 설화 내용을 메모함. 이후 이것을 재료로 하여 『노힐부득과 달달박박』(1985. 중앙일보출판국), 『어린이 팔만대장경』(1991. 현암사) 등 10권의 어린이 불교동화집을 출간함.

1986년 : 54세

장편동화집 『거꾸로 나라 여행』 출간(사륙판, 222쪽, 1986. 8. 15, 도서출판 계림문고).

1987년 : 55세

도봉구 쌍문동 56번지 삼익아파트 107동 1001호로 이주(1987. 12. 10 ~현재). 제8동시집『아버지 젖꼭지』출간(「사람이라는 씨앗」 등. 37편, 신사륙판, 79쪽, 1987. 5. 1, 대교문화). 시집『우리의 심장』출간(「우리의 심장」 등 83편, 국판, 117쪽, 1987. 7. 5, 미리내).

1988~89년 : 56세~57세

제1회 대한민국 동요대상(작사 부문) 수상(1988. 5. 2, 주최:YMCA · 동아일보). 장남 원철 결혼(며느리: 張燕喜 · 88년 5월). 소년한국일보 취재부장 승진(1988. 4. 1). 동화집『물방울의 여행』출간(「백제의 나무」 등 20편, 국판, 145쪽, 1988. 11. 25, 삼덕출판사). 서울예술대학 문예창작과 출강(시간강사, 「아동문학론」, 1988. 3. 14~현재). 14년 반을 근무하던 한국일보사에서 퇴직, 집필에 전념함(1989. 12. 31). 손녀 東然이 출생(89년).

1990년 : 58세

한양여자대학 문예창작과 출강(시간강사, 「아동문학론」, 1990~1991, 2년간).

1991년 : 59세

동화집「숙제로봇」출간(「이상한 반란군」 등 7편, 신국판, 109쪽, 1991. 3. 15, 그랑프리).

1992년 : 60세

제9동시집『착한 것 찾기』출간(「부지깽이」 등 91편, 국판, 183쪽, 1992. 9. 25, 미리내). 동화집『소리내는 탑』출간(불교 소재, 「지하철에 나타난 문수보살」 등 25편, 국판, 228쪽, 1993. 5. 7, 우리출판사). 유년동화집『소꿉놀이 점심밥』출간(「심은 것과 버린 것」 등 16편, 국판, 159쪽, 1992. 4. 10, 아동교육문화연구회). 손자 東日이 출생. 장자 원철이 고려대학교 대학원 영어영문학과에서 박사학위 취득.

1993년 : 61세

동화집『떡볶이 엄마』출간(「깜장고무신」 등 6편, 국판, 95쪽, 1993. 7. 20, 도서출판 윤진). 동화집(이준연과 공저)『초록빛 지구 살리기』출간(신현득편은 「착한 것만 보이는 안경」 등 4편, 21×26판, 64쪽, 1993. 3. 5, 태극출판사). 유년동시선집『이야기 동시』(「가슴에 달린 그릇」 등 4책, 18×18판, 각 12쪽, 1994. 10. 20, 예림당). 2남 형철이 결혼(며느리:邊姬貞).

1994년 : 62세

제10동시집『독도에 나무심기』출간(「뒤꿈치와 뒤꿈치」 등 72편, 국판, 158쪽, 미리내). 동시선집『일억오천만년 그때 아이에게』출간(「우리 나라 첫날」 등 71편, 국판, 184쪽, 1994. 7. 30, 현암사). 동화선집『연필과 지우개 싹이 텄대요』출간(「현대의 도깨비」 등 27편, 국판, 235쪽, 1994. 7. 20, 창작교육사, 1999년에『잇씨와 쪽씨』로 개제). 동시집『착한 것 찾기』로 제4회 방정환 아동문학상 수상(1994. 5. 28,주최: 한국아동문학연구원). 장자 원철이 삼척산업대학교 영어영문학과 교수 발령.

1995년 : 63세

제11동시집『몽당연필로 시쓰기』출간(「아기 숟갈」 등 80편, 국판, 154쪽, 1995. 7. 30, 미리내). 신현득 노래말 동요곡집『우리가 큰다는 건』출간(윤해중 작곡 「가을 들길」 등 192곡, 사륙배판, 197쪽, 1995. 12. 31, 한국음악교육연구회).『한국아동문학연구』4집에「개작동요론」 발표(개작동요 71편 수록). 연변 한겨레아동문학대회 발표 원고(1995. 8. 2). 손녀 東愳이 출생.

1996년

동시집『몽당연필로 시쓰기』로 제8회 단국문학상 수상(1996. 3. 14, 주최: 단국대학교). 제12동시집『달나라에서 지구 구경』출간(「곶감 찾기」 등 74편, 국판, 146쪽, 1996. 10. 30, 미리내). 동화집『나눌수록 커지는 것』출간(「민들레씨 뽀롱이」 등 15편, 국판, 195쪽, 1996. 12. 30, 꿈동산).

1997년 : 65세

제13동시집『고향 솔잎』출간(「새싹 모자」 등 72편, 국판, 132쪽, 1997. 12. 31, 미리내). 한양여자대학 출강(시간강사, 「아동문학론」). 손녀 東玫이 출생.

1998년 : 66세

동시「우유병으로 얻어맞은 공룡」으로 한국동시문학상 수상(1998. 1. 9, 주최:아동문예사). 동시집『고향 솔잎』으로 제18회 이주홍아동문학상 수상(1998. 5. 16, 주최: 이주홍아동문학상 운영위원회). 유년동시선집『아가 것은 작고 예뻐요』출간(「알약 먹기」 등 72편, 국판, 95쪽, 1998. 1. 10, 도서출판 윤진). 산문집『어린이날 우주선을 타고』출간(「희망의 나라로」 등 66편, 신국판, 233쪽, 1998. 5. 1, 도서출판 영하). 유년동화집(그림책)『검둥이가 일등』출간(25×25판, 40쪽, 1998. 12. 1, 삼성당). 한양여자대학에서 겸임 교수 승진(1998. 3. 1~현재). 단국대학교 대학원 국어국문학과 박사과정에 입학하여, 만학을 시작함(후학기).

제14동시집 『대추나무 대추씨』 출간(「통일이 되거든」 등 71편, 국판, 115쪽, 1999. 1. 20, 아동문예). 유년동시선집 『도토리가 떨어져요, 톡톡톡』 출간(「발자국」 등 15편, 국배판, 31쪽, 1999. 4. 10, 예림당). 제15동시집 『우리 집 강아지는 아기 공룡이에요』 출간(「강아지 갖고 싶어요」 등 71편, 국판, 131쪽, 1999. 8. 15, 창작미디어).

신현득 작품집 및 연구 목록

동시집

제1동시집 『아기 눈』(형설출판사, 1961)
제2동시집 『고구려 아이』(형설출판사, 1964)
제3동시집 『바다는 한 숟갈씩』(배영사, 1968)
제4동시집 『엄마라는 나무』(일심사, 1973)
제5동시집 『박꽃 피는 시간에』(대학출판사, 1974)
동시선집 『옥중이』(세종문화사, 1975)
제6동시집 『통일이 되는 날의 교실』(교음사, 1981)
동시선집 『참새네 말 참새네 글』(창작과비평사, 1982)
제7동시집 『해바라기 씨 하나』(진영출판사, 1984)
제8동시집 『아버지 젖꼭지』(대교문화, 1987)
제9동시집 『착한 것 찾기』(미리내, 1992)
동시선집 『일억오천만년 그 때 아이에게』(현암사, 1994)
제10동시집 『독도에 나무심기』(미리내, 1994)
제11동시집 『몽땅연필로 시 쓰기』(미리내, 1995)
제12동시집 『달나라에서 지구 구경』(미리내, 1996)
제13동시집 『고향 솔잎』(미리내, 1997)
제14동시집 『대추나무 대추씨』(아동문예, 1999)
제15동시집 『우리 집 강아지는 아기 공룡이에요』(창작미디어, 1999)

동요집 및 유년동시집

제1동요집『아가 손에 아가 발에』(명성사, 1981)
제2동요집『아가 것은 예뻐요』(동요문학동인회, 1985)
노래말 동요곡집『우리가 큰다는 건』(한국음악교육연구회, 1995)
유년동시선집『아가 것은 작고 예뻐요』(윤진문화사, 1998)
유년동시선집『도토리가 떨어져요 톡, 톡, 톡』(예림당, 1999)

시집

시집『우리의 심장』(미리내, 1987)

연구 목록

김성도, 「농군풍의 순박인」,『영남일보』(1962. 9. 22).
이재철, 「아동 세계를 이해한 본격 동시」,『매일신문』(1968. 12. 15).
이재철, 「신현득 님의 인간과 문학」,『옥중이』(세종문화사, 1975).
이오덕, 「부정의 동시」,『시정신과 유희정신』(창작과비평사, 1977).
이재철, 「시적 상상과 단순 · 간결의 묘미」,『문예진흥』(1979. 8).
김용희, 「서민의지와 전통의식:신현득론」,『아동문학평론』(1982, 봄호).
김용희, 「나날이 새로운 삶을 향한 모색:신현득론」,『아동문학평론』(1989, 봄호).
최지훈, 「옥중이의 겨레 인식:신현득론」,『아동문학평론』(1991, 봄호).
최종고, 「신현득 선생님, 잊을 수 없는 스승」,『나눔터』(1992. 1).
최지훈, 「동요시의 즐거움」,『동시란 무엇인가』(민음사, 1992).
정은진, 「스페셜 인터뷰:신현득」,『유아교육자료』(1994. 8).
김용희, 「동화적 상상력을 접목한 이야기 동시」,『아침햇살』(1995, 봄호).
최명표, 「아비 없는 시대에 아비 찾기:신현득의 동시론」,『한국아동문학』(한국아동
　　　　문학인협회 제10호,1996,).
최명표, 「부성적 상상력의 시적 표정:신현득론」, 이재철 편,『한국현대아동문학작가
　　　　작품론』(집문당, 1997).
선안나, 「어느 ‘대책 없는’ 시인에 관한 보고서」,『아동문학평론』(1997, 가을호).
전유경, 「신현득 동시 연구」, 성신여자대학교 교육대학원 석사학위 논문, 1997.